Diamond
钻石译丛

A Grain of Wheat

一粒麦种

Ngũgĩ wa Thiong'o
〔肯尼亚〕恩古吉·瓦·提安哥 著
朱庆 译

人民文学出版社
PEOPLE'S LITERATURE PUBLISHING HOUSE

著作权合同登记号　图字 01-2018-4871

图书在版编目(CIP)数据

一粒麦种/(肯尼亚)恩古吉·瓦·提安哥著；朱庆译.—北京：人民文学出版社，2018
(钻石译丛)
ISBN 978-7-02-014394-8

Ⅰ.①一…　Ⅱ.①恩…　②朱…　Ⅲ.①长篇小说-肯尼亚-现代　Ⅳ.①I424.45

中国版本图书馆 CIP 数据核字(2018)第 127329 号

责任编辑　**马爱农**
特约策划　**潘丽萍**
封面设计　**高静芳　丁威静**

出版发行　**人民文学出版社**
社　　址　**北京市朝内大街 166 号**
邮政编码　**100705**
网　　址　**http://www.rw-cn.com**
印　　刷　**山东临沂新华印刷物流集团有限责任公司**
经　　销　**全国新华书店等**
字　　数　**209 千字**
开　　本　**890 毫米×1240 毫米　1/32**
印　　张　**8.5**
插　　页　**5**
版　　次　**2012 年 7 月北京第 1 版**
印　　次　**2018 年 11 月第 1 次印刷**
书　　号　**978-7-02-014394-8**
定　　价　**49.00 元**

如有印装质量问题，请与本社图书销售中心调换。电话：010-65233595

序　言

《一粒麦种》在非洲文学中的经典地位毋庸置疑。小说初版于一九六七年，即肯尼亚独立之后第一个十年的中间。这是恩古吉创作的第三部小说。尽管恩古吉的前两部小说《孩子，你别哭》和《大河两岸》广受读者和评论家的好评，但文风仍有失稳健，从中可以看出他尝试在新兴的非洲文学经典中觅求一席之地的痕迹。恩古吉的早期作品体现了他力图通过文学展现非洲图景、继承旧的文学形式并加以创新的种种努力，而《一粒麦种》则可看作一位成熟小说家的代表作。他对独立后的非洲所面临的复杂多样的经历和错综复杂的冲突，包括社会身份的缺失，把握得恰到好处。

马凯雷雷大学是恩古吉作家生涯的开端，他在那里学习属于英语写作“伟大传统”的作品形式。在小说中，恩古吉协调了这种传统形式和以著名作家钦努阿·阿契贝、彼得·阿伯拉罕姆斯的作品为代表的新兴文学的不同诉求。小说一经出版，便成为描述非洲文学新背景的扛鼎之作。恩古吉的早期作品力求以历史记忆和个人经历为线索，对肯尼亚从殖民地时期到实现独立的过渡时期社会生活中的矛盾需求进行剥茧抽丝的分析。与之对比，在《一粒麦种》写作之时，人们正在为非洲文学的定义、形式、意义，以及它同宏大政治机构之间的关系进行激烈的争论，其中一些核心问题悬而未决，这就是恩古吉创作第三部小说的重要时代背景。

历史问题及历史在去殖民化的背景中所具有的意义是备受争论的议题之一。历史几乎成为小说中的一个角色。在非洲文学领域，恩古吉的前辈们关注的是过去及过去在叙述中再现的方式。这些作家受阿契贝影响，观点自成一系，都将过去看作悲剧史或者浪漫史，认为非洲文学写作的基本主题是为非洲人提供恰当的历史感。他们认为，创作非洲文学的目的在于还原可供引鉴的非洲历史，以表明非洲历史是真实存在的。在恩古吉创作第三部小说之时，新一代非洲作家开始质疑过去作家沉迷于历史的做法。到一九六七年，恩古吉已成为对厚古薄今的传统提出警告的作家代表。这些作家认为，由于普通民众根本不在国家建设大计的考虑之内，黑人知识分子作为普通民众代言人的时机已经成熟。

此外，《一粒麦种》创作之际，非洲社会独立后的发展方向仍不明朗。在独立后第一个十年间，摆脱殖民地身份后洋溢着的欢愉气氛逐渐消退，人们开始抛却幻想，面对严酷的现实。作家感到困惑的是，力图重述历史的文学形式能否承担表述现状的任务以及现状在作品中的分量。正是在这种不确定的背景下，恩古吉读到了费朗茨·法农的《大地上的受苦者》一书。这本书原来被当做批判殖民主义的文本来解读，由于它对失败的去殖民化过程的预见性警告，在当时再次受到关注和垂青。在该书“国家意识的陷阱”一章中，法农警告说，非洲的国家主义非但没有成为激励民众的向心力，反而有流于一纸空谈的危险。一些作家和法农的早期预见相似，认为国家独立将迎来非洲自由的曙光，现在他们开始思索要采用何种形式来描述国家危机。

一旦将历史作为非洲文学的基本主题这一关注点遭到质疑，作家就不再确信非洲的历史、文化等源头的有效性。尽管历史在诸多方面都是悲惨的，但它仍然是文学中一个有吸引力的话题，因为它是一种遥远、稳定的参照。相比之下，现在看似是一个混乱的时代，没有固定的记录，没有明确的主题。作家们甚至不明确自己在国家建设中所扮演的角色。第一代非洲作家的命运同文化民族主义紧密相连，他们将自身的任务基本定位于为独立后的非洲构建一个想象的民族共同体。伴随国家的独立，新兴非洲文学的使命变得模糊。恩古吉写作《一粒麦种》时，艺术家和政治家已经分道扬镳，小说家不得不由传统的历史描述转向当今现实问题，民众与英国人斗争所取得的一切成果都付诸流水。

本书非同一般的一点是，恩古吉能够把自己对于变革过程的忧虑外化为对后殖民时期体验的权威描述。实际上，他已经在小说中将后殖民时期的变革问题转化成叙述本身的问题。我们再考虑一下当时的历史问题和政治现实。恩古吉在小说里并不回避历史的本质和意义问题，也没有弱化历史的力量和人们对其关注的程度。实际上，小说细致地描绘了肯尼亚当代历史的轮廓，涵盖了从一九二二年第一次反英群众组织的成立到一九六三年十二月十二日民族独立期间民众心目中的重大时刻，并极力强调人们对现代肯尼亚历史的感知。然而值得一提的是，他唤醒这段历史的同时，又对其提出质疑：

> 一九六三年十二月十二日，肯尼亚摆脱英国的殖民统治，赢得了独立。午夜前一分钟，内罗毕体育场里所有的灯光全都熄灭，黑暗一下子吞没了整个体育场，淹没了整片从五湖四海赶来参加午夜独立庆典的人潮。英国国旗快速地降了下来。当灯光再一次亮起的时候，一面崭新的肯尼亚国旗已经在空中迎风飘扬。军乐队奏响了新的国歌，崭新的红绿黑三色相间的肯尼亚国旗飘荡在半空中，一浪接一浪的欢呼声从人群中爆发出来，不绝于耳。欢呼声震耳欲聋，像是成千上万棵大树一下子压倒在体育场内厚厚的泥土上所发出的声音。

本节选自本书第十四章的开头部分，这段描述无论对于书中角色还是读者来说都是出乎意料的。对于书中角色，重获独立的过程只是暂时的黑暗。他们以为无论从个体还是集体层面上讲，国家独立都是揭示他们存在意义的时刻，是实现圆满的时刻。具有讽刺意味的是，当时的现实却与主人公的期待完全背离。同样经历了过去半个多世纪历史的读者也会有着相似的期许，但文中的老套叙述和陈词滥调使读者的内心期待与文字脱节。在这两种情况下，恩古吉的目的是使过去变得陌生，并将它从官方意识形态中解救出来。从去殖民化的最佳视角来看，历史不再是构建民族想象的有机模式的一部分。实际上，恩古吉在小说上的主要成就在于他采用了多重叙述：过去只能通过一群人物的集体意识来反映，而这群人物的意图和欲望非常复杂，互相冲突，以致到故事结尾，肯尼亚民族主义变得无足轻重了。

显然，《一粒麦种》这部小说中蕴含着由作者象征意图和用以批评过去的反讽话语构成的张力。这种张力尤其体现在人物角色的公共形象和他们的深层动机是完全割裂的。小说中屡次提及的角色都与肯尼亚历史的重大时刻息息相关；而且正如他们的名字所暗示的那样，他们是小说中沉重历史象征的化身。书中有瓦瑞老人（意为“河流”），他连接着历史中的重大阶段；有基孔由（意为“肚脐”），他是几代人的纵向连结，他的妻子梦碧则采用了吉库尤圣母的名字；梦碧的兄弟基希卡在独立战争中牺牲，而他的名字就暗指“匆匆的一代”；梦碧的追求者卡兰贾则有着另外一代人的名字；另外还有穆苟，他以该文化中最令人崇敬的预言家之一来命名，并且被错误地推举为民众的救星。

当对历史的不同描述和不同的历史观产生对立冲突的时候，正如每个角色与过去梳理不清的联系所揭示的那样，人物的失望和背叛感加强了。这种价值观的转变和对当下的焦虑与小说的反讽结构并行不悖，并受其规约。当过去的幽灵即将把独立这出戏搅得了无头绪时，价值观的转变和对当下的焦虑渐渐主导了历史的意义。在此种情况下，《一粒麦种》就成为一部表达失望、误解和认知偏差的小说。这三个主题是在不同层面上进行运作的。首先，通过一系列发现和彻底转变的过程，主要人物的生活被重构，我们认识到他们作为个体和历史人物，并不是我们所想象的样子。本小说的中心部分是对于穆苟在整个民族独立过程中所扮演角色的误解：如果他就是那个勇敢挽救了基希卡的生命的勇士，他为什么会对过去感到不安呢？他为什么拒不接受别人加封的英雄称号，或他的历史身份呢？

直到小说的末尾，作者才揭示了折磨穆苟的问题。但是自从穆苟一出场，他就被置于一种言语之中，这种表述使读者对于他所代表的意义产生质疑。

> 穆苟感到提心吊胆。他仰面躺在床上，看着房顶。只见一串串烟灰从茅草屋顶挂下来，直指他的心窝。一滴晶莹的水珠正好悬在他的上方。水珠不断膨胀，沾上了烟灰，越来越浑浊，越拉越长，眼看就要落下来。穆苟想闭上眼睛，可眼皮不肯合上；他试图把头挪开，可脑袋好像被牢牢钉在床上。水珠越来越大，离他的眼睛越来越近。穆苟想伸手去挡，可双手、双脚以及全身都不听使唤。穆苟在绝望中使出全身力气，最后奋力一挣，终于从梦魇中苏醒过来。现在，他躺在毯子下面，惊魂未定，害怕像梦中一样，有一滴冰冷的水珠会突然刺破自己的眼睛。毯子又破又硬，粗毛扎着他的脸庞、脖子和身上没衣服挡着的地方。床上很暖和，外面太阳还没出山，他不知道应不应该起床。几缕晨曦从茅屋的墙缝里透了进来，还看不清屋内的东西。每逢半夜里失眠或一大早睡不着时，穆苟就玩起辨认物品的游戏：很多物品在黑暗或晨霭中像是混在了一起，轮廓显得模糊不清。然而这天早上，穆苟发现自己很难把注意力集中起来。他明明知道刚才只是一个梦，但一想到那滴冰凉的水珠就要落入眼中，就感到寒气彻骨。

文中并未给读者提供穆苟深切焦虑原因的线索，但是小说的语言和基调使读者产生疑问。

文章的开头部分描述了穆苟对于自身的焦虑。在下文中，这种焦虑和人们对于他的认知产生对比：“大家传诵着穆苟的名字，互相谈论他的传奇故事。这样的情景在平常的集市中是难得一见的。但今天是特别的一天。今夜肯尼亚会实现自由。我们的英雄穆苟，不再是普通人。”读到这里，我们内心产生的不再是认同，而是怀疑和不确定。内心深处的恐惧和别人对于英雄的认知之间的巨大差异强化了小说中所谓的怀疑阐释学。通过转化读者的视角，恩古吉表明了认知偏差是如何挫败大众所渴望的稳固意义的。

幻灭和背叛的主题还存在于另外一个层次。最私密的事情往往与重大事件同时发生。在描述民族历史时，这个关于承诺和背叛的故事同时为基孔由、卡兰贾和梦碧的三角恋提供了背景。反过来，这一浪漫情节本身就是对于背叛人们期望的描述，因而成为肯尼亚民族主义传奇的代理人。这就体现了罗曼史的叙述如何影射有关国家的寓言。但是，将个人生活和民族叙事联系在一起的尝试，不时地被一种反讽的话语所打断，并带来不期而至的回溯与改变。谁才是民族独立的英雄呢？个人在民族主义的舞台上扮演什么角色呢？那些经历了殖民和反殖民时期血雨腥风的人们，心灵要怎样才能愈合呢？尽管恩古吉后来又创作了一些小说，对这些问题给出了明晰的答案，但在《一粒麦种》这部小说中，处处流露着困惑和迷茫。

《一粒麦种》的创作参照康拉德《在西方的注视下》这部有关革命和背叛的小说，属于众多的现代主义作品之一，它使用的语言、表达的意义及阐释的主题都受到对于历史、地域、革命和道德的不确定性的影响。实际上，小说中大量使用的反讽表明它同正统现代主义风格密切联系，对正统现代主义既欣赏又背离。小说采用现代主义创作的常见技巧，如意识流、多重叙述和零碎想象等，来描述作者怎样看待非洲独立之后的危机。但是由于他的目标是回溯肯尼亚去殖民化的历史，并思索人物角色同他们所处的历史和社会背景，特别是在二十世纪五十年代茅茅运动那段历史时期，恩古吉不可能完全抛弃传统的现实主义。他需要利用现实主义来发觉可预知的主题和社会群体，并将它们放置在混乱但丰富的历史文本中。他面临的难题是如何确认这段历史，并将它作为作品中可感知的一个因素，同时解构这一时期在后殖民主义历史语境中的利用和误用。《一粒麦种》的成功之处在于，恩古吉完美地运用现代主义创作形式来描述后殖民时期非洲的社会变迁。

西蒙·吉康迪

二〇〇八年于普林斯顿大学

献给多萝西

虽然故事发生在当代的肯尼亚，但书中人物均属虚构。文中像乔莫·肯雅塔和瓦亚基这样的真实姓名仍不可避免地被提及，因为这是我们国家历史与体制的组成部分。但故事中的情形和问题是真实存在的——对于那些反抗英国人、现在却眼睁睁看着争取的土地被荒废的农民来说，真实得让人痛心。

恩古吉·瓦·提安哥

一九六六年十一月于利兹大学

无知的人哪，你所种的，若不死就不能生。并且你所种的，不是那将来的形体，不过是子粒，如麦子，或是别样的谷。

——《哥林多前书》第十五章第三十六节

一

穆茍感到提心吊胆。他仰面躺在床上，看着房顶。只见一串串烟灰从茅草屋顶挂下来，直指他的心窝。一滴晶莹的水珠正好悬在他的上方。水珠不断膨胀，沾上了烟灰，越来越浑浊，越拉越长，眼看就要落下来。穆茍想闭上眼睛，可眼皮不肯合上；他试图把头挪开，可脑袋好像被牢牢钉在床上。水珠越来越大，离他的眼睛越来越近。穆茍想伸手去挡，可双手、双脚以及全身都不听使唤。穆茍在绝望中使出全身力气，最后奋力一挣，终于从梦魇中苏醒过来。现在，他躺在毯子下面，惊魂未定，害怕像梦中一样，有一滴冰冷的水珠会突然刺破自己的眼睛。毯子又破又硬，粗毛扎着他的脸庞、脖子和身上没衣服挡着的地方。床上很暖和，外面太阳还没出山，他不知道应不应该起床。几缕晨曦从茅屋的墙缝里透进来，还看不清屋内的东西。每逢半夜里失眠或一大早睡不着时，穆茍就玩起辨认物品的游戏：很多物品在黑暗或晨霭中像是混在一起，轮廓显得模糊不清。然而这天早上，穆茍发现自己很难把注意力集中起来。他明明知道刚才只是一个梦，但一想到那滴冰凉的水珠就要落入眼中，就感到寒气彻骨。一、二、三，他掀开了身上的被单，接着洗脸、生火。他在屋角杂物堆里发现了一小袋玉米粉。他把玉米粉倒进铝锅里，放在炉火上，加水，用木勺搅了搅。早上，他喜欢喝粥。但是每次喝粥，他都会想起在集中营里喝的半生不熟的粥。“时间过得真慢，一切都是老样子，”穆茍想，“眼前的日子还会跟昨天和前天一样。”

自从离开最后待过的马圭塔拘留营并回家后，穆茍每天都会拿着锄头和砍刀下地干活。在泰北村的另一边，他有一块新地。每天，他都得穿过尘土飞扬的村路才能到达那里。和往常一样，他发现村子里有些妇女早已起床，有些已经从河边打水回来，沉重的水桶将她们柔弱的脊背压得更弯了，她们得及时赶回家为丈夫孩子准备茶水和粥。此刻太阳已经全然升起：树木、房屋、行人在地面上投下瘦瘦长长的影子。

“早上感觉怎么样？”瓦瑞从一间屋子里走出来，向他喊道。

“很好。”穆苟打算像往常一样打完招呼就继续向前走，但今天瓦瑞似乎有话要对他说。

“这么早下地啊？”

“是的。”

“就像我常说的：要趁土地还松软的时候去翻翻地，要让太阳发现你比它还早，觉得自己不是你的对手。要是太阳比你先到地里——哼……”

瓦瑞是村子里的长老。身上披着的新挂毯清晰地衬托出他那张皱巴巴的面孔、他头上和尖下巴上灰白的须发。正是他送给穆苟现在的这块地，让穆苟种点粮食。穆苟原先那块地在他拘留期间已经被政府没收。瓦瑞很喜欢聊天，但他尊重穆苟的沉默寡言。可是，和以往不同的是，他今天饶有兴趣地看着穆苟，甚至还带着几分好奇。

“就像肯雅塔告诉我们的一样，”他接着说，“现在是我们民族独立的日子。”他停下来，朝一旁的树篱啐了口唾沫。穆苟尴尬地站在一边。“你的屋子准备得怎么样了？准备好过独立日了吗？”瓦瑞继续说道。

“嗯，都好了。”穆苟说完便走了。他一边穿过村子，一边琢磨着瓦瑞最后那个问题的意思。

泰北原本是个大的集镇，建造的时候合并了旧泰北、康马杜拉、基欣戈几个村庄以及维儒的部分地区。一九五五年，为了阻止村民们保护森林战士，白人用刀架在他们的脖子上，逼迫他们搬离原来的屋子，在指定的一片集中区域内用茅草搭建屋顶，用泥土垒墙，草草地建起了新泰北。自那以后，直到一九六三年，整个泰北都没有发生什么大变化，虽然期间有些房屋倒塌了，有些拆除了，但整个村子一直井然有序：远远望去，就像一片广袤的草原，炊烟袅袅升起，仿佛是在焚烧祭品。

穆苟向前走着，微微低着头，两眼直盯着脚下的路，不敢打量四周。他脑中一直想着刚才与瓦瑞相遇的情景。突然，他听到有人叫他。他又朝前走了几步才停下来，只见吉苏阿拄着拐杖正一瘸一拐地朝自己走来。吉苏阿走到穆苟面前，脱下头上的破帽子，立正站好，大声喊道："我以黑人自由独立的名义，向您致敬。"然后他半真半假地向穆苟鞠了几个躬。

"你……你还好吗？"穆苟问道，不知如何反应。就在这时，两三个孩子聚过来，嘲笑吉苏阿滑稽可笑的举止。吉苏阿没有立刻回答穆苟的问题。他身上穿的衣服破旧不堪，衣领脏得都发黑了。他把左裤腿折了起来，用一枚别针固定着，遮住自己的残肢。突然，他一把抓住穆苟。

"兄弟你怎么样啊！兄弟你怎么样啊！真高兴看到你这么早下地，就连周末也这么早。独立万岁！劳动万岁！哈！哈！哈！跟你说吧，在一九五二年白人宣布进入紧急状态之前[1]，我也和你一样。兄弟，在白人用子弹废了我的腿之前，我可以用双手干活。看到你这种干活的精神，我的心都快乐地跳起来了。独立万岁！劳动万岁！头儿，我向您致敬！"

穆苟想要抽回自己的手。他的心跳得很快，不知道该说些什么。四周那些孩子的笑声让他越发焦虑不安。突然，吉苏阿的语气变了。

"紧急状态毁了我们。"他带着哭腔说完这句话，马上就走开了。穆苟也匆匆上路，但总感觉吉苏阿在身后盯着自己。三个从河边走来

---

1 在肯尼亚人民一九五二年开展武装斗争，成立茅茅组织之后，英国殖民当局于同年十月宣布全国进入"紧急状态"，大肆捕杀进步人士。

的妇女看到穆荀时停下来。其中一个好像喊了声什么，但穆荀没有理会。他加快脚步，一边走，一边在心里问自己："我今天是怎么了？为什么人们都突然好奇地盯着我看？难道我腿上沾了屎？"

很快，他就要走到村头了，那里住着一位老妇人。没有人知道这位老妇人的年纪，她一直住在那里，经历了新老村子的变迁。在旧村子的时候，她和儿子相依为命。她儿子名叫吉特戈，是个聋哑人，靠打手势和发出一些动物般的呜呜呀呀声来与人交谈。他长相英俊，身强力壮，在旧融尔广场很受欢迎。当时的年轻人常在融尔广场上聊天打发时间。偶尔，这些年轻人也会为店铺老板们跑跑腿，挣几个硬币。"就是为了口袋里有点钱，这样裤子可以穿得暖和一些。"有些人会半开玩笑地说，这几个钱到时候会生出更多的钱来。"好家伙，所有的钱都是一家人！"

吉特戈在一些饭馆、肉铺里做工，常常做些别人不愿干的重活。他喜欢展示自己健美的肌肉。在融尔和泰北，当时有传言，很多年轻的女人都领受过吉特戈四肢的力量。每天晚上，吉特戈都会买一磅糖或者买一磅肉，带回家给母亲吃。母亲看了会笑逐颜开，布满皱纹的脸也似乎变得年轻了。人们被这个聋哑人的善良所打动，常常对他母亲说："多么好的一个儿子啊，多么好的一个人啊！"

一天，泰北和融尔的村民们醒来时发现，背着枪支的白人和黑人士兵团团围住整个村子，路上还停着他们在二战中见过的坦克。村子里，炮火枪声四起，天空中烟雾弥漫，村民们惊恐万分：有的躲进茅房；有的藏进店铺装糖和豆子的麻袋堆里；还有些人试图偷偷溜出村子，逃到森林里去，却发现所有通向自由的道路都被封锁了。士兵把所有村民都赶到集市广场上进行审查。吉特戈跑进一家店铺，跃过柜台，差点撞上蜷缩在空袋子中间的店主。他偷偷看看外面，指指那些士兵，一边疯狂地朝店主打手势，一边发出一些让人迷惑不解的声音。店主已经吓傻了，一脸木然地看着吉特戈。突然，吉特戈想起自己年迈的母亲还独自一人待在家中，脑海中清晰地浮现出残忍暴行和鲜血淋漓的场景。于是，他赶忙从后门冲出去，跳过篱笆，来到一片庄稼地里。母亲的危险处境令他焦急万分，紧急状态、家、母亲，这些画面在他脑海中快速闪过。他可以用自己的力量来保护母亲。奔跑着的吉特戈并没有注意到，小树林里正埋伏着一位身着褐绿色夹克衫的白人。“站住！”那白人举着枪冲他吼道。但吉特戈依然不停地向前跑。一颗子弹打中了他的脊背，他张开双臂，扑倒在地。看来，子弹打中了他的心脏。那个士兵离开了，对他来说，又一个茅茅恐怖分子被打死了。

老妇人听到这个噩耗的时候，只说了句：“我的天啊！”据在场的人说，她当时没有哭，甚至连儿子是怎么死的也没有问起。

从拘留营里回来后，穆苟在老妇人的屋外见过她几次。每次站在她面前，穆苟都会感到不安，总觉得老妇人认得他似的。老妇人的脸不大，整张脸因布满皱纹而显得皱皱巴巴。她的眼睛很小，除了偶尔几次会流露出一丝生机外，其余时间都呆滞无神。她的胳膊上挂着珠子，脖子上套着几串铜链，脚踝上还绑着一串用海宝贝[1]做成的链子，走起路来，总会发出叮叮咚咚的声响，像只戴着铃铛的山羊。最让穆苟感到不安的是老妇人的眼睛。穆苟总觉得那双眼睛能看穿他。一天，穆苟向她说话，但她只看了他一眼就转过身去。穆苟觉得遭人嫌弃，但老妇人的孤独又激起了他的怜悯之心。他很想帮帮她，这种感觉让他心里暖烘烘的。穆苟从喀布易商业区的一家商店里买了点糖、玉米粉和一捆木柴。晚上，他带着那些东西来到老妇人的住所。空荡荡的屋子里漆黑一片，寒风透过墙上的漏洞呼呼地直吹进来。老妇人睡在靠近火堆的地上。穆苟想起自己以前常常与羊群共享一个火堆，睡在姑妈家的地上。他常常蜷缩在山羊旁边取暖，早上醒来时，发现

1 海宝贝，一种腹足动物，贝壳光滑明亮，生长于暖海之中。

脸上和衣服上都沾满了灰，手上和脚上沾满了山羊的粪便。时间长了，到最后，他习惯了山羊身上的刺鼻气味。正回想着，穆苟察觉到老妇人盯着自己，看上去好像真的认出了他似的。想到老妇人会走过来碰碰他，穆苟不由得一阵哆嗦，惊恐万分地跑了出去。也许，他和老妇人之间有着某种莫名的联系吧。

今天，他又打算走进老妇人家里找她说话时，他心里想得最多的就是这些。可能是因为老妇人和穆苟一样都是独自生活，他们之间存在着一种莫名的联系。可他走到门口又畏缩不前，决心动摇、瓦解了。他仓皇逃离，唯恐老妇人会疯笑着叫他回去。

到了地里，穆苟感到心里空荡荡的。地里没有任何庄稼，尽是些干枯的野草，头顶上是毒辣的太阳，整个村子显得沉闷乏味、了无生气。今天的锄头似乎也比往常重。看着眼前一片还未耕完的地，穆苟感到四肢乏力。挖了一会儿，他觉得想撒尿，便走到路边的篱笆旁，心里一直琢磨着：为什么瓦瑞、吉苏阿和那些妇女今天都那样对待他？过了一会儿，他发现是膀胱欺骗了自己，只挤出来几滴尿。穆苟出神地看着那几滴尿，好像着了迷似的。此时，两个做礼拜的年轻妇女从穆苟身边经过，看见他正在玩自己那玩意儿，不禁咯咯地笑了起来。穆苟觉得自己很蠢，便拖着身子回去干活了。

他举起锄头，任它落下；然后举起，又落下。土壤很松软，像是地底下一下子多了很多鼹鼠地道似的。他甚至能够听到干裂空心的泥土在锄头下破碎的声音。尘土飞到空中，飘散在他周围，继而落到他的头发和衣服上。突然，一粒灰尘飞进他的左眼，他立即愤怒地扔下锄头，用手揉搓眼睛，痛得泪水直流。他坐下来，感到十分纳闷：在紧急状态前他对土地的那份着迷劲上哪儿去了？

穆苟的父母在穷困潦倒中死去，把他们唯一的儿子托给了远房姑妈维特莱萝抚养。姑妈是个寡妇，六个女儿都出嫁了。她每次喝醉回来时，都会对穆苟唠叨个不停。

“母王八蛋。”她常常这样喊着，张大的嘴巴中露出一口光秃秃的牙龈。她的双眼常常凶狠地盯着穆苟，似乎他勾结上帝密谋加害她似的。“她们都不来看望我——你在笑我，你——你算个什么男人啊？哦，天哪！看看他们把一个多么忘恩负义的无赖丢给了我。你应该跟着你爹进棺材去，而不是跟着我。记住没？不许笑！”

没过几天，她又抱怨说钱不见了。

“我没偷。”穆苟反驳道，向后退缩。

“这屋子里只有你和我两个人，我不可能偷这钱，那还有谁？”

“我不是小偷。”

“你是说我在撒谎？钱就放在这里，你看见我把它藏在这个柱子下面。看看你那样子，总是躲到羊群后面，探头探脑。”

维特莱萝是个身材瘦小的女人。她总抱怨身边的人，说他们把破酒瓶和青蛙放进她的胃里，说他们想在她的酒水和食物里下毒。

但她还是会不停地出去找酒喝。她经常纠缠她丈夫的那些朋友，直到他们赏她酒喝才肯罢休。有一天，她烂醉如泥地回到家中。

“那个瓦瑞啊——他就是见不得我吃饭，见不得我活着——阴险啊——那笑容——他——爬着走——还咳嗽——和你一样——你——滚到他那里去好了——”

说罢，她试着模仿瓦瑞咳嗽，但是突然一个踉跄，身子向前一倾，整个人扑倒在地，吐了满满一地的秽物。穆苟害怕地蜷缩在羊群里，希望她就这样死去。第二天早上，维特莱萝逼着他给那堆秽物撒上土，清理干净。一股刺鼻的气味扑向穆苟，熏得他透不过气来，无法呼吸，说不出话也哭不出声。似乎全世界都在与他作对：先是夺走了他的父母，继而把他托付给了一个凶恶的老太婆。

维特莱萝一天天变老，对穆苟的怨恨也一天天加深。不管穆苟做什么，维特莱萝总会对他付出的努力和心血耻笑一番。渐渐地，穆苟觉得自己一无是处。那个恶毒的女人总有办法数落他，说他的穿着有问题，说他的脸上或手上有毛病，他的自尊心完全丧失了。他假装不在乎，但他怎么能对这老女人假惺惺的笑容和神情视而不见呢？

他有一个愿望，就是杀死姑妈。

一天晚上，这种疯狂的想法缠住了他。怒火在他心中燃烧。维特莱萝这一天没有喝醉。穆苟无需借助斧头或砍刀，单凭双手就能将她掐死。“主啊，请赐给我力量吧！请赐给我力量吧！”他看着老太婆拼命挣扎，就像一只落入蛛网的飞虫。她低声呻吟着、恳求着，求他放她一条生路。但是他勒得更紧，他要让这个老女人体会到男子汉双手的力量。穆苟沉浸在这种鲁莽的狂想中，全身的血液冲到手指尖上，呼吸越来越急促。

“你为什么这样盯着我？”维特莱萝笑着问道，“我说你是个怪胎，就连自己的母亲都能亲手杀死，是吗？”

穆苟心里一怔。她看透了他，这让他感到很痛苦。

由于年老体衰和酗酒过度，维特莱萝暴死。她的六个女儿，婚后第一次回到娘家，草草地把母亲埋了。整个过程中，她们都无视穆苟的存在，也未询问母亲的死因，更没为她流下一滴眼泪。下了葬之后，她们便各自回家去了。奇怪的是，穆苟却思念起了姑妈。他现在还有什么亲戚呢？他多么希望有某个人，任何人都可以，能够以亲人的名义和他在一起，对他作恶也罢，行善也好，任何人都行，只要别让他孤零零地活在这个世界上，成为局外人。

姑妈死后没多久，穆苟便下地干活了。他努力劳作，希望通过劳动发家致富，得到社会的认可。对他来说，连锄地这样简单的行为也能给他带来安慰：埋下种子，看着嫩芽破土而出，悉心呵护，直到植物成熟，然后丰收，这些就是穆苟为自己创造的小天地，也只有在这种情况下，他的梦想才能翱翔于蓝天。但是，就在那时，基希卡闯入了他的生活。

今天，和往常不一样，穆苟早早地回了家。他这一天没干多少活，但还是觉得很疲倦。他一边走着，一边总感觉有人盯着或跟着自己，但又不想让人从他的步态和举止中发现他已经意识到了。晚上，他听到门外传来一阵脚步声。谁会来拜访他呢？他一边纳闷，一边打开了门。刹那间，一整天纷乱的思绪凝聚成一点，那就是恐惧和憎恶。瓦瑞长老带着两个人来了。站在他旁边的是婉布依，也就是今天早上从河边向穆苟走来的三个女人中的一个。现在她面带笑容，咧开的嘴里牙齿差不多掉光了。另一个人是基孔由——基希卡的妹夫。

“进屋吧。”穆苟说，声音中掩饰不住焦虑和不安。他借口上厕所，躲进了茅房。逃开他们所有的人……我再也不管了……我再也不管了。穆苟走进茅房，褪下裤子，心中不断想着坐在家里的那几位不速之客。穆苟好几次使劲想拉出点东西来，但都没成。于是他提起裤子，肚子倒是觉得舒服多了。再次回到客人当中，他才意识到自己还没跟他们打过招呼。

穆苟和所有的人一一握手之后，基孔由说：“我们是代表党来的。”

“党？”

“代表茅茅组织。”婉布依和瓦瑞一起低声说。

二

几乎每个人都参与了茅茅运动，但是没有人能说出运动开始的确切时间，对于大部分人而言，尤其是年轻的一代，只知道茅茅运动一直存在，是号召民众起来反抗的核心力量。虽然茅茅组织的名称几经变化，领导人不断更替，但是运动始终在进行着，而且不断呈现出新的面貌。到独立庆典前夕，茅茅运动在肯尼亚的影响已经从东海岸扩展到了西边的大湖区。

关于茅茅运动的起源，还得追溯到手捧“上帝之书”[1]的白人踏上肯尼亚土地的那一天。村民回忆说，当时，有一名白人来到肯尼亚，声称自己是上帝派来的使者，并说那本“上帝之书”就是最好的证明。他对村民们说的话就像裹了层糖衣似的，让人听了心里特别甜；他的举止和姿态则更是谦卑有加，让当地人很难不感动。人们一度忘记了那个吉库尤预言家的话：一个穿得像花蝴蝶一样的民族会来到这里。他们给了这位皮肤烫伤的白人一块地，让他搭建临时的住所。茅屋建好后，这个白人又在几米外的地方盖起一栋房屋，称之为“上帝之屋”，供人们参拜祭献。

那个白人还说，在海的另一边有一个国家，一位拥有至高无上的权力的女人坐在那里的宝座上。在她的庇佑和恩泽下，那里的国民载歌载舞；现在她要把这份恩泽赐予吉库尤人。村民们嘲笑白人行为古怪，说他的皮肤因为烫伤而褪去了表面的黑颜色，还说他的脑袋想必也是给热水烫坏了。

嘲笑归嘲笑，但是他那“坐在宝座上的女人”的故事，让吉库尤

1　指《圣经》。

人回忆起了埋藏在内心深处的一段久远的历史。那是很久以前的事了。那时还是女人统治着吉库尤这片土地，男人毫无财产，只能听命于女人，及时满足她们的雅兴和需要。对于男人来说，那是一段艰难岁月。为了实现共同的独立与自由，他们一直期待女人外出打仗，暗地里策划造反，还相互约束，共同发誓绝不泄密。那些男人计划，等女人作战回来之后就和她们上床，因为他们知道凯旋的女英雄一定非常渴望消遣和爱抚。随后，命运将帮助他们解决剩下的一切：女人怀孕了，男人便轻松地从女人手中夺得政权。

但那并不是女权统治的终结。多年以后，又出现了一位女统治者，她统治着姆朗格的大部分地区。她长得非常漂亮，跳起舞来，丰满的臀部左摇右摆，长长的辫子随着她的舞步上下翻飞，再加上那偶尔闪露出的洁白牙齿，看得男人不停地咂嘴吐舌、垂涎三尺。无论是年纪轻的，还是年纪大的，都不知羞耻地在她的宫殿周围游荡，只盼能见她一面。这位女统治者为自己挑选了年轻的勇士，那些幸运的勇士往往会惹来其他失意者的嫉妒和羡慕。即便这样，还是有越来越多的人对她顶礼膜拜。他们从不错过她出席的任何一场舞会，很多人疯狂地渴望看一眼她那迷人的大腿。一天晚上，在男人的倾慕以及赤裸裸的欲望的刺激之下，这位女统治者做了一件过分的事情：她褪去身上所有的衣服，光着身子在月光下翩然起舞。一时之间，女人裸体所散发的魅力把男人彻底征服了。月光洒在她的身上，她跳得那么陶醉，极度的痛苦和喜悦相互交杂，洋溢在她的脸上。或许她也知道自己要下台了，因为人们决不允许一个女子光着身子出现在公共场合。她就这样被废黜了。

关于耶稣的故事，人们起初也无法理解，上帝怎么可能让自己钉死在树上？那个白人阅读着那本小小的黑皮书，告诉村民，上帝的爱能包容一切，没有一种爱比为朋友两肋插刀更伟大。

极少一部分人改信了那个白人口中所说的上帝，开始在这片土地上信奉另一种教义。他们去圣地朝觐，认为受上帝保护的人永远不会遭到任何伤害。很快，村民们发现，那个白人弄到了更多的土地，来满足他地位上升之后不断增长的需求。他拆掉临时搭建的茅屋，盖起更加坚固的楼房。对此，当地的长老提出了抗议。在白人的笑脸背后，人们突然发现远处又来了一长串身着红衣[1]的陌生人，手里拿着的不再是《圣经》，而是利剑。

瓦亚基和其他勇士们拿起武器，奋勇作战。穆苟说起的那条钢铁长蛇飞快地向内罗毕蠕动，准备向内陆地区展开全面剥削。肯尼亚人能赶走它吗？那条长蛇牢牢地攀附在肯尼亚的土地上，讥笑他们的反抗斗争。白人手持能够喷火吐烟的竹竿[2]，对他们进行回击。他们活捉了勇士瓦亚基，捆住他的手脚，把他带到海边。据说，后来他们在基布维兹把瓦亚基头朝下活埋了。在那之后的很长一段时间里，白人险恶的笑声一直在村民们心头回荡。瓦亚基的死，对于后来想要挑战英国女王统治的动乱分子，无疑是一个活生生的警告。如今，女王的庇佑已经跨过茫茫大海，来到了肯尼亚这片土地上。

当时没人注意到，但回头看看，人们就会发现，瓦亚基的鲜血里酝酿着一粒种子，这粒种子孕育了一个组织，并且不断地从这片土地中汲取力量。

与此同时，传教活动的中心产生了新的领袖。他们拒绝吃法老给的好东西，反而喜欢和上帝的其他孩子一起割草制砖，建造新家园。

这些人中有一位名叫哈里·苏库的领导者，人们把他当做上帝派来的使者。上帝派他来到法老面前，对法老说：让我的子民离开吧，让我的子民离开吧。人们发誓会跟随哈里走出沙漠。他们会束紧腰带，准备忍受饥渴、痛苦和折磨，直到踏上迦南之土[3]。每次哈里发

1 当时英国军队身着红色军服。

2 指火枪。

3 迦南是以色列人的圣地，在《圣经·旧约》中被称为“流着奶和蜜”的地方，最初是亚伯拉罕带领着信徒追寻的地方。

表讲话，大家都会蜂拥前去。人们一直在等候他的指示。哈里指责白人，咒骂白人满口讲着仁慈和庇护，实则剥夺了肯尼亚人民的土地和自由。到会的人们更为吃惊的是，他还在会上大声朗读写给白人的信，信中清晰地表达了肯尼亚人民内心的不满：反对苛捐杂税，反对在白人殖民地上征用劳役，反对驻扎军队。正是驻扎军队这一殖民计划使得提戈尼和其他地区的很多黑人流离失所。

哈里号召人民参加运动，齐心协力抗击白人。

一时间，他成了人们茶余饭后的话题。在茶馆、集市和前往吉库尤独立教堂的路上都能听到人们对他的赞扬。从哈里口中说出的任何话都会变成新闻，从一个村庄传到另一个村庄，甚至传遍整个国家。人们期待着一些事情，农民起义就要爆发了。

但是白人也没有睡大觉，他们逮捕了哈里，用铁链绑住他，险些把他扔进当初活埋瓦亚基的坑里。难道这就是他们等待的指示？人们自发赶往内罗毕，发誓要日夜守在国家宫[1]外，直到总督本人亲手交还哈里才肯罢休。

当时还是年轻小伙的瓦瑞，从泰北一路步行来到内罗毕，加入游行队伍。他从来没有忘记过那次大事件。一九五二年在乔莫·肯雅塔和其他运动领袖被捕后，他回忆起发生在一九二三年的那次大游行。

他轻轻捋着胡子，郑重其事地说："你们年轻人应该好好学学，我们当年是怎样营救哈里的，我还不曾见过有比当时更长的游行队伍。有从这边村庄赶来的，也有从那边村庄赶来的，几乎全国都出动了。大多数人都是步行的，有的忘了带干粮，大家主动把自己带的粮食拿出来。在那里我看到了一种伟大的爱，哪怕是掉落在地的一粒豆子也很快被孩子们给分掉了。整整三天，我们聚集在内罗毕，写下血书，一定要解救哈里。"

---

1 当时英国驻肯尼亚总督办公所在地。

到了第四天，游行队伍高唱着歌曲向前移动，可等待着他们的是端着枪的警察，枪上还配有刺刀。警察们一阵扫射，三名男子倒下了。据说他们倒地以后手里还紧握着泥土。接下来又是一阵扫射，一个男人和一个女人中弹身亡，人们慌忙地向四面散开。短短几秒钟，庞大的人群不见了，国家宫门前广场上只留下一百五十具蜷伏的尸体。

“最后关头出了点问题，”瓦瑞停下捋胡子的动作说，“如果我们当时有枪的话……”

农民起义失败了。那位伟大的肯尼亚女王[1]用她仁慈之手镇压了民族斗争，她的灵魂终于可以安息。她现在可以平静地躺在坟墓里了。

年轻的哈里被放逐到了一个遥远的地方。

运动暂时受到了重创。但就在这个时候，另一个人出现了，他炯炯有神的眼睛里燃烧着革命的怒火。起初，知道他的人寥寥无几，但到后来，全世界都知道他就是鼎鼎有名的“燃烧的长茅”。

穆苟曾经参加过茅茅组织在融尔召开的一次集会。当时有谣言传来，说不久前刚从白人领土上归来的乔莫·肯雅塔将在这次大会中发表讲话。大会原定在下午开始，但上午十点广场上就挤满了人，根本找不到空的座位。有的人甚至站到商店的屋顶上。远远望去，人头攒动，犹如一群蝉虫栖息在树枝上。穆苟坐的地方刚好能够清楚地看到台上的演讲者。基孔由（当时泰北一位家喻户晓的木匠）就坐在离穆苟不远的地方。坐在基孔由旁边的是梦碧，她是八个村子里公认最漂亮的女人，因此有些人将她称为蔓姑·玛克莉[2]。

大会比原定时间迟了一小时才开始。人们得知肯雅塔不会出席此次大会，但是来自姆朗格和内罗毕的多位演讲者都到场了。有一位来自尼安扎的卢奥族演讲者激情昂扬地向台下的人说，茅茅运动让我们

---

1 肯尼亚当时是英国的殖民地，所以尊奉英国女王为国家元首。
2 吉库尤族历史上长得非常漂亮的一位女统治者。

肯尼亚各部落之间团结在一起。来自泰北的基希卡受到群众热烈欢迎，他不再像当年的哈里那样在会上大声朗读写给白人的信。

“现在已不是二十年代，我们现在需要的是行动，要给白人沉重的一击！”他说，台下来自泰北的女人扯着衣服和头发，兴奋地尖叫着。基希卡是这片土地的儿子，被公认为一位能够解放肯尼亚的英雄。穆苟在村子里见过基希卡很多次，从不怀疑他具有这种力量和智慧。基希卡谈到肯尼亚从遭受白人入侵到茅茅组织诞生的这段历史。穆苟朝基孔由和梦碧望去，只见他俩紧盯着基希卡，似乎将自己的生命都托付给了他铿锵有力的演讲。

“我们去他们的教堂做礼拜。穿着白色长袍的白人牧师翻开《圣经》说：‘让我们跪下祈祷吧！’于是我们跪下了。接着白人牧师说：‘让我们闭上双眼吧！’我们也照做了。你瞧，他的双眼可是大睁着的啊，这样他才能诵读《圣经》。可当我们再次睁开双眼时，我们的土地被占领了。白人士兵，手持冒着烈焰的利剑，驻扎在上面。而白人牧师则继续诵读着《圣经》，恳请我们把财富都存放到天堂里，说是那儿没有蛀虫蚕食。但是，他把自己的财富放在地球上，放在我们的土地上！”

台下的人们哄堂大笑，可基希卡没有笑。他个子瘦小，但声音洪亮；语速不快，但抑扬顿挫、铿锵有力。有那么一两次，说到激动之处，他还一会儿指指天，一会儿指指地，像是让它们作证，他所说的全是事实。他还向人们大谈伟大的牺牲者。

“我们的祖国深陷水深火热之中，祖国在召唤我们，我们应该放下兄弟母子之情，为祖国捐躯。”

听到这里，穆苟感到喉咙一阵紧缩。他无法为基希卡的发言鼓掌，因为这些话丝毫没有打动他。“区区一个年轻的小伙子，哪儿来的权力讲这番话？怎么可以如此傲慢无礼？”穆苟寻思着，“在他看来，流血就跟从河里抽水似的，想抽就抽。”穆苟一看到血，或一闻到血，胃里就会泛起一阵恶心。他突然脱口而出：“我讨厌他。”一听到自己的声音，穆苟恍然回过神来，顿时感到一阵惊慌。他抬起头，看了看梦碧，猜不透她在想什么。她的双眼仍然注视着她的哥哥，应该说大家的眼睛都盯着台上。穆苟转头看向基希卡，感到一阵嫉妒。就在此时，他们的目光相遇了——或者只是穆苟的感觉。刹那间，黑压压的人群和整个世界都安静下来。只有他和基希卡站在那里。穆苟的内心似乎有什么东西在涌动，急着想要释放出来。事实上，那是他对基希卡强烈的畏惧和憎恨。

“请大家小心，祈祷吧！”基希卡对下面的听众说，并号召他们谨记伟大的斯瓦希里格言：咬伤你的毒虫往往就躲在你的衣服里。

基希卡的确作出了他所说的伟大牺牲。一九五二年十月，乔莫·肯雅塔和其他一些领导人被捕后不久，他便加入游击队，消失在森林里。接着一些来自泰北和融尔的年轻人也跟着跑进森林。

基希卡取得的最大胜利就是那次著名的玛溪大捷。玛溪是坐落于东非大裂谷的一个大型警署。多年来，它一直被称作“白人高地”的心脏地带。玛溪警署上还建有一个临时监狱，里面关着一些即将被送往集中营的男男女女。由于位处中心地带，玛溪能够方便地向裂谷周边的一些警察局和军事基地提供枪支炮弹，以此来保护白人殖民者的安全，提高他们的士气。任何时候站在玛溪都会看到，四周耸立的峭壁俨如一道迷人的屏障，环绕着整个美丽的东非大裂谷。这些峭壁连绵向上，直到与绵延的群山相连。这些山顶形状各异，有的形似椭圆，有的状如巨勺，有的就像火山口。一层蒙蒙的雾霭笼罩在群山之上，不觉增添了几分神秘的色彩。

夜晚，除了玛溪警署外的灯火，整个山谷一片漆黑，万籁寂静。警署的守卫们也学着生活懒散的白人上司，喝得酩酊大醉，这会儿早已鼾声如雷，只留下几个哨兵在那里站岗放哨。想来也是，那些动乱者一听到玛溪这个名字，就望而却步了。一天晚上，警署外突然号角四起，锣鼓震天，打破了玛溪黑夜的寂静。监狱里也随之响起阵阵呐喊声，关在里面的人大喊“自由万岁”。值班的白人长官听到外面突如其来的骚乱声，从浓浓的酒意中惊醒过来。他本能地拎起电话，一边提着裤子，一边试图拨打电话求救。突然，手中的听筒掉下来，腿上的裤子也滑到地上——电话线已经被人切断，玛溪警署无法得到外援。面对突如其来的偷袭，毫无准备的守卫没怎么反抗就被基希卡和同伴们冲进来解决了。有些守卫翻过墙，逃到了安全地带。基希卡的人马冲进监狱，放走了被关押的黑人同胞，一把火烧了警署后，又跑进森林。这一次突袭缴获大量枪支弹药，还给运动增添了一些新成员。有了这些人员和武器装备，战争得以继续下去。这在瓦亚基和哈里那个年代是根本无法想象的。

人们知道基希卡已经成为白人的心头大患，说他可以移山倒海，呼风唤雨。

白人开始在肯尼亚公开悬赏他的人头。

任何人，只要能找到基希卡，不论死活，都可以从白人那里得到一大笔赏金。

一年后，在基内聂森林的尽头，基希卡被抓了，当时他只身一人。

这个消息是真的吗？那个能够移山倒海、呼风唤雨的人，那个能够在茫茫沙漠和布满荆棘的灌木丛中匍匐爬行十里路的人，怎么可能落入白人手中呢？

白人对基希卡严刑拷打。有人说情报部的白人为了从他口中逼问出关于森林战士的秘密，硬生生地把一个玻璃瓶的瓶颈插进他的肛门。也有人说，那些白人打算给他一大笔钱，让他免费搭乘轮船前往英国，和新上任的女王[1]握手。但是基希卡拒绝开口。

1　一九五二年乔治六世病逝后，伊丽莎白接替父亲即位为英国女王。

一个星期天，在融尔集市，离他号召人们抛洒热血、浇灌自由之树的不远处，基希卡被当众绞死。警察和民团的人挥着鞭子把泰北和其他村子的村民赶到融尔集市上，让他们目睹挂在树上的那个尸首，以儆效尤。

但是，就像人们所说的那样，尽管基希卡的死给组织带来了重创，茅茅运动仍然在继续，并且不断发展壮大。

三

"我们不会久留。"沉默了一会儿后，基孔由说，"我们来找你主要是为了周四的独立庆典活动。"

看着基孔由现在这副模样，你简直不敢相信他就是十三年前娶了梦碧、让其他追求者又气又恨的男人——梦碧到底看上他哪一点？这么漂亮的姑娘当时怎么就睁着眼睛嫁给了这个穷小子？基孔由从拘留营回来已经有四个年头了，不过现在，他的境况变好了，是村里数一数二的有钱人。他最近买了五英亩土地，在融尔开了家"基孔由杂货店"。后来为了方便做生意，他又添置了一辆二手货车。除此之外，他还当选了茅茅组织支部书记。人们都说，这头衔是对他在拘留营里不屈不挠的精神的嘉奖。基孔由非常独立，凡事都力求成功，村民们都尊敬、钦佩他，竞相向他学习。

"你们——你们有什么事吗？"穆荀抬头看着瓦瑞说。

从某种程度上说，瓦瑞的一生就是一部茅茅运动简史。二十年代，他参加过营救哈里的集会，帮助修建了人民自己的学校，还听过乔莫·肯雅塔的演讲。瓦瑞是当时少数几个看好乔莫的人之一，他认为刚到内罗毕市政委员会工作的乔莫注定会执掌大权。

"他肯定会干出一番大事，"他常常这样赞扬乔莫，"从他眼睛里看得出来。"

瓦瑞望着屋内的火炉。炉边的石头上放着一盏煤油灯，灯罩颈口和玻璃罩壁已被煤烟熏得漆黑。

"我们泰北人民一定要用自己的方式庆祝独立，"瓦瑞的声音虽然很轻，但也足够让屋子里所有人听到，"是的，我们要用自己的方式来庆祝，不要让别人说我们泰北村的人办事不力，给那些英勇献身的战士蒙羞。不，我们得把他们唤醒——把他们从死亡中唤醒，要让他们和我们一起分享这份喜悦。兄弟们，还有什么歌声比独立自由的歌声更甜美呢？过去无数个不眠之夜里，我们都在等待着这一天的到来！那些先我们而去的人，那些有幸活到今天的人，还有那些即将来到这个世界的人，都应该加入这场盛宴。那天，就让我们举杯共饮——是的，举杯共饮！”

话音刚落，屋内陷入一片肃静。大家像是在反复琢磨瓦瑞的话，各自陷入沉思。突然，婉布依清了清嗓子，打算接着瓦瑞的话说下去。穆苟看着她。

婉布依年纪不大，但满嘴牙齿已经掉得差不多了。紧急状态时期，她奔波于各个村子和森林之间，为茅茅组织通风报信。她熟知纳库鲁、恩乔罗、艾尔伯根和东非大裂谷内外的茅茅地下组织。据说，有一次，她要把一把手枪秘密送往奈瓦沙。为了掩人耳目，她把枪绑在大腿根那儿，身上披了件宽大的厚大衣，看上去一副老态龙钟的样子。当时白人在村子里偶尔会进行军事搜查。非常不幸的是，一名军事搜查人员在途中把婉布依给截住了。那些被拦住的村民都被赶到商铺后面的广场上，挨个接受搜查。很快就轮到了婉布依。她牙齿开始发痛，嘴角颤抖，不停呻吟着，口水从嘴角流出，顺着下巴滑落。那名要搜查他的吉库尤警察用斯瓦希里语说了声：“可怜的老妈妈啊！”又嘀咕了几句同情的话后，便开始搜身。他从她胸部摸起，慢慢地摸到腋下，然后双手慢慢往下挪，眼看快要摸到紧要部位了。突然，婉布依尖叫起来，吓得那黑人警察立即住了手，愣在那里。

“你们这帮孩子，”她开始喊道，“难道你们连一点羞耻心都没了吗？白人让你们这么干，你们还真的要对自己的母亲，生你们养你们的母亲，动手动脚？好，我现在就脱，让你们看看这个老母亲，我倒想看看你们看了之后究竟会有什么报应。”

说完，她开始动手撩衣服，似乎真的要扒光衣服赤裸裸地接受搜查。那警察见此情景，只好把头扭过去。

“滚，”他冲她吼道，“下一个……”婉布依从未提起这件事，但也从未否认，每次有人问起，她也只是神秘地一笑了之。

“比如说，我们的长辈喝酒前总会先往地上洒一些，”婉布依接过话茬说道，“他们为什么要那样做呢？因为他们心里始终记着地下的亡灵。同样，我们也不能忘记我们的子孙后代。基希卡就是这样一个后辈，一个了不起的人物。”

穆苟僵坐在凳子上。微弱的灯光照得屋子里朦胧一片，气氛有点怪异。瓦瑞望着煤油灯发呆。婉布依坐在那儿，手肘撑在膝盖上，双手托着下巴。基孔由则出神地看着前方。

“你们到底有什么事？”穆苟略带惊慌地问道。

突然，门外响起一阵重重的敲门声。大家都不约而同地朝那扇门望去，好奇心使得屋内的气氛更加紧张。穆苟起身去开门。

“将军！”来访者一进门，瓦瑞就惊叫道。穆苟跟在两位客人身后走进来。这两个人，一个身材高大，胡子刮得精光，平顶头；另一个身材相对矮小，头上扎着小辫。他们都是躲进森林的自由战士[1]。因为肯尼亚要独立，他们得到赦免，最近刚从森林里回来。

“请坐——就坐床上吧。”穆苟招呼道，被自己沙哑而苍老的声音吓了一跳。今天……今晚……一切都很奇怪……人们的眼神和行为让我感到害怕……我不是真的害怕，因为……因为一条人命，比如说我这条命，根本就不重要……而且……而且……上帝啊……我已经不在乎了……不在乎了……不在乎……这两名访客的到来打破了屋内越来越紧张的气氛。大家凑在一块儿聊起来，低沉而激动的窃窃私语让屋内的气氛一下子活跃开来。婉布依正向那个扎辫子的自由战士说着独立庆典活动的准备事宜。在森林里的时候，人们都叫他科伊纳中尉。

---

1 茅茅运动成员的另一种称呼。

那个身材高大的是位将军，叫 R 将军。

“要祭祀！要祭祀！”科伊纳大笑着说，“这样我就可以吃肉啦。要吃一整头公羊。待在森林里，我们只能挖点竹笋，捕些野生动物来填饱肚子……”

“你懂什么是祭祀吗？”婉布依笑着打断科伊纳的话。

“哦，我们祭祀过——祭祀完了就能吃肉了。我们每天都祷告两次，远征去白人农场抢夺武器前，也会祷告一次。我们面朝肯尼亚山祈祷：

> 万能的上帝，你要保护我们的藏身之处；
> 万能的上帝，你要赐予我们万里晴空；
> 万能的上帝，你要在敌人面前保护我们；
> 万能的上帝，你要赐予我们力量；
> 我们颂扬上帝，让我们获得安宁。

“我们还会唱：

> 没有土地，
> 没有真正的自由，
> 我们誓不罢休，
> 肯尼亚是我们黑人的国度！”

大家都停下来，静静地听着科伊纳唱歌。歌声中流露出一股悲伤的曲调，这与科伊纳平日的欢乐爽朗截然不同。一曲唱罢，突如其来的寂静笼罩住整间屋子，搅得每个人心里七上八下。这一切都不是真的……我很快就会从梦中醒来……发现屋子里空无一人，只有我自己，和往常一样……这时，基孔由干咳了几声。瓦瑞打破沉默。

“着凉了？我就说现在的年轻人筋骨不行啊，一点小病都挡不了。要知道，在我们那个年代，为埋伏好了等马塞人上钩，在森林里一连待上几天几夜可是家常便饭。晚上，寒风刺骨地刮在我们的脖子上，身上的衣服也都被露水浸得透湿。但是第二天一早，你听不到一声咳嗽，哪怕是轻咳一声也没有。”

两位自由战士看着瓦瑞。他们在森林里待了七年多，熟知森林里的生活，两人都没有反驳瓦瑞的话。

“什么是祈祷？”R将军接过先前的话题，突然问道，“祈祷并没有帮助基希卡。基希卡相信祈祷，甚至每天都要读《圣经》。他那本《圣经》走到哪儿带到哪儿。但我不明白的是：为什么上帝就没悄悄给他些暗示——哪怕一句话也好，警告他不要落入圈套。”

“圈套？”基孔由急忙问道，“你想要告诉我们基希卡是被人出卖的？”

“广播里说他是在一场战斗中被捕的，听说那场战斗中死了很多人。”婉布依说。

R将军双眼出神地盯着地面，为了满足大家的好奇心，他慢慢地把当时的情况详细地说出来。

“那天，他原本打算去见一个人。他经常一个人出去打探消息，或是去干掉罗宾逊那样的危险分子，但他总会跟我说一下他的计划。可是那天，他一个字都没对我说。他看上去很兴奋，甚至可以说很开心。要是有人打断他的思绪，他会非常恼火。通常他出去总不忘带上《圣经》，那天却没带，也许他是打算去去就回的吧。”

R将军在口袋中摸索了一阵，掏出一本《圣经》递给基孔由。瓦瑞和婉布依兴奋得像小孩子一样，伸长脖子，探过头去。基孔由快速地翻着手中的《圣经》，留意画有黑线和红线的诗节，他的双手微微颤抖着，最后目光停留在第七十二首赞美诗上，其中有两节画了红线。

“这些画红线的句子是什么呀?”婉布依既敬畏又好奇地问道。

“读几行听听。”瓦瑞说。

基孔由读道:

> 他将断定人民中谁是贫困者,他将拯救穷苦人的孩子,让压迫者粉身碎骨。
>
> 因为当他降临人间,他就要解救缺衣少食的人、穷困潦倒的人以及无依无靠的人。

接着又是死一般的寂静。过了好一会儿,R将军接着开口道:“事实上,自从基希卡那天暗杀了区专员罗宾逊之后,他就再也不是从前的那个基希卡了。这也就是我们今天来这里的原因。”

今天R将军开口说话的时候,定睛看着一个地方。他的声音很轻,好像每个字都是在心里经过一番斟酌才说出来的。他突然抬起头看着穆苟,其他人的目光也一下子投到穆苟身上。

“我相信你就是那天晚上掩护基希卡的人,所以后来你才被抓进了拘留营,是吗?我们想知道,那天晚上,基希卡有没有和你说起,大约一个星期后他要去见村子里的什么人?”

穆苟感到自己的喉咙哽咽了,好像一说话就要哭出来似的。他摇着头,直愣愣地盯着前方。

“他没有提起卡兰贾?”

穆苟还是摇摇头。

“这些就是我们想知道的,我们本以为或许你能够提供点线索。”说完,R将军恢复了先前的沉默。

“是啊,是啊,谁会想到……”瓦瑞想说些什么,但一开口又停了下来。比起R将军的消息,婉布依似乎对那本《圣经》更感兴趣。

“《圣经》!你们应该想到,他的父亲是牧师……”婉布依嘀咕着，“我们的孩子，他本应该成为一名牧师的……”

“他就是一名牧师……是为我们肯尼亚人民的自由而生的伟大牧师。”瓦瑞说。基孔由不自然地笑了笑，瓦瑞和婉布依也跟着笑了，可穆苟和R将军没有笑。屋内紧张的气氛又一次打破了。基孔由咳了几声，清了清嗓子。

“将军，你让我们差点忘了上这儿来的目的。”基孔由郑重地说，语气就像无暇顾及礼节俗套的生意人，“不过我很高兴你来了，因为这事也和你有关。事情是这样的：茅茅组织和村里的领导觉得，纪念牺牲的英雄是个不错的想法。独立庆典那天，我们应该缅怀泰北和附近村落里那些为争取自由独立而英勇献身的战士。我们决不能让基希卡的英名泯灭，他应该永远活在我们的记忆里，他的名字会代代相传。”他顿了顿，然后直视着穆苟，满怀敬意地对他说：“我就不细说了——我们都知道你在这场斗争中所起的作用，你的名字和基希卡的名字将永远联系在一起。就像R将军刚才说的，你冒着生命危险，掩护基希卡。你在泰北和拘留营里所做的一切和基希卡在森林中的事迹一样值得尊敬。因此我们觉得，在那个重要的日子里，应该由你主持纪念先烈的祭祀和庆典活动。长老们会指点你，对你来说，主要就是准备一场演讲。我们准备在独立日当天办一场盛大的集会，地点就选在融尔集市，在基希卡被吊死的那棵树附近，由你来主讲。”

穆苟盯着对面的柱子，努力琢磨着基孔由说的这番话。每次要做决定的时候，穆苟总会犹豫不定。在结果还不确定的行动面前，他总会本能地退缩。他没有主见，浑噩度日，甚至甘受妖魔驱使；他顺应时势，任凭自己随波逐流，既害怕命运，又听任其摆布。现在，他眼神中显露出某种神奇的魔力，身子像僵尸般一动不动。

“你怎么说？”看着穆苟凝重的神色，婉布依有些不耐烦地问道。

瓦瑞很喜欢琢磨人的眼睛，他总是这样说穆苟：“这小伙子有前途啊，前途无量！问我怎么知道的，看他的眼睛就是了。”此刻，他开口道："又不是要你讲一整天。我听过很多演讲，有的演讲者在上面一个劲地讲，讲到口干舌燥才结束，好端端的一场演讲就这么给毁了。讲的话不在于多，只要能打动人心就行，就像你那天讲的那样。"

"我不明白。"穆苟终于蹦出一句话。

"我们泰北人想纪念自己的英雄，这有什么难懂的？"瓦瑞问道。

"我知道你的感受，"基孔由接过话茬说，"你想要一个人清静地生活，不想插手任何事。不过要记住：人，作为集体中的一员，很难永远生活在自己的世界里！特别是像你这样的大人物。当然，你现在不用马上做决定，不过我们希望你能尽快给我们答复——离十二月十二日只剩四个晚上了。"

说着基孔由起身准备离开，其他人也都跟着站起来。走到门口时，基孔由好像又想到了什么，停了一会儿，说："还有一件事。你也知道，现在的政府由茅茅组织掌控着，人民可以自己选举首领。这里的党支部希望你代表我们地区参加竞选。"

说完，他们都离开了。

穆苟的嘴角泛起一丝微笑，或许是出于开心，或许是出于嘲笑，或许是出于痛苦。他掩上半开着的门，坐到床上。慢慢地，基孔由那些话的意思开始明晰起来。他们想要什么？他们真正想要的是什么？他追问自己，双手抱着头，想让自己坚强起来。

屋外，两名森林战士与基孔由一行人道了别，朝另一个方向走去。他俩住在村子另一头的一间屋子里。那间小屋是地方党组织几个热心成员给他们买的，那几个人深信组织就是茅茅运动的化身。

"你觉得他会帮我们吗？"科伊纳突然问道。

"谁？"

"就是那个人呀。"

"哦，你说穆苟啊！不知道，基希卡很少提到他。说实话，我都不知道，基希卡是不是真的和他很熟。”

接下去的一路上，两人都默默地埋头走着，一句话也没说。进了小屋，科伊纳摸索到一根火柴，点上煤油灯。他骨架小，肤色浅，脸上和手上爆出的粗大青筋依稀可见。R将军在床边坐下来，陷入沉思。科伊纳则站在一旁，盯着煤油灯泛黄的火光发呆。

“无论如何，我们必须揪出那个叛徒！”R将军突然冒出这么一句，像是在继续他们先前的对话似的，声音很轻，却饱含着坚定的决心。

科伊纳没有立刻答话，他想起了往事。那天基希卡出去后，就再也没回来。基希卡手下有三百多号人，分为好几个小组，每个小组多则五十人，少则二十五人。平日，这些小组都分散地驻扎在基内聂森林的山洞里。只有在执行像突袭玛溪这样的大规模行动时，他们才会聚集到一起。科伊纳常常被基希卡全然不顾个人生死的勇气所震撼。基希卡孤身杀死区专员罗宾逊这件事成了一个传奇，在隆戈诺特、恩贡，乃至尼扬达瓦地区都广为流传。科伊纳像崇拜神一样崇拜基希卡。在这种时候，他常常会发誓：“我永远追随基希卡！我向上帝起誓，誓死效忠基希卡，决不背弃他！我本来没有奋斗的信念，是他，赐予了我信念。”是的，是基希卡让他这个原本平凡的厨师感受到黑人的力量，找到新的自我。玛溪大捷那天，在等待基希卡凯旋的过程中，他就深切地感受到这股强大的力量。见基希卡迟迟未归，他们便派几名侦查员出去打探消息，结果得知白人正在进行一场浩大的军事行动。消息很快传开。R将军命令手下即刻撤退到他们的另一个藏身处——隆戈诺特。基希卡被捕的消息传来，恩姬丽当场哭了，就连科伊纳，一个堂堂男子汉，也不禁泪流满面。

“你觉得他会是去见女人吗？”科伊纳问道。

“不，我不这样认为。如果你们说的都属实，那么卡兰贾就是我们要找的那个人。”

“在吉希马，每个人都这么对我说：如果你在背后碰卡兰贾一下，他会不由自主地发抖。他从不一个人走夜路。过了晚上七点，他就关上门不再接待任何人了。种种迹象都表明他心里有鬼，可是——”

“天哪，要是那个恶棍真的和基希卡的死有关的话……”说着，R将军愤怒地站起身，在屋内来回踱步，“我们可是一起宣过誓的。我们一起宣过誓的呀！”

科伊纳坐在床上，被R将军激动的语气和愤怒的表情吓了一跳。科伊纳一直有些畏惧R将军，总觉得自己在他面前非常渺小。他们两人都曾参加过二战。R将军在缅甸战场上战斗；而他科伊纳一直只是个不起眼的厨师。战后，R将军做起了裁缝，也算是有了份稳定的工作；科伊纳则不停地从一个工作换到另一个工作，一直没有安定下来。他的最后一份工作是做琳德博士家的园丁。琳德博士是个白人老处女，长得很难看，科伊纳第一眼看到她时，就打心眼里讨厌她。他和R将军真正的结识是在森林里。战场上的R将军从不轻易流露任何感情，说一不二。基希卡被捕时，R将军依然很镇定，既没有表现出震惊，也没有表现出失落；而科伊纳则哭得很伤心。可是多年后的今天，科伊纳倒是渐渐淡忘了基希卡的死，报仇的念头也没那么强烈了；反而是那个沉稳镇定的R将军，还在一心想着要为基希卡报仇。R将军一直在屋子里踱步，弄得科伊纳心烦意乱，只好环顾着空荡荡的屋子：地上凌乱地放着一口铝锅、一个水桶、两只盘子和几个空瓶子。

科伊纳清了清嗓子，说道：“也许，就算报了仇也没什么用，也许我们应该忘记这一切。”

听到这话，R将军突然停住脚步，直盯着科伊纳，上上下下打量着他。科伊纳坐立不安，从R将军慑人的眼神中，他感到了对方的反感。

“忘记？”R将军装出平静的语气问道，“不，我的朋友，我们必须揪出叛徒，否则你和我的宣誓有什么意义呢？叛徒和奸细休想逃出革命的法网。明天你再去趟吉希马，和姆瓦乌拉商讨一下新计划。”

基孔由一行人离开穆苟的屋子，默默走了一段路。

“他是个怪人。”婉布依打破沉默说。

“谁？”瓦瑞问。

“穆苟。”

“是因为那些磨难，”基孔由说，“你们知道拘留营的生活吗？像我们这些普通囚犯，在那里受的苦也许会少些，可穆苟不同，白人把他当作顽固分子看待，经常毒打他，但他始终没有招供。”

“那里不像监狱，”基孔由继续说着，对自己突如其来的情感爆发感到十分诧异，“在监狱里，你至少还知道自己犯了什么罪，要判几年。不管是多少年，一年、十年，哪怕三十年——期限一满，就可以出来了。”

突然，基孔由回过神来，克制住自己的情绪。黑暗中，他看不清瓦瑞和婉布依的脸。他开始怀疑自己刚才是不是在对着空气说话。

“晚安！”基孔由到了他刚盖好的新屋外朝他们说。

瓦瑞和婉布依没有搭理就走了。面对周围空荡荡的寂静，基孔由感到非常痛苦。他不想进屋。客厅的灯光透过玻璃窗照射出来。梦碧肯定还在等他。为什么她就不能先去睡呢？基孔由转身朝远处漫无目的地走去。他埋怨自己刚才在瓦瑞和婉布依面前失态了。在穆苟家，他为什么就控制不了自己的情绪呢？一个大男人不该抱怨。对于基孔由来说，拼命工作只是为了逃避那些不断纠缠自己的记忆罢了。

他盖起一栋房子，那房子算得上是村子里最豪华、最新式的；他攒了点小钱；还当了官，再也不是当年那个穷酸的小木匠了。但现在这一切变得乏味。他吃东西并不是为了享受美味，而只是为了活下去。

不知不觉中，基孔由已经走出村子很远。夜色越来越浓，他突然意识到自己正独自行走在黑暗中，不免有些心虚。他竖起耳朵听着四周的动静，从人行道上似乎远远传来一阵脚步声。很快，脚步声越来越近，基孔由感到很害怕，下意识地加快步伐，想要摆脱它们。但是，他走得越快，那脚步声就越重。他上气不接下气地迈着步子，虽然是在寒冷的冬夜，身上却冒出豆大的汗珠，全身发烫。走着走着，基孔由发了疯似的跑起来，心脏也扑通扑通跳个不停。此刻，脚步声近得似乎和他那剧烈的心跳声重叠到一起。他一定要找个人聊聊。他必须听听其他人说话的声音。找穆荀去。但是，仅仅听到人说话的声音又能怎样呢？过去六年里，在那么多拘留营里，难道他没和其他人待在一起吗？或许他想听到一个声音，能真正理解自己的声音。找穆荀去。他突然停下来。那阵脚步声也在远处消失了。它们会再回来的，他知道，它们肯定还会回来折磨他的。一定要找穆荀谈谈。两年前，穆荀在集会上说的那番话深深地打动了基孔由。主啊，穆荀会理解的。

但是，他来到穆荀家门前时，先前那股狂热的冲动已经冷却。他站在门外，犹豫着要不要敲门——我来这里到底要告诉穆荀什么呢？基孔由觉得自己像傻瓜一样独自站在穆荀家外面。也许还是明天来更好。也许下次来的时候，他会更明白如何向别人敞开心扉。

回到家里，基孔由发现梦碧还没睡觉。她拿了些吃的给他。基孔由这才想起，自己已经整整一天没吃东西了。梦碧在他对面坐下来，静静地看着他。基孔由只吃了一口，就把食物推开了。他没有食欲。

“给我倒杯茶！”他从牙缝中挤出一句话来。

“你多少得吃点啊。”梦碧劝说。灯光照得她那娇小的鼻子闪闪发亮，目光和声音中流露出恳求的神情，让人看不出那平静的面容和苗条的身材下高傲的仪态。基孔由盯着眼前那张崭新锃亮的红木桌子。也许，他刚才应该去找穆荀，像个男子汉一样和他谈谈。

“我什么都不想吃。”他不耐烦地嘀咕了一句。

“是我煮的，所以你才不想吃吧。”

基孔由没有作声。关在拘留营的时候，他多么渴望回到梦碧身边。可现在的她还是以前的那个梦碧吗？他看着她。梦碧把脸撇向门口，或许是哭了。

“我真的不想吃东西，没别的意思。”他的语气缓和下来。

“好吧。”梦碧细声说着，便走进另外一间屋子，拿出杯子、茶壶、茶叶、牛奶和糖准备泡茶。她往煤炉里加了点炭，把它拎到屋外，借助风力让火苗蹿起来。她站在黑夜中守着炉子。

基孔由从夹克衫内层的口袋里拿出一本泛黄的笔记本，又摸索了一阵，找出一截铅笔，用小刀削好后便写下数字，加减乘除。他认真算着一天的收入，盘算着明天的生意计划。这样一来，他暂时忘记了今天发生的烦心事。

等到火苗蹿起来之后，梦碧把炉子拎进来，搁上满满一壶水，然后坐下来，一脸期待地看着自己的丈夫，似乎只要丈夫一个眼神或者一句话，她就会像鸟儿一样开心地飞过去。但是，现在的梦碧已经学会克制自己，坦然接受生活和命运的安排。

“你见到穆苟了吗？”她鼓足勇气问道。

“嗯。”

“他同意领导我们了吗？”

“他说会考虑考虑。”基孔由一直忙着做账，连头都没抬一下。

“婉布依和我说了。”她想引起基孔由的注意，但他没有搭理。

“为什么你不告诉我？”梦碧接着说，“别忘了，我和基希卡是打一个娘胎里出来的！”

“从哪天开始我要把什么事情都告诉你？”

话音刚落，基孔由就开始后悔自己用那种语气说话了。他曾发誓要永远温柔地对待梦碧，不管自己有多么痛苦、多么烦躁，也决不对她粗声说话。

“对不起，”梦碧羞愧地说，“我忘了自己什么都不是。”

没一会儿，水开了。她泡了两杯茶，一杯递给基孔由。突然，像是体内有一股强大的力量推动着她，梦碧站起身，走到丈夫面前。她将手臂搭在丈夫的肩膀上，纤细的双手挽住他的脖子。她一脸期待地看着基孔由，嘴唇微微颤抖着。

“我们谈谈吧。”她低声说。

“谈什么？”基孔由抬起了头。

“孩子。”

“没什么好谈的。”基孔由加重语气，尖刻地说。

“那今天晚上来我床上吧。我一直都在等你，只等你一人，等了这么多年。”

“你今天是怎么了？”基孔由甩开她的手臂，轻轻地推开她，“过去坐下，要不还是去睡吧。你累了。”

梦碧一动不动地站在那里，浑身冰凉。胸膛上下起伏着。她张大嘴巴，似乎想要叫喊，但随即，她从地上一把抓起自己的针线活，冲进了卧室。事实上，真正感到累的是基孔由，他已经筋疲力尽。他左肘搁在桌子上，支着头，努力抬起握着铅笔的右手，想在账簿上记下一个数目，可右手一直颤抖着，手中的铅笔滑落了。他费了好大劲才从椅子上站起身，拿起煤油灯，在梦碧房门外站了几秒钟，最后毅然转身朝自己的房间走去。

耶和华吩咐摩西说：“你进去见法老，对他说，耶和华这样说：‘容我的百姓去。’”

——《出埃及记》第八章第一节

（基希卡在《圣经》里用红笔画出的一节）

四

在欧洲殖民者和印度侨民相互争夺肯尼亚统治权的那段时间里，黑人要坐上权力的交椅是不可想象的。一天，农业局的一位官员罗吉斯先生，从内罗毕乘火车前往纳库鲁，途经吉希马时看见一片茂密的森林，他顿时被深深地吸引住了，头脑中不禁规划起来。罗吉斯先生对政治不感兴趣，倒是很热衷土地开发，这在当时是件怪事。火车沿着陡坡一路奔驰，驶向东非大裂谷。伴随着火车的隆隆声，罗吉斯先生自问："为什么不在那里建个森林研究站呢？"后来他回到吉希马去察看那片大森林。罗吉斯先生的计划开始逐渐成形：他给所有知名人士写信，甚至还去找总督大人面谈，但并未如愿以偿。他们都把他当成疯子：在贫穷落后的黑非洲进行科学研究？

吉希马和那片茂密的大森林就像个精灵一样，勾走了罗吉斯先生的魂魄。他满脑子想的都是在那里建造研究所；一刻不停地对所有人，包括他自己，讲述他的计划。然而某一天，在吉希马的铁路道口，一列奔驰而来的火车从他身上碾过，罗吉斯先生当场死亡。后来，在那片茂密的森林里果真建起了一个研究所，但那并不是为了悼念他的亡故，而是新殖民地发展计划的一部分。不久，大批欧洲科学家和行政人员便拥入那个研究所。

据说，罗吉斯先生的魂魄常在那个铁路道口处出没。更恐怖的是，每年吉希马殖民地都会有一个人死在这列隆隆作响的火车底下。最近的一名遇难者名叫亨利·范代克，一位脑满油肠、酗酒成性的气象局官员。据当地的黑人工人说，亨利·范代克生前老是发毒誓：要是肯雅塔能从洛德瓦尔和洛基唐释放出来，他就自杀。结果，在肯雅塔从马腊拉尔回来后不久，他就连人带车冲到了火车底下，被轧得粉碎。吉希马研究所的人，包括他的对头，听到这一消息都感到惊愕万分：这到底是交通事故，还是自杀事件？

卡兰贾是吉希马图书馆的一名工作人员，主要负责掸扫书上的灰尘，摆放架子上的图书，书写各类书目的标签。他之所以能够记住亨利·范代克，主要是因为那个脑满肠肥的白人时不时爱恶搞一下：这个白人经常会走到那些黑人工作人员跟前，一只手搭在他们的肩上，然后趁其不备，另一只手重重地向他们的屁股打去。他喜欢用手乱摸他们的屁股，朝他们哈出浓浓的酒气，接着突然开口大笑起来。卡兰贾对这笑声极度反感，他从来不确定亨利·范代克是否希望自己也跟着他一起笑。因此他总是很不自然地露出牙齿微微一笑，心里却更加憎恨这个白人。但是听到亨利·范代克博士连车带人被疾驰而过的火车碾得粉碎的消息，卡兰贾还是不由得泛起一阵恶心。

卡兰贾从桌上的一堆蜡纸中拣起一张干净的，写起了标签。图书馆最近装订的这批图书都是内罗毕农业部的。卡兰贾很快就专心工作起来。什么独立日啦，什么亨利·范代克博士的死啦，都抛到了九霄云外。他专注于手中的书签:《农艺学研究》第……他突然感到屋子里多了一个人，便立刻放下手中的蜡纸，转过身去，脸不由得阴沉下来。他竭力稳住手中颤抖的笔，试图掩饰内心的紧张。

“你们这些人，怎么连门都不敲就冲进来了？”卡兰贾对站在门口的人生气地咕哝着。

“我敲了。敲了三次。”

“根本没敲。你总是像进你老爹的窝一样，随随便便就进来了。”

“我敲了门的，这么敲的。”

“声音小得跟个娘们似的？你就不能大声敲，大声敲，就像男人被阉割时那样使劲敲？”卡兰贾提高嗓门，敲着桌子，一字一顿地吼道。

“敲你妈的，我干你妈……”

“你竟敢侮辱我妈！你……”

“就算是现在，当着你的面，老子也敢干。干你姐也行。让她们来告诉你，我姆瓦乌拉到底是不是阉过的男人。”

卡兰贾站了起来。两人狠狠地盯着对方，有那么一阵子感觉像是要打起来了。

“你竟敢对我说这种话？你敢这样侮辱我？”卡兰贾恶狠狠地说。

此时姆瓦乌拉非常激动，胸脯上下起伏，呼吸也变得又急又重，正准备张嘴骂回去，可突然好像想起了什么，便忍住了。

“好吧，就算我向你道歉吧。”他突然说，但语气中仍有几分威胁的味道。

“你本来就应该向我道歉。说吧，到我这儿来干什么？”

“也没什么事，汤普森找你。”说完，姆瓦乌拉就离开了。卡兰贾的情绪从紧张转为不安：汤普森找我有什么事？可能是要告诉我工资的事吧。他掸了掸身上的卡其布工作服，理了理头发，沿着走廊向汤普森的办公室匆匆走去。到了门口，他鼓足勇气敲了敲门，走了进去。

“什么事？你们这些人敲门都这么重吗？”

“长官，我想，我想是你叫我来的。”卡兰贾站在白人上司面前，唯唯诺诺地说。他双腿微微岔开，两手放在背后，一副俯首帖耳的模样，他在白人面前总是表现出这么一副姿态。

“哦，是的，是的。你知道我家的住址吧？”

“知道，长官。”

“你替我跑一趟，传个口信给汤普森太太，说我中午不回去吃饭了。我要去……哦，你等一下，我还是写张便条让你带去吧。”

多年来，约翰·汤普森对写便条有着极大的热情。无论是向所长汇报情况，向文具科领取纸张，还是向工具房要一两枚钉子，他都会写一张便条，仔细写上所有细节，派人替他捎过去。甚至有些时候，哪怕明摆着当面处理更加方便，汤普森还是喜欢用便条。

卡兰贾接过便条，没有立刻离开。他希望汤普森能提起他最近提交的加薪申请一事，但是，他的这位上司重新面无表情地投入到桌上的一大堆文件中去了。卡兰贾在办公室里停留了一两秒钟，便识趣地离开了。

约翰·汤普森和迪金森太太都把卡兰贾当作私人信差来使唤。表面上卡兰贾欣然接受他们的任务，但内心非常气愤：难道吉希马没有专职邮递员吗？迪金森太太是吉希马图书馆馆长。这个年轻女人和丈夫已经分居，毫不避讳地同男朋友住在一起。她很少待在办公室里，可只要她在场，那些工作人员，无论男的还是女的，都会蜂拥到她的办公室里。从早到晚，那疯狂的笑声和高分贝的说话声就没间断过。迪金森太太是东非游猎活动的爱好者，常常和男朋友一起驾车游猎，但每次都会半途而废。卡兰贾最讨厌迪金森太太交给他的任务，比如说，她常常会派他去黑人区买肉给她的两条狗吃。

今天，卡兰贾骑着他那辆嘎吱作响的破自行车，心里一个劲地盘算着：他一定得跟汤普森抱怨抱怨这些琐碎的差事。不，最让他厌恶的不是这些差事本身，或者说它们有多么琐碎，而是卡兰贾觉得，做这些事有失他在其他非洲黑人心目中的地位。但总的来说，他宁可忍受这种难堪，也不愿失去在白人当中好不容易为自己树立起来的好名声。他正是靠这些名声以及由此带来的权力在这里生活的。在吉希马，人们都相信，只要卡兰贾在白人面前动一动嘴皮，发一发牢骚，就足以让别人丢掉饭碗。卡兰贾心里也明白人们都怕他，所以常常趁他们来办公室时，突然朝他们翻个白眼，给他们点暗示，或者干脆对他们咆哮一番。这在无形中增加了他们心中的恐惧和不安。但他内心也怕这些人，所以在与他们恶言相对之后，又会低三下四地跟他们套近乎。

汤普森的平房外面是一圈灌木丛围成的篱笆，修剪得非常整齐。

院门口，绿色的爬山虎顺着木架子往上攀缘，在架子高处形成一个拱门后接着向下生长，垂落在两边的篱笆上。院子里有个花园，开满了鲜红的百合、淡紫的牵牛花、金黄的向日葵和雪白的叶子花。然而，要论颜色，还是那片玫瑰花圃最醒目。汤普森太太在这片花圃里种了红玫瑰、白玫瑰、粉玫瑰——各种颜色的玫瑰花。这会儿，汤普森太太正从这一片五颜六色的花海中探出身子，看到卡兰贾，她便朝门口走了过来。她穿着一条薄薄的白色裤子，上身套着一件圆领衫，领口很低，像是挂在她那对坚挺的胸脯上。

“进屋吧。”汤普森太太看完丈夫的便条后，漫不经心地对卡兰贾说。她厌倦了一个人待在家里。以前，他们家的男仆和园丁在的时候，她还可以和他们聊上几句。有时候，也会和他们争吵起来，她那个大嗓门，在路上就能远远地听到。但是现在，两个用人都离开了，她这才意识到他们在这座房子里是多么重要。

听到汤普森太太的话，卡兰贾感到受宠若惊，要知道，从他替汤普森先生送便条以来，从来不曾有过这样的待遇。他把屁股搁在椅子边上，战战兢兢，放在膝盖上的双手不停地微微作颤，两眼傻傻地盯着天花板和墙壁，唯恐视线撞上汤普森太太那丰满的胸部。

看着卡兰贾在自己面前这副窘迫不安的样子，马格丽感到自己体内蹿起一股冲动的火苗。为什么卡兰贾不看看她呢？她经常见到他，可从来没把他当成一个男人看待。现在她突然感到非常好奇，想知道他脑子里到底在想什么。他怎么看这栋房子？怎么看独立日？怎么看她？她放任自己的思绪自由奔腾，感到全身发热，有点心烦意乱，于是便站起来。

“要喝点什么吗？茶还是咖啡？”

“我，我得回去了！”卡兰贾结结巴巴地说出了自己的想法。

“你真的不想喝点咖啡？别管什么迪金森太太。”马格丽一边说，一边笑，觉得有点放肆，但对这样的煽风点火也感到很是快活。

“好吧。”说完，卡兰贾把屁股往椅子里挪了挪，眼巴巴地盯着门外远处的篱笆。甚至到了这时，他还是不敢舒舒服服地靠在椅子上。同时他又是多么希望能有一位员工在场，看看一位白人女子，办公室主任的老婆，是怎样请他喝咖啡的。

厨房里，马格丽拿出咖啡壶和杯子，煮起了咖啡。虽然此时她仍然对自己刚才的冲动感到害臊，但她不愿浇灭那团燃烧的火苗。她只记得自己曾经有过一次类似的经历。那还是瑞拉惨案发生后不久，在吉希马招待所和范代克博士共舞的那天。范代克博士喷出来的满嘴酒气，既让她感到恶心，又牢牢地吸引住她。深夜他开车带她兜风，马格丽完全屈服在他的男性魅力之下，让他和自己发生了关系。生平第一次，她背着丈夫和别的男人偷欢，虽然胆战心惊，可那种快感妙不可言。

坐在屋子里的卡兰贾突然萌生出一个念头，驱散了起初的不安。该不该问问她呢？他拿不定主意。也许她会把他真正想知道的告诉他——听听汤普森太太来反驳汤普森要回英国的谣言。卡兰贾有很多次都下定决心，想直截了当地去问汤普森先生这个问题。可每当他走近汤普森，就会一下子完全泄了底气，心怦怦地乱跳。他的决心每次都是这么收场的：走近汤普森，行个礼，然后继续向前走，好像自己要到前面去办事一样。比起谣言本身，让卡兰贾感到更害怕的是谣言变成现实。只要他一天不知道事情的真相，他就可以往好的方面想，给自己安慰：黑人统治的到来并不意味着，也永远不可能意味着，白人权力在肯尼亚的终结。在卡兰贾看来，先前当过区专员、现在担任办公室主任的汤普森，就是白人权力在肯尼亚不可战胜的体现。因此，汤普森怎么能离开呢？

马格丽端着两杯咖啡走出来。

“你咖啡里要加糖吗？”

“不用。”他机械地答道，同时也意识到，自己根本提不起勇气向马格丽打听那些传闻。卡兰贾最讨厌没有加糖的咖啡和茶。

马格丽坐在卡兰贾对面，跷起二郎腿，把杯子放在一边的扶手上。卡兰贾则双手战战兢兢地捧着杯子，生怕咖啡溅到地毯上。每次把杯子拿到嘴边时，他脸上的肌肉都会不自然地微微抽搐。

“你有几个老婆？”马格丽问道，自从她发现自己的上一任厨师娶了三个老婆后，她就很喜欢问黑人这个问题。听到马格丽这么问，卡兰贾吃了一惊，她的话似乎刺痛了他内心深处的那道伤口——梦碧。

“我还没结婚。”

“还没结婚？我以为你们这儿的人——那你会去买老婆吗？”

“不知道。”

“那你有朋友吗？女朋友？”马格丽追问道，感到越发好奇了。她的声音充满热情，里面有一种东西似乎触动了卡兰贾，她能理解吗？她能吗？

“我有一个女人，我——我爱她。”他壮着胆子说了出来。卡兰贾闭上双眼，突然憋足了劲，一口气喝下一整杯苦涩的咖啡。

“那你为什么不和她结婚？她死了还是——”

“她拒绝了我。”他说。

“对不起。”马格丽深表同情地说。

卡兰贾回过神来，明白了自己身在何处，问道：“太太，我可以走了吗？有什么话要我带给先生吗？”

马格丽早已把卡兰贾的来意忘得一干二净。她又拿起便条看了看，站在门口说：

“没有。真谢谢你！”

卡兰贾离开汤普森的住所时已将近正午。途中，有那么一会儿，他感到马格丽在他内心揭开的那道伤疤仍在隐隐作痛。但没多久，他又慢慢振奋起来，希望姆瓦乌拉能看到他出现在那个屋子里，也希望当时那个男仆在场，那样的话，他拜访马格丽的消息就能传播开来。

然而现在，只能由他自己去跟别人说这件事，这就没有多少分量，也没多少意思了。将近午饭时间，他径直走进黑人居住区的一家饭馆，脑子里还在回想着刚才对汤普森太太的拜访和那杯苦涩的咖啡。

这家饭馆名叫“铁哥们饭馆”，简称“哥们”。饭馆的石墙上沾满油脂，成了滋养苍蝇的沃土。苍蝇一会儿在顾客身旁嗡嗡地上下飞舞，一会儿又飞到餐具上叮来叮去，甚至还会在食物上交配繁殖。饭馆里的餐桌已经破旧得嘎吱作响，桌子上的铁罐子里放着一束塑料玫瑰花。墙壁上用油漆刷了这家饭馆的口号，用的还都是黑体大写：“饥渴的人，到我这儿来吧！我将让您得到休息！”靠近收银台的另一面墙上，写着一首诗，还用木框精心地镶了起来：

人与人之间不讲良心，
请告诉我谁值得信任。
我很悲哀，轻信过许多人，
赊账的朋友，请明天来吧。

“哥们”是吉希马地区唯一一家有经营许可证的饭馆。

卡兰贾在“哥们”里看到了姆瓦乌拉。在和其他工人产生隔阂之后，卡兰贾总是会告诫自己：树敌太多对自己没有好处。

于是，他马上对姆瓦乌拉说：“早上的事对不住了。”他想摆出一副亲切的样子，但没能装出来。“我希望你把那当成是朋友之间一点小小的误会。你瞧，有些人不了解我们的工作，为科技方面的图书写书签需要全神贯注。如果有人突然推门进来，你肯定会被打扰，还会写错字。我告诉你啊，如果你像我一样了解图书馆馆长那个女人的话——你以为她会无缘无故离开她的老公吗？服务员，来两杯茶，快点……哦，对了，融尔那边有什么消息吗？”

约翰·汤普森个子很高，骨瘦如柴，皮肤粗糙。今天他没有去内罗毕，而是留在吉希马的办公室里，一副忙于工作的样子——他起身走到墙边的文件柜旁，抽出一份文件，又回到办公桌前坐下。他那张饱经风霜的脸永远是一副茫然出神的样子，似乎思绪一直飘荡在远方，想着很久以前的事。阅读文件时，他总是一个字一个字地看过去，仔仔细细地看完后才把它们放回文件柜。有那么一两次，他坐直身子，若有所思地抚弄着嘴角的皱纹。

汤普森逐一看着屋内的摆设：桌上干净的吸墨纸、钢笔、铅笔筒、墨水瓶，雪白的墙壁和天花板，他似乎在努力地寻找一种图案，能把屋内的一切都囊括起来。可他思绪万千，杂乱无章。于是，他拿起星期一当天的《东非旗帜报》，靠在椅子上阅读起来。《东非旗帜报》是肯尼亚最早的一份日报，报纸上报道了不少周四肯尼亚独立庆典活动的准备工作。浏览完这些报道后，汤普森隐隐感到有种被人出卖的感觉，不由得退缩。自从六月份肯尼亚实行自治以来，只要看到这些报道，他就会产生一种说不清道不明的感觉。是他已经知道了独立日的消息，还是报道中流露出来的那种语气，认为白人很容易就会接受这些事实？汤普森一看到报纸首版上首相的照片，就再也不敢多看一眼，匆匆翻到下一版。后来，他对自己的反应感到羞愧，却还是没有勇气再看一眼。他已经获悉，独立庆典当天，爱丁堡公爵将代表女王出席。任何关于肯尼亚独立的消息都会提到这件事。无论以何种眼光看待这件事情，汤普森只要一想到当天公爵会坐在那里，看着国旗徐徐降落，深知它永远不可能在大不列颠彼岸的这片土地上再次冉冉升起，内心就会悲痛万分。他的思绪回到一九五二年女王殿下（当时还是公主）访问肯尼亚的情景，他愈发感到悲痛。他忘却了手中的报纸，全然沉浸在当年女王和他握手的那一瞬间。那时他还是区专员。和女王握手的那一刹那，汤普森感到异常紧张和兴奋。他心跳加速，似乎自己和女王之间已经就肯尼亚问题达成了一个神圣的约定——他甘愿为女王做任何事，甚至愿意赴汤蹈火、牺牲生命，来证明自己愿意效忠使命。尽管女王没有明言，但她的亲自到访和脸上的笑容已经说明了一切。回忆着当年的那份狂喜，汤普森不由自主地推开手边的文件，站起身来。他的眼睛闪闪发光，含泪欲滴。

他走到窗边，小声地喃喃道："这一切到底是怎么回事？"

一阵激动过去以后，他感到胸口像是堵着什么似的。于是，他往前靠了靠，茫然地看着窗外的场景。正前方是矮矮的三个波浪形铁屋顶，那是三间实验室。一间是植物病理和农林实验室，另两间分别是土壤物理实验室和化学实验室。左边是三两成群的温室。他看到所里的植物病理学家琳德博士穿过沥青马路，消失在温室的背后。几秒钟后，琳德博士那条垂着黑色尾巴的棕色狼狗也从实验室里冲出来，向她追去。他的右边是吉希马图书馆，一群黑人员工正躺在屋檐下的草坪上。汤普森的视线从围栏围起的草坪一路望到离他最近的那间化学实验室，不由得感慨：一切都是那么安静。做实验用的试管，一支紧挨着一支，整齐地排放在窗边。过了星期四之后，一切还会维持现状吗？也许，两个月后，这些试管和烧杯不是被打破，就是被丢弃在水泥地上。栽满野生植物的暖房和苗床以及外围精心修剪的灌木丛也会逐渐变成一个垃圾堆。

过了一会儿，那条狼狗从化学实验室的另一边走出来，低着头一路嗅着脚下的青草。突然，它停下脚步，抬起头朝图书馆的方向望去。汤普森心头一紧，似乎预感到要出事。他一动不动地站在原地，等待着，无法抑制心头冰凉的感觉。突然，那条狗发了疯似的叫起来，跃过草坪上的围栏，朝那群黑人直冲而去，吓得他们惊叫着四处逃窜。有一个没来得及逃开，狗就向他追去。那个黑人想夺路逃走，脱离险境，但狗凶狠地盯着他，把他逼到墙边，他的背紧紧地贴着墙壁，动弹不得。突然，他弯腰迅速地捡起一块石头，举到空中。此时，狗离他只有几英尺远。汤普森屏住呼吸，等着可怕的事情发生。

就在这紧要关头，琳德博士突然出现了。狗正要跃起扑向那个黑人时，她冲着狗喊了一声。汤普森长长地舒了口气，内心紧张的情绪渐渐舒缓下来。可事情就这样过去，他又隐约感到有些怅然若失。

汤普森离开办公室，穿过草坪，向图书馆走去，那里已经聚集了一小群围观的黑人。琳德博士左手牵着狗项圈，右手恶狠狠地指着卡兰贾，用鄙视的语气责骂道："我真替你感到害臊啊！彻底替你感到害臊啊！"

卡兰贾双眼盯着地面，眼神中满是惊慌和愤怒，惊魂未定的脸上还挂着刚刚冒出的冷汗。

"太太，是这条狗……狗……扑过来……"卡兰贾结结巴巴地说。

"我怎么也想不到你干得出这种事，竟然朝我的狗扔石头。"

"没有石头，我没有扔石头。"

"你们这种人就会撒谎。"说着，她朝围观的其他黑人看去。随后，她又把矛头指回卡兰贾："难道我看不到你手中拿着石头吗？我真该让它咬你。现在我都还有点想让它……"

这时，汤普森来到现场，围观的黑人纷纷向两边散开给他让路。见到汤普森，琳德博士停止教训卡兰贾，立刻换上一副笑脸。卡兰贾满怀希望地抬起头，看着汤普森，其他黑人也停止了嘀咕。面对突如其来的安静，加上那么多双齐刷刷盯着自己的眼睛，汤普森不由得感到紧张不安。这让他回想起当年关押在瑞拉拘留营里闹绝食的黑人。他站在这群黑人面前，感受到了和当年同样的敌意。他必须将他的尊严维持到底，但又感到很害怕。他没有特意看向某个人，顺嘴就冒出了一句斯瓦希里语："我来处理这件事。"说完他就后悔了，因为这句话听起来满是歉意。先前的沉默一下子打破了，有的黑人开始大声斥责那条恶狗，有的举起手比划着。卡兰贾感激地看着汤普森，然而汤普森把手搭在那女人的肩上，带她匆匆地离开了。

汤普森带着琳德博士漫无目的地走过图书馆和行政大楼之间狭长

的走廊。一切都好像是过去留下的阴影：瑞拉狗留营和那条狗。一路上，琳德博士的嘴一刻都没停下来："就因为他们快要独立了，现在都变得粗鲁无礼，甚至那些最老实的也变了。"

汤普森想跟琳德博士谈谈刚刚发生的冲突，却不知道怎么开口。他知道当时自己应该早点出来干预。要是卡兰贾被狗咬伤了，该怎么办？作为办公室主任，妥善处理好白人员工和黑人劳工之间的关系是他的职责；再者，从肯尼亚公务员协会秘书那里，他也接到了不少对这条狗的控诉。他们走到一片围有铁栅栏的大型树苗园圃附近，在一片长满草的地方坐了下来。他想告诉琳德博士事情的真相，但这样又势必会把自己麻木不仁的举动一并说出来：他当时是怎样袖手旁观地站在那里，沉浸在眼前的画面中，等待着意料之中的流血事件发生。

"事实上，这并不是那小子的错……"汤普森凝视着前方说，"我看见是狗朝他扑过去的。"

生活在肯尼亚的很多欧洲人都对宠物有一种特别的感觉，尤其是狗，汤普森也不例外。一年前，他带着马格丽前往内罗毕，观看都市演出团在国家大剧院上演的《安妮，拿起你的枪》。此前他从未去过那家剧院——那里没有发生过什么大事，他平日里常去的是唐乐万·茂勒戏剧俱乐部。从吉希马前往内罗毕要经过一片乡村。那天很黑，车子的前灯突然照见一条正要横穿马路的狗。当时车子离那条狗还有一段距离，汤普森本可以刹车、减速或者按喇叭，他有足够的时间和距离作出反应，可他还是紧紧地握着方向盘。他并不想撞死那条狗，但同时又清楚地意识到，车子马上就要从它身上轧过去了。他全身好像被牢牢地固定在驾驶座上，恐惧地等待着这个不可避免的悲剧降临。突然，车外传来一声尖叫。霎时，汤普森感到自己恢复了元气，他赶忙刹住车，打开车门，拿着袖珍手电筒跳了下去。往回走了几英尺路，没有找到狗；又往路的两边望去，也没看见狗的踪影，甚至连一滴血迹都没让他见着。可是他确实听到了"砰"的一声和那一声尖叫。回到车内，他发现马格丽正在小声抽泣。令他感到吃惊的是，他自己的身子也在颤抖，根本没办法去安慰妻子。“也许，它在车子下面。”马格丽说。于是，汤普森又一次下车，仔细地往车底张望，仍然没有发现狗的踪迹。他难过地驱车离开，感觉像轧死了一个人似的。

当汤普森看到琳德博士的狼狗冲向卡兰贾的时候，他再次体验到了那令人毛骨悚然的情景。他试图向琳德博士讲述事情发生的经过，那次意外事件仍然历历在目——他只能对琳德博士讲办公室外面草坪上发生的事，可他内心所想到的却是另外一件事，他没法把这两件事区分开来。

琳德博士开始抽泣，这让汤普森感到吃惊，也极不自在，只好转头看向别处：那条狗正在小树丛中溜达，过了一会儿，它在一片樟树丛中停下来，抬起后腿，撒了泡尿。

“不好意思。”琳德博士拿起一块白色手绢擦拭泪水，强忍住抽泣说。她的头发已经花白，脸颊和眼睑处的肌肉也开始松弛下垂。她每天都在温室、实验室和苗床之间穿梭——孤孤单单得像个鬼魂。

“不要放在心上。”他说，目光一直茫然地跟随着那条狗。

“我也这么想，可是——可是——我恨他们。我怎么能不恨呢？每次我看到黑人，就会想起——想起……”

汤普森感到自己处境尴尬，开始坐立不安。他想把自己开车轧狗的事情告诉她的那股冲动已经消退，他只想尽快离开。但在琳德博士的内心，一股纯洁而神圣的自怜情绪正在急剧膨胀。当一个人感觉自己和另外一个人（哪怕是陌生人）关系亲密，同时愿意向对方吐露自己内心深处的恐惧和负担时，便会产生这种自怜情绪。在这种情绪的催迫下，她把埋藏在内心深处的那件事告诉了汤普森。那件事一直折磨着她，摧毁了她的一生。她曾独自居住在睦谷格一间古老的平房里，平房四周长满了灌木丛，这些灌木丛很茂盛，疯长到屋顶那么高。她喜欢这间平房，喜欢在这里独居，更喜欢这间屋子给她带来的平静。紧急状态期间，区专员多次劝说她离开这个偏僻的地方，搬到吉希马或者内罗毕去居住，那里安全、有保障。但她根本听不进去，就连偏远农庄的妇女惨遭杀害的消息也吓不倒她。她到肯尼亚来只是为了工作，和政治没有丝毫关系。她喜欢这个国家，喜欢这里的气候，所以决定在这里住下去。她从来没有害过任何人。没错，她虽然经常指责她的仆人，但是也经常送他礼物和衣服，还特意为他在屋后盖了一间小瓦房，而且从来不拼命使唤他。仆人是个吉库尤人，来自融尔，身材矮小。二战期间，他曾干过厨师之类的活。在到琳德博士家当仆人前，他已经很久没有工作了。仆人和琳德博士养的狗建立起深厚的友谊，十分感人。一个漆黑的夜晚，门外响起那个仆人急促的敲门声。门刚打开，就有两名壮汉向她冲过来，把她拽到客厅里，仆人跟着走进来。他们绑住她的手脚，还堵住了她的嘴。面对突如其来的惊吓，她认为自己必死无疑，只能等死。可是接下来发生的事情比杀了她还要残忍、野蛮。她的狗曾冲着两个壮汉吼叫，可在看到仆人之后，它就收起攻势，朝他摇尾巴。但那狠心的家伙居然把它砍成了碎块。

鲜血溅在琳德博士的衣服上。当时她多么希望能够当场昏厥或者死去，但是最让她感到痛苦的是，她眼睁睁地看着这一切……他们拿走了放在保险箱里的钱和枪。后来那两名壮汉被抓住绞死了，而那个仆人却逍遥法外。她不得不重新买一条狗，从头开始训练。浓浓的血腥味和他们那恶毒、疯狂的眼神一直折磨着她，不，应该说，她到死也不能忘记那件事。

汤普森看着她，竭力想摆脱她的声音、她的身体，甚至她这个人。他俩没再多说什么，各自朝不同的方向走开了，好像对刚才吐露的秘密感到羞愧似的。汤普森隐约感受到了琳德博士在他内心唤起的恐惧。回到办公室里，汤普森试图压制住那份恐惧，但是他满脑子想的都是琳德博士的狼狗和那条被车灯照到的狗。那天晚上到底发生了什么？如果那条狗真的扑向卡兰贾，去撕他的肉，那又会怎么样呢？当他走近那些黑人的时候，分明看到了他们眼中的敌意。沉默，突然的沉默。就像瑞拉拘留营里发生的一切：那些被关押的黑人拒绝开口说话，只是静静地坐在那里，不吃不喝，绝食抗议，顽固得就像铁板一样。无论汤普森走到哪里，都能感觉到那些眼睛死死地盯着自己。哪怕是在黑暗里，他也能看到他们充满敌意的眼睛。他极度痛苦，睡不好觉，还一直思索着该如何打破他们的沉默。今天，在图书馆门前那些黑人的眼睛中，他看到了同样的眼神。

约翰·汤普森在肯尼亚很多地区当过区专员。他工作勤恳，办事速度快、效率高，有口皆碑。作为肯尼亚殖民地的行政官员，他的事业前景一片光明。在紧急状态期间，他被临时调到拘留营工作，负责改造那些拥护茅茅运动的人，使他们成为正常的“英国臣民”。在瑞拉拘留营里，他一生最大的悲剧发生了。有一次囚犯绝食抗议，他让手下动手惩戒，结果打死了十一个犯人。事情泄露出去，他身为负责人，很快成了众矢之的。他的大名不久就出现在全球各大报刊上，同时也在下议院里传开了。英国还派出专门调查委员会，把他从心爱的出头露面的宝座上赶下来，贬到了吉希马。这么多年以来，他内心的伤口一直没有愈合，只要一碰及，当时的屈辱感就会向他袭来。

今天，看着那些黑人的眼睛，他看到了一种新的令人恐惧的目光：如果当时卡兰贾真的有个三长两短，那他会不会再次接受调查？而这一次可是在黑人掌权时出的事。

汤普森无法专心工作，整个下午就这样很快过去了。也许他可以明天一早再回来工作。他关上窗户，再次体验到当时那可怕的场景和心头的余悸。走廊的尽头，卡兰贾正站在那里等他。他想干什么？他想干什么？

“什么事？”

“我把便条送给太太了。”

“还有什么事？”

“我想说谢谢。”

汤普森想起自己说的谎话，盯了卡兰贾一眼，便走开了。但是转念一想，他又叫住卡兰贾。

“关于那条狗……”

“怎么？”

“别太担心，我会解决的。”

“先生，谢谢您。”

汤普森没再作声就离开了，刚刚说出的那句话让他很恼火。他有必要安抚卡兰贾吗？我们都到了什么地步！

他感到眼角流出了泪水，茫然地朝自己的汽车跑过去。

五

约翰·汤普森对这个巧合感到十分诧异：他正打算说说自己轧死的那条狗，琳德博士却讲述了另一条惨遭黑人杀害的狗。他想把琳德博士的遭遇告诉马格丽，有两次话都到了嘴边，最后却只是以抱怨天气炎热了事。汤普森试图把精力集中在接下来要发生的事情上：明天的告别派对、后天的航班、英国的新生活，可思绪一直纠结在过去，尤其是那些非常琐碎的小事，比如说今天下午发生的狼狗追人事件。

"你去内罗毕有什么事吗？"察觉到丈夫的不安后，马格丽问道。

"实际上没去成。"他答道。

"为什么？"

"办公室里事情太多。"他小声嘟囔了一句，随手拿起一份以前的《笨拙》[1]杂志读起来，试图摆脱太太的追问。

"我希望一切都还顺利——我是指你的公事。"

"是的，我今天批阅了一些文件，明天还要再批几些，另外还有几份急件等着我回。一切都替那个来接任的人安排好了。"

"他们找到了什么人吗？"

"找到了——没有，我想应该还没找到。"

"可能是黑人吗？我猜他们现在要把肯尼亚所有的地方都非洲化了。"

汤普森把报纸平摊在膝盖上，一动不动地僵坐在那里，就像屁股上钉了钉子一样。先前在办公室里想到的一些画面，现在更加清晰地浮现在眼前：实验室的地板上横七竖八地躺着破碎的广口瓶和试管，

---

1 《笨拙》是英国出版的一份幽默讽刺周刊。

办公室里堆满未回复的邮件，地面上也积满灰尘和废纸。他舍不得那间办公室，也舍不得好不容易建立起来的一整套秩序。他既恨那个即将接替他的人，又希望那人至少能够善待他的职位。汤普森有一种说不出的烦恼，甚至感到极度痛苦。这种痛苦的产生往往是因为人们终究认识到自己并没有那么重要，或者发现曾经待过的学校、大学和俱乐部在自己离开之后，又迫不及待地招收了一批极其鲁莽、极其不负责任的新学员，甚至都不曾对他们的离去流露出一点痛惜之情，就好像他们未曾在那里存在过、未曾作出任何成绩一样。莫名其妙地，汤普森把怒火转到妻子身上。他想甩个问题给她，为难为难她，看看她是否也和自己过不去。他真的想知道，要是他先前死在瑞拉拘留营里，死在基内聂森林里，或者现在死了，她会不会马上投入其他男人的怀抱。汤普森突然放下手中的杂志，没有理会马格丽的问题，径直向隔壁房间走去。几分钟后，他又走出来，手里拿着一个装有笔记本和文件的档案袋，自顾自地看起来。

马格丽起身开始清理桌上的杯子茶碟，慢腾腾地收拾着汤普森喝过的杯子。她看着他，脑中不禁回忆起他们一起参加殖民工作前的那段时光，那时候他常常向她敞开心扉，对她无话不谈。在她眼中，他就是品性优良、乐观向上的心上人。那是二战非洲战役结束后，汤普森返回牛津大学上学的一段日子。回忆着过去的点点滴滴，看着丈夫因重压而紧绷的面容，马格丽的心软了，很想伸手轻轻地抚平它。然而一股让人不耐烦的念头从思想深处、从记忆中涌现出来，扼杀了她的这一冲动：确切地说，自何时起，他们夫妻之间形同陌路了呢？她赶紧收拾完剩下的盘碟，走进厨房。也许是那些公事让他们疏远了，因为在汤普森全神贯注于日常行政事务、一心想着升迁时，他的理想和憧憬似乎都被抛到了脑后。马格丽发现自己越来越看不透丈夫那张难以捉摸的面庞，最后甚至就连对他产生一点柔情蜜意都让她感到痛苦。瑞拉惨案期间，马格丽尽一切努力去鼓励他、安慰他。但是，作为一个妻子，她对丈夫真正的体谅又在哪里呢？她甚至都不能替他分担痛苦。相反，就像一个成年人突然被孩子发现自己在田间道路上幼稚地追着蝴蝶疯跑，她感到很羞愧。

马格丽从不让一种想法纠缠自己很久。此时她正在厨房里洗碗碟，白天的那股燥热又一次向她袭来。回想着和卡兰贾短暂接触的所有细节，她暗自思忖，这是多么荒谬可笑呀！也许是因为我就要离开非洲了。不，可能是因为我年纪越来越大了。人们都说，非洲炎热的天气很容易让女人产生燥热感。马格丽暗暗发笑，但又骤然止住：难道这真是我最后一次使用这间厨房了？难道我永远也见不到吉希马了？我的那些花儿会受到搬进这间房子的新主人重视吗？这间屋子的每一个角落，桌子、椅子、床，甚至墙壁，都铭刻在她的记忆中。她和汤普森到过肯尼亚很多地区，但没有一间房子能像这座房屋那样让她感到亲切，也找不到任何一个地方能带给她如此轻松、自由和充满力量的感觉。

正是在吉希马，马格丽遇到了范代克博士，她体内某种强烈的东西觉醒了，那是一种她之前从未感受过的东西。在范代克面前，她感到自己那么弱小，弱小得让人兴奋不已。范代克和她丈夫简直就是完全不同的两个类型：范代克嗜酒成性，笑容夸张，让人生厌；而汤普森衣着得体，举止优雅，从不过量饮酒。每次和范代克在一起，马格丽都感到自己体内注入了一股新的活力。那种偷偷摸摸、胆大妄为、无法无天的欢乐，让他们的幽会更加激情四溢。第一个晚上格外美妙，每一个瞬间都让马格丽感到害怕、好奇和惊叹。在丈夫有事先行离去、把她独自留在舞池的那一刻，她就知道要出事了。范代克主动提议送她回家，她感激得当场就想紧紧挽住他的胳膊。汽车在吉希马一片茂密的森林里停下来，马格丽闭上双眼，范代克吻了她。

“我们去后座吧。”他在她耳边轻声说。

“今天不行，范，今天不行。”她微弱地呢喃着。

“就是今天，就是现在。”他说着，一边开始向后座爬去，一边很快把她衣服扒光了。

她顺从地跟着范代克，一句话也说不出来。

“我们得小心点。”她抚摸着他，总算开了口。

“好的，好的。”

“轻一点——”她乞求道，接下来的话语就被他猛烈的进攻给吞没了。她紧紧缠着他，生怕身下的车子和整个世界都会轰然倒塌。此时，窗外漆黑一片，四周万籁俱静，只有树林在沙沙作响。事后，她哭了，不知道还有什么脸去见自己的丈夫。

“你哭什么？”

“我丈夫。”

“该死！”他低声咒骂道。

他们之间的私情并没有给她带来幸福。她变得越来越容易嫉妒。舞会上，只要看到范代克和别的女人嬉笑谈天，她就会感到非常气愤。可她又不能当众大吵大闹，也不能公然把他夺过来。因此在偷偷幽会的宝贵时间里，他们本应该一起愉快地度过，但最终都会发生一些无谓的争吵和打闹。一天，约翰·汤普森前往乌干达参加一个会议，范代克博士来到了他们家里。他第一次向马格丽谈起他的工作。他态度认真地谈着，言语中不带任何脏话，流露出一股自豪感。

“人们不知道我们在肯尼亚面临的是怎样一种情况。你瞧，像英国那样的国家，地势相对比较平坦，这么说吧，在那样的地区确定低气压带的空气运动比较简单。但是，肯尼亚海拔高，不同气压地区往往会引起突然的、出人意料的变化，这样一来，预报天气就困难多了。”

“但是你肯定有补救的办法吧？”

“嗯，是的。正是因为要考虑多方面的因素，所以在肯尼亚或者南非这些地方研究气象就更有味道。”

马格丽仿佛进入一个新的世界，在那里她接触到的远不止学校里所学到的那些知识——晴雨表、风向标、等压线、低压槽、气团等。她知道范代克出生在南非，也是在那里受的教育；他曾在罗得西亚南部工作过；他曾在很多地方待过，但是每到一个地方，都有一种无法理解的东西困扰着他。所以他一直在逃离那些事情，直到最后来到吉希马。在这里，正如马格丽总结的那样，也只有酒才能让他接受现状了。这是范代克第一次谈起自己的工作，不知不觉中，他们的话题渐渐从工作转移到了生活。马格丽便趁机开始试探他和别的女人的风流韵事。“该死，我又不是你丈夫！”他冲她吼道，不管三更半夜，甩门而去，把她独自一人留在沙发上去伤心。“我再也不想见到他了！”她对自己说。可是第二天她就马上写信给他，让他快来和她见面。

马格丽经常毫无保留地进行自我剖析。她也常常以不同的眼光看待自己和丈夫之间的关系。不可否认的是，约翰控制着她的人生，而且只有约翰才是她真正的归属。但是难道这就是婚姻唯一的意义吗？这种时候，她往往会从罪恶的噩梦中惊醒，对自己感到厌恶，也往往会对汤普森更加温柔体贴。她感到非常冲动，甚至渴望向汤普森坦白一切。她讨厌范代克博士，但越讨厌他，就越感受到范代克的魅力。她渴望他的身体，渴望疯狂地扎入黑暗深处，渴望情感激荡、不顾一切、勾魂摄魄的放纵狂欢。但他背着她和其他女人私混，又让她嫉妒、害怕，扰得她心神不宁。

后来，意外地，一列火车夺走了她情人的生命。让她吃惊的是，她并没有感到伤心，也没有其他任何情绪。事实上，她听到消息后的第一个念头就是，她的生活又将恢复以往的平静了。可她很快就开始不安起来，感觉像是失去了什么东西，但又说不出具体是什么。她以新的热情重新种起了花卉——这项爱好在她和范代克偷情的那段时间里已经被丢得精光。

洗碗的时候，所有这些事情都一连串涌入她的脑海。对丈夫的感情，从厌倦到不耐烦，最终变成了痛彻心扉。她思索着，他们的生活即将发生巨变。但是丈夫仍然不愿开口。因为独立庆典，他们的生活步入危急关头，他却表现得若无其事。虽然她不知道自己究竟希望丈夫说些什么，但她认为，夫妻之间至少应该相互分担内心的不安和焦虑，比如他们的过去、明天的告别派对、周三的归国之行等。

是的，她一定得逼丈夫把话说出来，就在今天晚上。她下定决心，放下手中的碗碟，坚定地朝客厅走去。约翰正在那儿聚精会神地阅读一大堆笔记和报纸，时不时举起微微颤抖的手草草写几个字。她站在丈夫的身后，弯下腰，双臂搂住他的脖子，嘴唇温柔地触碰着他的左耳垂。她的这一举动也把自己吓了一跳，因为她已经有很多年没有这样做了。突然，先前那股要把两人关系的危机挑明的坚定决心消散了。

“晚安。”

“晚安。”

“别忙得太晚。”马格丽边向浴室走去边说，然后上床睡觉了。

汤普森第一次来到东非是在二战期间，他被派到国王的非洲民兵团担任一名军官。在那里，他参加了一九四二年的马达加斯加战役，其他时间则一直在肯尼亚担任各种警卫任务和教官工作。战后，他重返牛津大学继续他中断的学业。正是在牛津研究英国历史的过程中，大英帝国的发展历程深深吸引住了他。起初，汤普森只把这当作一个历史工作者纯粹的兴趣爱好，并未想过要亲身参与其中。后来一次不经意的机会，他读到鲁德亚德·吉卜林的诗歌，顿时感到有什么东西快速地划过心头，点燃了自己内心的一团火焰。他把自己看成是一位肩负伟大使命的人，一位志在干出一番大事业的人。他还对路加德勋爵[1]的工作和生活进行了研究。后来，一次偶然的机遇使他结识了两

1 路加德勋爵（1858—1945），英国殖民主义先锋和将领，一生在英国亚非殖民地镇压当地反抗民众。

名非洲学生，他内心的这种渴望上升为一种坚定的信念。他们一起谈文学、谈历史、谈战争，对大不列颠在这个世界上所肩负的伟大使命都极感兴趣。这两位非洲学生来自黄金海岸一位酋长的家庭，在英国的历史和文学等领域却有着很高的造诣，汤普森对此感到惊叹不已，对他们刮目相看。这两名非洲学生无论在衣着、言谈还是智力上都与英国国民没有任何差别。他的思想开阔了。在他们身上，看不到一点非洲和东方民族所惯有的典型特征：感性、缺乏逻辑、迷信。相反，他们身上显现的是西方思维的三大基本观念：理性、秩序和分寸。一连好几天、好几周，他都在想着这件事情，头脑中不断浮现出一个印象：这两个非洲人为接受大英帝国的遗产和传统感到骄傲。汤普森异常激动，清醒地意识到自己就要有一个突破性的重大发现：确切地说，英国的遗产到底是什么呢？一天夜里，汤普森从睡梦中醒来，发现自己的使命因这个想法而逐渐成形，不禁感到喜出望外。

"我内心激动不已，"汤普森后来这样写道，"那一刻，我坚信，大英帝国版图扩大的过程就是一个伟大的道德观念的发展过程，也就是说，我们必须建立起一个统一的大不列颠民族。这个民族由不同肤色、不同信仰的人民组成，它的形成却基于一个共同的主张——人人生而平等。

"对我来说，一束耀眼的光芒照亮了眼前的黑暗。"

把大英帝国改造成一个统一的民族：难道这还不能说明很多问题吗？比如说，在二战中，为什么有那么多非洲人，愿意为英国奉献自己的生命呢？

在他一开始执笔记录这些想法时，他就为笔下的这份稿子想好了标题。他把它称为"非洲的繁荣"。他在其中声称，从根本上说，成为一个英国人，只是一个心态问题。所谓的"心态"是指人们看待生活、人际关系、社会结构的一种方式。通过改变人们生活的社会文化环境，难道不可以改变人们看待生活的方式吗？《非洲的繁荣》一文的想法，得益于汤普森对英国历史和自古罗马时期以来的殖民通史的深入研究。他深受法国同化政策[1]的影响，但同时又对其进行了批判，认为它是“间接统治理论[2]路加德式的历史倒退”。

“我们必须避免犯法国式错误，他们只同化吸收了少部分受过良好教育的人民。在我们这项伟大的道德体系中，绝不能忽略对亚洲和非洲农民的改造。我们英国也有农民，如今他们已经成为我们这个国家伟大的工人，是这个社会不可或缺的一部分。”

汤普森常常向马格丽吐露自己的雄心壮志。但最初让马格丽动心的是他脸上的悲伤和冷漠。她欣赏他的才华。他的道德热情给平淡无味的生活带来了意义。有一次，他们一起在伦敦散步，从驻足的圣詹姆斯公园，抬头远眺威斯敏斯特教堂、英国下议院以及更远的地方。马格丽喜欢把头靠在汤普森的肩上，希望他能够带着她一起踏上他口中的那些土地。他确实做到了。没过几年，汤普森先生和汤普森太太就启程前往东非，到了殖民地，成了这出戏的中心。

“我很开心，”汤普森一抵达蒙巴萨就这样写道，“又能够踏上肯尼亚这片红土地了。战争期间我曾到过这儿，我喜欢这里的气候。那时我怎么也想不到，自己日后还会带着别的使命重返这片土地。”

他总是回想起自己的这番话。甚至今夜，在他即将离开东非的前夕，触碰到马格丽的手指，还会让他感受到一丝当年充斥着他全身的信念。对大英帝国的信心曾让他宣称：管理一个民族，就是管理这个民族的灵魂。这句话是他在新斯坦利酒店的一个饭局上对着一群官员说的。饭后，他把这句话写进了日记里——不，不是日记，而是他在工作中随笔记下的札记。他希望，自己记下的这些话语有一天能够在

1 指一个国家或政府根据同化主义理论和“文明输出”理论制定的一系列殖民统治与改造政策。

2 在北美独立后，英国对外殖民政策一向采取间接统治方式，即在英国殖民地保留原有的部落、乡村等行政机构，并任用当地人为次级地方官员，殖民地的政治、经济相对自立，当地的语言文化也得以保留和传承。有人认为，英国的间接统治无疑更加有利于长久保持对殖民地的控制，并使其在独立之后仍愿意与英国保持政治和经济上的联系。

《非洲的繁荣》里融合成一个系统的思想体系。此时，这些笔记就放在他面前，他快速浏览着，视线徘徊在一些触动他心弦的语句上。

涅里随处可见的山脉、高地和深邃的山谷里长满了各种各样的植物。大片茂密的森林使当地原始村民非常敬畏这些古老的树木，森林的黑暗和神秘让村民沉迷于巫术和宗教仪式。

“茅茅”是什么东西？

阿尔贝特·施韦泽博士说：“黑人是一个孩子。对于孩子，不用权力来进行管制是不行的。”现在，我在涅里、吉希马、基苏木、恩贡工作过以后，我同意他的说法。

我回到涅里。为了切断与恐怖分子的联系，我们让那里的村民搬进新建的村庄。焚烧旧村庄屋舍的时候，我感觉自己正往一个死胡同走去。

融尔的一位高级区官员罗宾逊上校被残酷地杀害了。我正准备前往融尔去接替他的职位。我们必须使用大棒政策。没有一个政府可以容忍这般无法无天的行径。在这样一个凶恶残暴的社会中诞生不了任何文明。“茅茅”罪不可恕，倘若不对这一运动加以阻止，那么我们的文明赖以蓬勃发展的所有价值观将会被彻底毁灭。

“在与非洲人斗争的过程中，每一个白人都不断地陷于道德崩溃的边缘。”阿尔贝特·施韦泽博士说。

与非洲人打交道时，你常常会被迫做出一些意料之外的举动。昨天，一个黑人来到我的办公室。他把一个我们正在通缉的恐怖分子头目的行踪告诉了我。一开始，我认定这个黑人在说谎、演戏，也许想设个圈套让我跳进去，或是想掩饰自己在那个组织中的真实身份。他似乎在嘲笑我。千万要记住：黑人天生就是演员。这就是为什么他们对撒谎这么在行。我朝他脸上啐了一口唾沫。不知道为什么，但是我就是那么做了。

汤普森回过神来，两眼直愣愣地盯着眼前的笔记，但没有看进任何东西。瑞拉惨案之前，他成功的道路那么清晰明了、畅通无阻。可是现在，身处吉希马，他觉得自己写过的话语实在太具讽刺意味。一想到女王的丈夫将以贵宾身份出席独立庆典活动，这种讽刺的意味就更加强烈了。刚才妻子抚摸他时，内心被唤醒的那一股强烈的憧憬此时也在嘲笑他：就算他成功了，成了区专员、省专员，甚至总督，那又怎么样呢？他现在马上就要离开这一切：房子、办公室、吉希马，乃至这个国家。让琳德博士那样的傻瓜继续留在这里吧。他们最终也将被无礼地驱逐。这也就是他为什么早早提交了辞呈，赶在独立庆典前离开。为什么要等着仆人来把自己从座位上撵走，忍受那样的屈辱呢？他又想起琳德博士和她讲的那个故事，想起他对卡兰贾撒的谎。他想和马格丽谈一谈。今晚不管怎么样，一定要对她坦白，因为马格丽已经重拾对他的信心。她那柔和的眼神和温情的话语抹去了一直折磨着他的幻影。我们已经老了。他激励自己去这么做。他走进盥洗室，以便做好思想准备，坦诚忏悔。希望和恐惧同时萦绕在他心头，他全身振奋起来。

他小心翼翼地推开房门走进去。他没开灯，觉得黑暗更能营造合适的氛围。人生就是这样生死相连、无尽无休、周而复始。他的手在微微颤抖，觉得无尽的黑暗向他袭来。他伸手去摸床，发现马格丽已经睡着了，不由得感到如释重负，心底无限感激。他上床躺下，却久久无法入眠。

六

天助自助者。说起这话，人们往往会想到，那些白手起家的人在发财致富以后，全然忘记了成千上万个终日劳累、忍饥挨饿、从未有过好日子的人。这种被普遍认可的说法，在基孔由身上得到了印证。泰北村民都说：拘留营的生活教会了基孔由自强自律。

基孔由是第一批通过“管道线”回到村子里的囚犯（“管道线”是官方对一连串拘留营的委婉说法。当时在白人的控制下，被拘捕的黑人都要在拘留营里关押过才能获得自由）。基孔由回来时，唯一的家当只有一把破旧的刀锯和一个铁锤。庆幸的是，那时正值八九月份的秋收农忙时节，人们急需木匠来为他们搭建囤积玉米、大豆和马铃薯的粮仓和储藏室。宣布进入紧急状态之前，泰北人就知道有基孔由这样一个人。从拘留营回来后，他越发卖命地工作，每个粮仓都能够如期交付使用。于是，他接到的订单越来越多。他既然能够如期完工，就希望对方也能按约办事。所以他坚持要求在约定的时间里得到应得的报酬。无论是穷人还是富人，他都一视同仁，不允许有任何拖欠。只有实在穷困潦倒的人，他才会宽限些时日，让他们去筹钱。但是不管是一个月、两个月还是三个月，只要约定的时间一到，他们就必须把钱准备好。人们抱怨说：“在拘留营待过之后，他变成了另一个人。”可他们信得过基孔由，也开始尊重他那一板一眼的诚实做法。不管怎么说，他确实是按时完工的。

基孔由没有用赚来的钱为自己或家人添置衣物，而是像印度人那样做起了买卖。在丰收时节，他用低价收购玉米和大豆，将它们分装成袋，储藏在他母亲烟雾弥漫的茅屋里。他和妻子梦碧也住在那里。对于这样的做法，基孔由振振有词：他老婆和母亲受冻挨饿已经六个年头了，再多挨几个月也无所谓。繁忙的秋收结束后，基孔由在各地打零工，等待商机到来。泰北和融尔周边的一些村子里，大多数家庭到一月就吃光了秋收时囤积的粮食。在三月雨季到来之前，常常会经历一到两个月的干旱天气。就算到了三月，有了充足的雨水，村民们还得等着庄稼慢慢长起来。到了那时，基孔由就会放下手中的木匠活，走进集市。他常常一早来到市场，用批发价向东非大裂谷的合法玉米供应商批购一两袋玉米粉，有时也到非法商贩那儿去批购。过一会儿，老婆和母亲就会来和他会合。梦碧和万伽莉与市场上其他做生意的女人一道，将这些玉米粉用小葫芦一勺一勺以零售价卖出。基孔由用卖玉米粉赚来的钱再去批购一袋，让两个女人继续以零售价卖出，然后把一天所得的利润投资到下一天的生意中。有时，基孔由刚买进一袋玉米粉，转手就以高价卖给了别人。他坚持客户至上的宗旨，对待顾客一贯态度和气，说话谦卑，服务周到，嘴边常挂着“对不起”。就这样，他赚进了大把大把的钞票。女人们格外喜欢和他做生意。她们都说：“多么会说话！多么诚实啊！”很快，他的名声便在市场上传开了。基孔由一直在观望，等待市场里的玉米出现严重短缺。白人开始严格控制东非大裂谷里欧洲农场的玉米供应。这时，基孔由就趁机以高价卖出储藏在家中的玉米。

生活永远都充斥着矛盾和挣扎。一开始，其他男人都嘲笑基孔由竟然干女人的活，整天往女人堆里钻。等到基孔由渐渐阔绰了之后，他们又转变了态度，开始尊重他了。有些人甚至开始效仿他，而且多少获得了一些收益。

基孔由虽然没有暴富，但是泰北村的每一位母亲都拿他致富的事迹来教育自己的孩子。

“就是因为家中有个这么不怕吃苦的顶梁柱，他的妻子和老母亲才再也不用和其他女人一起去拥挤的市场里抛头露面了。他从不像欧洲人那样一觉睡到大中午。”

这倒是真的，基孔由一直都起得很早。他从不让心头的顾虑或其他任何事情改变他当下的计划。就拿他拜访穆苟之后的第二天早上来说吧。他一大早起来，穿过阿普兰兹，从基利塔批发了一些蔬菜，运往内罗毕。内罗毕的蔬菜生意很好做，基孔由在那里能收到很多订单，只要花钱打点交通警察便可，因为他们专门刁难非洲商人。国内自治丝毫没有影响欧洲人和亚洲人高黑人一等的状况。基孔由自己不会开车，所以雇了两个人，一个司机和一个伙计，来替他照看这边的生意。他总是处处留神，事事都向手下交代清楚。午饭时，他召集委员们开了个会，讨论独立庆典活动场地的布置工作，安排好当天将要进行的各种体育比赛和娱乐活动。

这天下午，基孔由还要去拜访代表本地区的议员。大约一个月前，他和其他五个人决定合伙买下理查德·波顿的小农场。波顿是最早一批定居肯尼亚的英国人。当时，在肯尼亚与乌干达之间的铁路开通之后，大英帝国政府便鼓励英国国民移居肯尼亚。于是，波顿来到了这里，用很低的价格买进了一块土地。他的孩子们都是在肯尼亚出生的，也是在这儿上的学，儿子们读的是威尔士王子学院，女儿们上完肯尼亚高中后，都回英国继续接受大学教育。他的大多数孩子都留在了英国，只有一个儿子和一个女儿重新回到肯尼亚。儿子回来后进了内罗毕的一家大型石油公司。波顿这个老头真的把肯尼亚当成了自己唯一的家，从未打算离开这里（不管是为了休假还是为了健康，他都未曾回过英国）。尽管白人官员迈克·布伦戴尔爵士暗示英国当局可能会撤离肯尼亚，但这里的许多英国移民，包括波顿在内，都不相信大英帝国会真正放弃这片土地。然而现在，波顿已经非常清楚地看到，英国在肯尼亚的权力正在一点一点地流回到黑人的手中。所以他打算变卖这块他热爱着并陪伴他度过了大半辈子的土地，返回英国去。基孔由已经找波顿谈过了，双方已经初步达成协议。由于他们只能凑到一半的钱（而波顿要的是现金），所以基孔由去找议员，想看看他是否可以帮忙举荐，或者用他的影响力，帮助他们向银行申请政府担保贷款。议员非常认真地听基孔由陈述了他们的需求，并在纸上记下了所有关于这个农场的细节，然后让基孔由今天再去见他。“这可真是伟大的团结精神。这就是真正的自立。”他紧紧地握着基孔由的手说。

基孔由匆匆告别了那些委员，满怀希望地去赶乘前往内罗毕的巴士。这辆名叫“勤劳之子”的巴士是融尔一位黑人富商的财产。这位富商和其他一些黑人商人在独立战争期间与殖民政府积极合作，获得了贸易许可证，甚至还贷到款来发展他们的事业，从而发了财。尽管基孔由心里充满希望，但老是这么往内罗毕跑还是让他感到有些愤愤不平。很少有议员待在自己的选区里办公。他们一旦当选，就纷纷跑到内罗毕。除了偶尔几次要和国家领导人一起回那儿发表政治演说之外，他们很少在自己的选区内现身。途中，这辆巴士被两名黑人交警拦了下来。其中一个走上车，点了点车内的乘客，另一个则要求司机出示驾驶证。这辆车超载了两名乘客，司机和交警争吵起来。售票员把两名交警拉下车，并挥手示意司机开车离开。司机明白他的意思，发动车子向前开出几码后，停了下来。不一会儿这个售票员便大步赶上了车。“他们就是想要些茶水钱。”售票员说，车上的乘客都笑起来。“勤劳之子”继续朝内罗毕开去。自由大道（原名叫伊丽莎白大道）两边，沿路挂满了一面面崭新的红绿黑条纹相间的肯尼亚国旗和其他一些非洲国家的国旗。有那么一会儿，基孔由忘记了自己来这个城市的目的，他的心也随着这些迎风飘扬的旗帜激动得怦怦乱跳。下车走在肯雅塔大街上，刹那间，基孔由似乎感觉到黑人真正成了这个城市的主人。原先，这条大街上有一尊高大的德拉迈尔勋爵雕像，勋爵总是那么骄傲地俯视着整条大街（这条大街曾以他的名字来命名）。现在那里已经是一个喷泉。一大群黑人男女蜂拥来到新斯坦利酒店的广场上，熙熙攘攘地围在这个喷泉四周，对着那些旋转的出水口指指点点，议论纷纷。基孔由听到其中一位妇女大声说："有许多××在比赛撒尿。"周围的人听了哄然大笑。在基孔由看来，内罗毕已经为独立庆典做好准备。于是，他暗自下定决心，回到泰北后，要投入更大的精力去装扮融尔。

基孔由穿过政府路来到胜利街，他那生意头脑又开始转起来。每次穿过这两条马路，他都不禁思忖：为什么在整个内罗毕的市中心，这么一个繁华的商业区，连一家黑人商铺都没有？事实上，和坎帕拉不一样，内罗毕从来都不是一个非洲城市（至少卡里乌基是这么说的）。那些印度人和欧洲人控制着这座城市的商业命脉和社交生活。非洲人来这儿不是扫大街就是开巴士，或者就是来买点东西，在天黑前匆匆赶回郊区的家里。基孔由脑中呈现出这样一幅画面：和他一样的非洲商人接管了所有的商铺。

议员办公室外已经聚集不少黑人，但议员还没现身。对于这种爽约，人们早就习以为常。有些时候，就算人们都来，也还是见不着自己的代表一面。

"见他就跟见上帝一样难。"一位妇女抱怨道。

"怎么了？你找他有什么事吗？"

"我儿子想拿奖学金去美国读书。你呢？"

"家里出了点事。因为我丈夫没有交税，上星期六，他们来我家把他给抓走了。可要他怎么交税啊？他连工作都没有。因为缺钱，我那两个孩子都已经被迫辍学了……"

有些人是为了土地问题来的，有些是为了婚姻问题，还有一个村子的代表团，他们想在村里建一所中学，希望得到议员的支持。

"我们的孩子小学毕业之后就没书可读了。"一个长老这样解释道。

大约过了一小时，议员终于来了。他身穿黑色西服，手提公文皮包，嘴里叼着雪茄。他没作任何解释，像父亲或校长对孩子那样，向所有人打了个招呼，便径直走进办公室。随后，等在外面的人一个接一个地进去。

基孔由满怀希望的心怦怦乱跳。但愿能拿到贷款！一个崭新的未来已经展现在他面前：他们将以合营的模式来经营这个农场，可以养些品种优良的牛羊，种些除虫菊、茶叶、玉米，种什么都行。然后逐渐扩大合营的规模，让更多人加入他们。这样，一个崭新的非洲商业合作社就诞生了。等了很长时间，终于轮到基孔由。议员看到他时，似乎感到有点惊讶。

“基孔由先生！请坐，请坐。”议员右手捏着嘴边的雪茄，左手指着一张椅子示意基孔由坐下。他从抽屉里拿出一份文件，打开看了起来。他看了几分钟，似乎看得很投入。基孔由提心吊胆地等在一边。议员看好文件后，抬起头，背靠着椅子，拿下嘴边的雪茄。

“现在来说说贷款的事吧。很难啊。但是，我正在努力争取。过不了几天，我会给你一个满意的答复。你也知道，这些银行都还在欧洲人和印度人的掌控之下。但是他们中有些人已经意识到，没有我们黑人政府的支持，他们什么也干不成。基孔由，我的兄弟啊，他们需要我们！”

“那我什么时候再来？”基孔由迫不及待地问道，丝毫掩藏不住内心的失落。

“嗯，我看看，今天是……”他随便翻了翻自己的记事本，然后看着基孔由，“要不这样吧。一旦有了消息，我就去找你，或者写信给你，怎么样？你在融尔有家店铺，对吧？”

“是的。”

“这样一来会省掉你很多麻烦。我们就这么说定了，行吗？”

“好的。”基孔由说着起身准备离开。走到门口时，他又转过身来问道：“您觉得我们有可能申请到那笔贷款吗？还是应该试着另想办法？”

说这话时，基孔由感觉自己似乎看到议员脸上流露出一丝惊慌。

“哦，不用，不用，”议员站起身来，踱着方步缓缓走到基孔由面前，“事情其实并不难，贷款就在那里，问题是用什么方法去拿到它。我不是已经告诉你了吗？那些白人不能没有我们！就把它交给我来处理。行吗？”

“行。”基孔由说，他决定明天就去见见波顿先生。如果现在波顿先生愿意先收一半的现金，等到贷款下来，或者用别的方式筹到了钱，他们就一定能把剩下的部分付给他。基孔由没走出几英里路，就听见身后有人对他吹口哨。他转过头，看见有人向他招手示意，说是议员叫他。于是，基孔由再次登上台阶，走进议员办公室。

“关于融尔的独立庆典活动，请代我谢谢支部和村里长老们的邀请。可那天所有议员都已应邀参加首都内罗毕的各项活动。你瞧，我们有那么多的外国嘉宾要招待。所以代我向乡亲们致歉，说我不能出席。”

“独立万岁！”

“独立万岁。”

两天后，泰北周围的八个村落里，村民们到处都在谈论穆苟，并且都不同程度地夸大了他的故事：说他如何在拘留营里组织绝食抗议导致瑞拉惨案，以致芬纳·布洛考威议员在英国下议院讯问拘留营长官；说他独居的习惯和在集会上的古怪举止表明他就是最佳的领导人选。请记住，那些年他在拘留营里遭受的一切丝毫没有损伤他强壮的身材，反倒让他变得更加健硕了。他个头高，眼睛大而发亮，脸部线条清晰，轮廓分明，像是雕刻在石头上的画像一样。从他的相貌就看得出来，他是一个能给人带来希望，并且让人信得过的人物。

无论是在周日还是周一，穆苟从没想到过人们会这么崇敬他。事实上，那天晚上组织的突然提议让穆苟感到不知所措。第二天早上醒来的时候，他多么希望头天晚上的经历只是一场梦。但是看到代表们坐过的凳子，他的幻想破灭了。代表们说的话在他的脑海中闪过，穆荀感到自己像是做了噩梦一样，异常紧张。为什么他们会选他来主持独立庆典？为什么不是基孔由、瓦瑞或者别的森林战士？为什么偏偏是他穆荀？为什么？为什么？

穆荀打算下地去。不，他什么事都做不了。而且，他也不想在村子里走动，更不想碰到瓦瑞、婉布依、吉苏阿或是老妇人。去一趟融尔可能会好一点。这天很热，路上的沙子烫着他赤裸的双脚，汗涔涔的脚趾上沾满了灰尘。在这样酷热的天气下，他头脑变得异常激动和混乱。是的……他们要我……要我……来演讲……赞美基希卡，以及……以及所有的……上帝……我从来没做过演讲……哦，不！……我有过……他们是这么说的……说那是一次很好的演讲……哈！哈！哈！……一个谎接着一个谎……他们都相信了……任何人……为什么是我……是我……是我……想设个圈套让我跳……基孔由——基希卡的妹夫……R 将军……科伊纳中尉……没错……演讲……就是讲……一些话……

穆荀这一生中只做过一次真正的演讲，那是在泰北附近喀布易商铺外的一次集会上。茅茅组织召开那次集会是为了向公众介绍从拘留营里回来的英雄们。那次穆荀同意出席集会，是因为他原以为自己能在村子里安顿下来，过上正常的生活：为什么要拒绝出席，招引别人的注意呢？当时泰北的许多村民都参加了集会，因为大家一定记得，我们刚刚获准召开政治集会。其他村子的人过来只是为了听些逃亡的故事和英雄的事迹。那时肯尼亚的情况是这样的：官方解除紧急状态已经快一年了，但是乔莫・肯雅塔以及其他五名在卡彭古里亚接受审讯的同胞仍被关押在监狱里。我们肯尼亚人民身上的伤口依然比比皆是、历历在目，让人无法用双眼去正视，无法用双手去触碰。

首先发表讲话的是茅茅组织的区委领导。他们说，白人必须释放乔莫·肯雅塔，让他来领导肯尼亚走向独立和自由。人们是不会接受其他任何人来代替肯雅塔担当这一伟大使命的总指挥的。他们呼吁所有的人在接下来的选举中投票支持茅茅组织的候选人：支持那些候选人就是支持肯雅塔，支持肯雅塔就是支持茅茅组织，支持茅茅组织就是支持肯尼亚民族。肯雅塔代表了整个肯尼亚民族！然而这次集会召开的真正目的是为了向人们介绍全心效忠肯尼亚的英雄。正是他们为这个国家做出了伟大的牺牲，才换来了黑人自己的选举活动。

上台演讲的英雄讲的都是些让人热血沸腾的大道理。他们用一段段经历向人们讲述白人对他们的迫害，同时也表明自己对肯尼亚深切的热爱。每一个演讲者结束之后，台下的人都会高唱“肯尼亚是黑人的国家”。最后，一名在拘留营待过的发言人总结大家的发言：“还有什么比对祖国的热爱更伟大？正是对肯尼亚的这份热爱让我能活下去，忍受所有痛苦。所以，说肯尼亚是我们黑人的国家，这是千真万确的！”

集会进行到这个阶段，几位对穆苟在瑞拉拘留营的英雄事迹有所耳闻的拘留者将他推到了人群前面。这些人中有一位名叫尼亚姆（后来当选地方分局秘书），他在十一名拘留者被打死的那一周正好也被关在瑞拉拘留营里。穆苟站在人群面前说话，声音沉闷、嘶哑，连他自己都感到吃惊。他的音调单调、乏味、疲惫，像是讲述自己不愿重提的往事。

“他们把我们赶到道路或采石场上做苦力，甚至连什么坏事都没干过的人也不放过。他们称我们为囚犯，不是因为我们偷了什么东西或杀了什么人。我们只是想要回自古以来就属于我们的东西。白人逼我们挖个不停。我们常常遭受他们的毒打，空着肚子睡觉，身上的衣服也早已破旧不堪，还要遭受风吹雨打太阳晒。那段日子里，我们能挺下来，不是因为觉得追求自由的事业有多么伟大，甚至也不是出于对这个国家的热爱。如果仅仅是因为这些的话，谁还能活下来呢?

“我们唯一想的就是回家。

“我们渴望再次看到自己女人的笑容，再次看到自己孩子的打闹。一想到有朝一日可以回到家中，看到妻儿老小的脸庞，听到他们的声音，我们就又有了力量。是的，我们充满了力量，即使在那些日子里，我们为之抛洒热血的事业似乎……似乎……”

起初，穆苟很喜欢这种言不由衷的感觉。但是很快他的声音让他感到恶心。他想大声喊出来：根本不是这样的。我不想回家。我不想和母亲、老婆、孩子团聚，因为我一个亲人都没有了。那么，请告诉我，我还能爱谁？话说到一半，穆苟突然停下来，走下台，径直朝自己的小屋走去。

这次集会之后，穆苟变得更加寡言少语，也很少在人前出现。人们照常干活，重建被毁的家园。大选来临，茅茅组织成功上台，但人们还是受苦受累。穆苟心想泰北的村民应该已经忘记他了。但是，在这片不太肥沃的土地上，证据的不足反而让传言兴盛起来。参加那次集会的人都说穆苟是因为情绪太激动才说不出话来的。每次提到那次集会，瓦瑞总不忘说：“只有怀着一颗伟大的心，才说得出那番话啊！”

穆苟坚定地向前走去，似乎想要尽快赶到目的地。突然，一道闪电划过他的脑海，把黑暗劈成两半，照亮了他的过去。他的一生被压缩在那道闪电里。他回忆起一桩桩往事，却有意跳过让他痛苦的经历。他想起那次集会，然后思绪又飘到了昨晚的聚会上。“他将断定人民中谁是贫困者，他将拯救穷苦人的孩子，并将压迫者粉身碎骨。”《圣经》里的这些话语让他的心再一次激动起来。他一动不动地站在原地，就在这时，其他想法突然涌入他的脑海，浇灭了他起初的激情。莫非他们怀疑自己了？不然，R将军怎么会问那么尖锐的问题？一星期后去见什么人？卡兰贾？他们真的会让一个出卖基希卡的奸诈小人去歌颂他、赞美他，从而赢得人们对他的赞誉吗？

晚上，正当穆苟被内心的恐惧、希望和疑惑搅得心神不宁的时候，基孔由出现在门口，说声“你好”之后便走了进来。有那么一会儿，两人尴尬地面对面站着。

“坐吧。”穆苟指着火堆旁的一张凳子说。

“你肯定没想到我会来吧。”基孔由坐下后，不自然地开口道。

“没什么，我猜你是过来听我的决定的。”

“不是，我今晚不是为了那件事过来的。”他告诉穆苟自己今天去内罗毕见了议员。

穆苟坐在床上，等着基孔由把话说下去。他与基孔由面对面坐着，中间隔着用三块石头垒成的火堆，火堆里的火苗散发出微弱的光。

“但是我也不是为了这件事过来的。是我的个人问题，是我心里的烦恼。”基孔由笑了笑，试图用轻松的语气说，“我到这儿是想问你个问题。”他突然停下来。

听到这里，穆苟的心一沉，半是恐惧，半是好奇。

“你知道吗？我和你曾经被关在同一个拘留营里。”基孔由说，准备进入正题。

“我们俩？我记不起来了。”穆苟虽然稍稍松了一口气，但是一颗心仍然悬在那里。“那里有那么多人。”他迅速补充道。

“穆希亚拘留营。当时我们都知道你会被带到那里。当然，我们听说过你和瑞拉拘留营的绝食抗议事件有关。当局对那件事保密，没有告诉我们，但我们还是知道了。”

穆苟对瑞拉拘留营和那个打过他的约翰·汤普森仍然记忆犹新。至于穆希亚，他只能回忆起带刺的铁丝网和干燥而平坦的土地。大多数拘留营都建在那样的地方。

“你为什么跟我说这些？我不喜欢回忆往事。”

“你忘得掉吗？”

“我试着去忘记。政府说我们应该埋藏过去。”

“我忘不了……永远也忘不了。”基孔由失声喊道。

“你受了很多苦吗？”穆苟同情地问道。

“不，我没有……我从来都没有挨过打，一次都没有。这是不是让你感到很意外？”

“我知道，有些人的确没遭到过毒打。”

“你挨过打吗？”

“是的。挨过很多次。”

“你没有向他们招供，真勇敢。我非常佩服你的勇气。我们觉得自己可耻，没脸见人。”

“没什么好招供的。”

“我们都招了。为了回家，我什么事都愿意干。”

“你有个老婆，还有个母亲。”

“是的。你应该明白的。”

“不，我不明白，我什么都不明白。”穆苟提高嗓门，郑重其事地说。

“那你当时为什么会那样说？”

“什么时候？”

“就在那次集会上。还记得吗？我们中很多人都大谈自己对茅茅组织的忠心，对这个国家的热爱，其实都在自欺欺人，只是为了减轻心中的罪恶感。你知道吗，有那么一段时间，我不再关心这个国家能否独立，我唯一想的就是回家。为了赎回自己的自由，我甚至会把整个肯尼亚出卖给白人。我敬佩那些像基希卡一样的人物。他们有勇气为真理献身，但我没有那样的勇气。这就是为什么我们在拘留营里既为你感到骄傲，又讨厌你、憎恨你。你看，像你这样拒绝背弃自己信念的人给我们树立了一个榜样，告诉我们应该怎样活着，但我们就是没有那种骨气。我们是懦夫。”

“那不是懦弱。我也会那样做。”

“为什么你没有那样做呢？”

“你想知道吗？”穆苟一时忘情地说。随即这股冲动便消失了。

“我无家可回，”他不带任何情绪、平静地说，“我想我压根就不想回来。”

“不是这样的，”基孔由带着由衷的敬佩之情说，“你有一颗伟大的心。像你这样的人应该第一个品尝独立的果实。但是，让我们来看看，现在开着长长的轿车、换车就像换衣服一样频繁的，又是些什么人呢？正是没有参加过茅茅运动的人，为了避难跑去学校以及机关的人。他们中有些人甚至完全就是肯尼亚的叛徒、白人的走狗。还有一些人，他们昨天还高唱着殖民分子谱写的歌曲：‘打到独立！让我们一起瓜分肯尼亚！’但到了今天的政治集会上，你又听到他们高喊：独立、独立，让我们为自由而战！他们哪里在为独立而战？他们只不过是些连割礼都还没行过的孩子罢了。他们从来没有真正受过苦，只是嘴上说说而已。他们都应该去听听你那天的演讲。你在台上演讲的时候，我感觉你像是读出了我的心声……”

“对你来说，等待很难熬吧？”穆苟出神地说，似乎想转移话题。基孔由要的只是些小小的鼓励。

“是的。因为我以为我再也回不来了。你看，经历过拘留营里的艰难困苦之后，我知道，如果我可以回来，一定可以和梦碧一起干一番大事。”

基孔由可以在他的世界中享受到爱和幸福，那么他现在又为什么会有烦恼呢？穆苟感到很困惑。他拥有一切使人幸福的东西：财富、地位以及爱他的亲人。

“你爱你的妻子。”穆苟说。

“我爱！”基孔由坚定地缓缓说道。屋内很安静。火苗依然在他们中间摇曳。煤油灯不断地闪烁着。

“她是我的命，我全部的生命。”基孔由目不转睛地盯着眼前的火堆，平静地说。“你知道吗？”他继续用平静的口吻说，“你知道吗？当我终于回来的时候，一切都变了：土地、村子、人……”

“梦碧呢？”

“她也变了，”基孔由说，声音低得像是在自言自语，“天啊，我出卖自己的灵魂，到底是为了什么？我原来的那个梦碧去了哪儿呢？”

七

和如今一样，那时的泰北山脉顺着西部高地，缓缓向下，一路延伸至一片小平原。平原上的房屋统一用锡薄板盖了屋顶，面对面排成笔直的两排。两排房屋间的空区形成一个市场，那便是众所周知的融尔集市。各个村子的女人都聚集在这里，买卖、闲聊，交换最新的消息。内罗毕的印度商人也早就发现了这个市场。他们常来这里，和女人讨价还价，嘴里还时不时蹦出一两句下流话，惹得她们发出阵阵猥琐的笑声。随后，他们便把瓜果蔬菜和其他货物运往内罗毕，以高出原价很多的价格卖给那里的居民。其他印度商人则在融尔定居下来。从黑人商铺，只消几分钟步行，便来到了印度商人区。那里的房屋虽也笔直地排成两排，但屋顶盖的都是波纹铁瓦片。秋收时节，这些印度人也会从融尔市场里进购马铃薯、豌豆、大豆、玉米谷物等，却把买来的货物贮藏在自己店铺里，等到这些食物在市场里严重短缺时，再以高价售出。

虽然那些黑人商铺屋顶盖的是破旧不堪的锡薄板，但石墙坚固是它们的一大特色。这是肯尼亚其他集市的房屋所不能比的。人们都说，融尔是第一个用砖头石块来垒房屋的集市。除此之外，它还有其他优点。比如说那条白人修造的钢铁长蛇，它必须首先沿着融尔这片平原缓慢爬行一段距离，才能登上陡峭的山坡，向基苏木和坎帕拉延伸。很长一段时间里，很多享受不到铁路便利的村子都羡慕泰北。马塞人领土周边村落里的村民甚至偶尔会赶来融尔，专为一睹那吞云吐雾的火车伴着刺耳的长鸣隆隆驶过。泰北村民都为融尔感到自豪。在他们看来，这座集市属于全村，就连那条铁路和火车也和泰北村有着莫名的关联：首先迎接这条铁轨、目睹火车开进国家心脏地区的不就是他们吗？在其他村子里至今还流传着这样一个故事，讲的是吉库尤先知早已预知了那条钢铁长蛇。当它第一次出现在这片土地上时，泰北村民，不论男女老少，都逃离泰北整整一个星期。他们小心谨慎，沉默不语。人们还说，当时泰北村民纷纷逃往周边村子里避难；后来，手持长矛、身背砍刀、前去窥探的勇士带回消息称，那条长蛇并不伤人。而且，身着红衣的陌生人也在那儿抚摸它，逃亡的村民这才敢极其小心地慢慢返回泰北。

后来，这个火车站变成年轻人聚会的场所。村民平日在家里三五成群地聊聊天，在村子里散散步，有些人甚至也会去教堂做做礼拜。但是，他们始终念念不忘星期天的火车。星期天下午，前往坎帕拉和蒙巴萨的客运列车会在融尔站相遇。每到那时，人们就会不约而同地赶往车站，但他们并不是去迎接从蒙巴萨、基苏木或者坎帕拉远道而来的朋友，而只是去见见其他人，凑凑热闹，谈谈闲话，找找乐子。

一些男女情事常常在那里萌芽。站台上播下的爱情种子最后发展成悲喜交加的婚礼仪式。

“你今天会去火车站吗？”

“哦，去的。”

“我和你一起去吧。”

“那你得快点。你穿衣服都要穿一天。”

“真是大白天说瞎话。”

星期六，姑娘们通常会去河边洗衣服。星期天一早，她们就开始在家里熨衣服、做头发。到了午饭时间，大家都已准备就绪，或走或跑，纷纷前往火车站。小伙子们则没有这些繁琐的程序。他们随时都可以出发，反正他们中的大多数人都在离火车站不远的融尔商铺里干活。

年轻人对远道而来的火车如痴如醉：如果错过了，那么这个星期剩下的时间里，悲伤的情绪会紧紧萦绕在心头；你会翘首企盼下一趟列车的到来。终于又挨到星期天，那天你一定会准时赶往那里，心中的抑郁也会一下子消散得无影无踪。

从车站出来后，人们通常会去基内聂森林跳舞。在那里，极目远眺，整个东非大裂谷尽收眼底。在这群人当中，吉他手往往能赢得其他人的尊敬。漂亮的姑娘们围在他们周围，不时投去钦佩赞许的眼神。小伙子们则会向吉他手出钱买舞。小伙子买下一支舞后，吉他手就为他单独弹奏曲子，歌唱他的名字，称他为母亲的好儿子。伴随着吉他优美的旋律，这个人可以选择独舞，也可以邀请他的朋友共舞。其他人则只能在一旁驻足观望。参加森林舞会的人都非常清楚这其中的传统。

舞会经常以相互打斗收场，这也是大家非常清楚的，小伙子们都有思想准备。他们说话挑衅或者唱歌骂人，有时就会引起纷争。这些小伙子按村子拉帮结派，泰北村一帮最出名，他们常常击败对方，抢走人家的姑娘。姑娘们往往也钟情于泰北的小伙子。这样一来，想要俘获她们的芳心，也就不是什么难事了。

但在火车站里，又是另外一番局面。谁也不想挑起斗殴。在那里，即使上一个星期天别人打了你，抢走了你的姑娘，这个星期天见面，他也还是你的朋友。你们仍然可以有说有笑地聚在一起。不过他心里清楚，过一会儿在森林里，你会伺机刺他一刀，抢走他的姑娘。

“我很少错过火车。”多年后，当那件事情已经久远得如一段神话时，基孔由回想起来，“我爱和那些男男女女打交道。”

“但是，我错过火车的那一天，正是我这一生中最幸福的一天。”他告诉穆荀。

那时，基孔由是泰北的一名木匠。尽管他和母亲是从外地来的，但他们俩早已融入了这个村子，也适应了这里的礼节和规矩。基孔由刚来泰北的时候还是一个孩子，他母亲万伽莉用绳子把他绑在背上，一路从老家艾尔伯根带到东非大裂谷。他父亲瓦鲁西乌是艾尔伯根当地欧洲农场里的一名临时工，工作非常卖命。很快，他就发现有不少女人喜欢他。于是，他又娶了别的女人，还抱怨说第一个妻子性冷淡。他经常揍她，希望这样能够将她赶走。但万伽莉一直忍着。终于有一天，瓦鲁西乌叫她滚蛋，还诅咒他们母子俩一辈子四处漂泊流浪。可万伽莉没过多久就发现吉库尤人欢迎他们长住下来。“我身无分文，也没什么吃的，瓦鲁西乌肯定认为我会很快饿死，”一天，万伽莉坐在艾尔伯根车站旁的一块石头上，自言自语道，“但是，只要有人煮公羊头，就会有我儿子的家。”说完，她紧紧搂住孩子，登上火车，来到泰北，用行动向她的丈夫赌气，一定要好好活下去。

万伽莉送她的儿子去学校接受教育。因为交不起学费，没过多久，基孔由就辍学了。好在他在学校里学了点木匠手艺，就决定以此谋生。

他喜欢木工。

手持木刨，小心翼翼地划过粗糙不平的木头表面，这一切让这个年轻人既紧张又惊叹。木头散发的味道让他陶醉。不久，他的嗅觉变得异常灵敏，只要一闻便可辨别出木头的材质，但他并没有表现出一副很容易就能识别的样子。事实上，他还会因人而异，搞一些仪式和表演。事情是这样开始的。

一个女人拿来一块木头，想知道它是什么木头。木匠接过来，眼睛一扫，便随手扔到了一堆木头中，继续干手中的活。妇女站在一旁，看着他干活，欣赏他手臂的肌肉有力地抖动。过了一会儿，他重新拾起那块木头，将一端抵在桌子上，闭上左眼，眯起右眼仔细端倪。随后，他闭上右眼，眯起左眼细细观察。待这一切都结束之后，他便勾起右手食指，用指关节迅速而有节奏地在木头上敲了几下，仿佛是在驱逐里面的精灵。接着，他拿起锤子，敲一下，听一听，再敲一下，再听一听。敲完之后，再仔细地嗅一嗅（简直像个专家）。最后，他把木头交还给女人，又开始忙其他事了。

“这是块什么木头？是罗汉松？”女人小心翼翼地问道。木匠如此专业的动作让她感到心里发虚。

“罗汉松？嗯，拿过来。”他又嗅了嗅，慢慢地转动着手中的木头，煞有介事地点着头。随后，他花了好几分钟向女人解释，为什么这不是一块罗汉松木。

“这是樟木。你听说过吗？它们大多生长在阿伯德尔地区和肯尼亚山周边的高地上。是上等的木材。要不然，你想为什么白人要侵占那片土地呢？”木匠轻声说着，平静的语气中显露出智慧。

基孔由干活的地点就在靠墙的一张桌子旁边。傍晚时分，万伽莉常常会来这里，慢慢翻动着地上的一堆木头刨花，希望能找出一两块废弃的木头当柴烧。

“这个你还要吗？”她笑着问道。

“妈啊，那个要留下。你永远都是这样，看到一块木头就想把它烧掉。你知道吗？这是要钱买的。算了，说了你们女人也不懂！”

“这块呢？”万伽莉可没那么好打发。她就喜欢听儿子这么说。

“好吧，好吧。但是，别再来拿了。”

第二天，大约在同一个时间，她又会出现在那里。她拿起锯子或者铁锤，左看右看，好像那是件神秘物品一样。那样子让基孔由看了也忍俊不禁。

“妈，我相信，你一定可以成为一名优秀的木匠。”

“不管怎么说，那些人还真聪明啊。他们怎么就能想出这样的工具来切割东西呢？”万伽莉总是称白人为“那些人”。

“快回家做饭去。这不是女人该管的事。”

“这块木头还要吗？”

“妈！”

基孔由内心有个志向，就是拥有一块土地，让母亲安顿下来，但这需要很多钱。每当他看到或想起梦碧时，想要致富的抱负就会变得更加强烈。梦碧的声音和脸蛋让他痛苦，让他颤栗，他觉得自己的心在狂跳。当然，村子里最美丽的姑娘梦碧，肯定不会屈尊为他递上一瓢凉水并且深情地对他说："喝吧。"但是，基孔由一直等待着，慢慢地探索着如何接近她。他看见梦碧穿梭在豌豆、青豆和玉米田地间的小道，总想大胆上前，向她表明爱意。但他鼓不起勇气，只是打个招呼就走过去了。

梦碧的父亲姆布古阿是泰北地区一位有名的长老。他们家有三间小屋和两个谷仓。秋收过后，这两个谷仓里堆满了粮食。屋外丛生的蔓生植物、黑莓灌木、荆棘、荨麻和一些带刺的植物，俨然形成了一道天然篱笆，严严实实地包裹住这三间小屋。事实上，老的泰北村就是由这样一些散落在山脊的茅草屋构成的。这片树篱几乎从来没有修剪过，一些野生小动物在这里筑起了窝。姆布古阿在早期非洲部落战场上创下的丰功伟绩，及其在农业种植方面的不凡成就，为他在泰北村赢得了一定的地位。据说，敌对部落的人，只要听到他的名字，就会吓得直哆嗦。那些都发生在白人结束部落战争、将他们牵扯进世界大战之前。但是，姆布古阿的名声在和平时期依然响亮。在一些需由长老会出面调解的纠纷中，他的话总是有一定的分量。他唯一的妻子万吉库总是亲切地称呼他为年轻的勇士。万吉库身材瘦小，与四肢粗壮的丈夫形成鲜明的对比。她的声音充满热情和活力，俘获了姆布古阿的心（万吉库经常在她那个年代的舞会上唱歌）。他们有两个儿子，基希卡和卡里乌基。在这两个儿子中，万吉库更喜欢卡里乌基，因为他是弟弟，又是家里最小的。姆布古阿心里则更看好基希卡，认为基希卡是三个孩子中在胆识和霸气上最像他的。

卡里乌基也非常敬仰他的哥哥基希卡。这孩子渴望能尽早成为一个真正的男人，这样就可以抚摸常在夜晚来访的少女们坚挺的胸部了。卡里乌基在曼郭上学，那是本地区最早的一所吉库尤独立学校。他酷爱阅读，经常在晚上借着柴火光看书。但是，他哥哥那伙年轻男女朋友在一旁嬉笑打闹，讲些邪恶的玩笑和故事，他怎么集中注意力呢？他们不让他看，也不让他听。“你这小兔崽子，小心把你扔出屋子去。”他们看到他在偷笑，总会这样吓唬他。基孔由常常会给他带些糖果和小玩意。正是因为这一点，卡里乌基喜欢这个木匠。以前，基孔由还常常给他讲些有趣的小故事，卡里乌基听得津津有味。但是随着时间的流逝，梦碧在场时，基孔由变得越来越寡言少语。事实上，倒是卡兰贾总能抢过风头，有本事让那些少女发出阵阵狂笑。在讲故事方面，卡兰贾有自己的一套，虽然大家没说出口，但心里都已经把卡兰贾当成了崇拜的对象。久而久之，卡里乌基也开始崇拜起了卡兰贾的英勇、睿智和多才多艺。

凡是有漂亮女儿的人家，就像梦碧家，都会招来许多年轻男女。万吉库得经常在家里备些糕点。她总说，孩子多的家庭永远不会冷清。每当家里来了年轻小伙子，她总会借口离开屋子，并交代梦碧：“拿些东西给他们吃。”

星期天，梦碧经常去融尔火车站。隆隆而过的火车让她兴奋不已。有时，她渴望自己就是一列火车。但她从不到森林里参加舞会。看完火车她就回家，和一两个女孩一起做饭，一起梳妆打扮。她那乌黑的眼眸中，流露出一种美妙的神情，渴望得到村里找不到的东西。她喜欢沐浴在阳光下，强烈地渴望着一种生活，她可以从中获得美丽的爱情，但要忍受苦难的折磨；她可以蜕变成世人所崇拜的巾帼英雄，但要做出伟大的牺牲。她很年轻。头脑里全是吉库尤女人不顾自身安危、拯救兄弟姐妹，年轻貌美的姑娘舍身祭祀、求神降雨的故事。她经常把自己比作以斯帖[1]。以斯帖终于在最后解决了亚哈随鲁王

1 以斯帖，《圣经·旧约》中的女英雄。身为犹太人，她机智识破哈曼妄想杀光犹太人的阴谋，在亚哈随鲁王面前设计除掉了哈曼。

提出的问题，戏剧性地指着哈曼说：“那个恶魔般的敌人就是哈曼！”每次读到这里，梦碧总会深深陶醉其中。

她很享受男人见到她时眼中流露出的那种爱慕之情。她仰头微笑时，脖子在火光的映衬下闪闪发光。在这种时候，基孔由连张口说话的勇气也提不起来。据说，杰克逊牧师的儿子理查德曾向梦碧求过婚。杰克逊是基欣戈地区的首席牧师。也有传闻说，当时是理查德在希里阿纳高中读书的最后一年，之后他就要前往乌干达或者英国去继续他的学业。但是不管怎么说，梦碧委婉地拒绝了他的求婚，而且没有伤害他的自尊，所以他们依然是好朋友。理查德常常晚上从家里偷偷跑到泰北来看望梦碧。基孔由扪心自问：这么好的男人，她都拒绝了，那我还有什么希望呢？

他疯狂地投入到工作中。他给泰北人做椅子，修理破旧的碗橱，安装新的门窗。一天，一个妇女拿着一把破椅子来找他，想重新装条新腿。基孔由一边用口哨吹着流行歌曲，一边接过椅子仔细地看了看。

“三先令。”他说。

“什么？要三先令！孩子！”

“你也知道，我们不能白做啊。”

“孩子，我是你长辈。就一先令吧。”

“好吧。”他说，心里很清楚她可能连一先令也不会给。

于是，妇女便离开了，心里明白木匠终究会修好她的椅子（这可能要花他两个月或者更长的时间），同时她也知道自己可能只会付他一半的钱。而且就算她真的付钱，也肯定得拖上好几个月才能把钱一点一点付清。

“再这样下去，我一定会穷死的。”他经常对母亲抱怨道。

“没事的，你也知道，他们要是有钱了，就一定会把工钱付上的。”万伽莉常这样告诉他。

一天，忙完手头的活，基孔由感到有点疲惫，便拿出吉他弹了起来。他从上午到下午一直忙着给一对新婚夫妇做家具。新郎承诺月底就给钱。基孔由很喜欢自己的这把吉他。虽然是旧吉他，但还是花了不少钱才从一个印度商人那儿买来的。

他轻拨着琴弦，低声吟唱着，尝试着一首新曲子。很快，他便沉浸在自己的歌声和琴声中，紧绷的肌肉也放松下来。夕阳渐渐西沉，树木和房屋在地面上投下的长长的影子正在慢慢消失。

这时，刨花堆中发出一阵沙沙的响声，基孔由一惊，抬头竟看见梦碧站在那里。只见她腋下夹着线团，双手娴熟地织着毛衣。梦碧的到来让基孔由既尴尬又兴奋。

“你怎么不弹了？”她笑着说。

“哦，我不想让你听到木匠沙哑的歌声，也不想让你看到我这双笨手糟蹋了这首歌和这副琴弦。”

“这也是你在我家一声不响的原因吗？”梦碧不高兴地看了他一眼。

“我一句话都没说吗？”

“你自己清楚……不管怎么说，我一直站着听你弹唱，非常不错。”

“是唱得还是弹得？”

“都不错！”

“你怎么知道我弹得是好是坏呢？你从来都没去跳过舞。”

“啊，我确实从来没去过。但是你以为所有的男人都像你一样吝啬吗？卡兰贾经常来我家为我一个人弹奏。我在一边坐着织毛衣，他在一边弹，弹得很好。”

“他弹得确实很好。”基孔由生硬地附和了一声。梦碧没有注意到基孔由咽了下口水。她停止开玩笑，严肃起来。

“但你也弹得……我从来都不知道你能弹得这么……听起来很动

人，可能是因为你在为自己弹奏。”她说得很真诚。基孔由听得很开心。

“或许什么时候，我也能为你弹奏。”

“就现在吧，现在就弹给我听。”梦碧热切地说。基孔由把这个邀请当成一种挑战，生怕自己会紧张得双手发软，使不上力。

“那你得为我伴唱。你的声音那么优美。”基孔由说着，拿起了吉他。

但是，他发现自己的手指在颤抖。他随意拨弄了几下琴弦，试图稳定情绪。梦碧站在一旁等他弹奏。顿时，他找回了信心，觉得整个泰北都在他的手指之下。梦碧的歌声让他的后背一阵震颤。他的指间和心中充满了力量。黑暗中，他信心百倍地慢慢走近梦碧。他拨动琴弦，似乎在呼唤什么。他知道，自己心里装满了幸福，指间也充满了力量。他觉得非常轻松，几乎可以说是欢欣雀跃了。

梦碧激情洋溢的声音微微颤抖着，随着震动的琴弦四处回荡。歌声响彻木工房，响彻泰北，响彻大地和天空。她感觉到他俩之间的和谐。突然，梦碧心潮澎湃，好像涌起了神奇的波涛，独自与狂风暴雨抗争，独自在沙漠中忍受饥渴，独自在森林中与妖魔鬼怪搏斗，为她的人民夺取令人喜悦的胜利。

一曲唱罢。基孔由感觉几乎可以触摸到暮色之中的静谧。

“此刻的村庄怎么会这么宁静呢？”梦碧问道。

“夜幕降临前都是这样。”

“你知道吗？我觉得就像是路得[1]，一个人在麦田里拾稻穗。”

“我相信你一定能上天堂。你总提起《圣经》。”

“别开玩笑，”梦碧变得严肃起来，“你以为这一切都不会变吗？我是说土地，它总会这么宁静吗？”

---

1 路得，《圣经·路得记》里的人物。她说：我蒙谁的恩，就在谁的身后拾麦穗。

“梦碧，我不知道。”觉察到梦碧脸上的严肃之后，基孔由赶忙回答道，“你有没有听过这首歌？”

“哪首？唱来听听。”

“你也知道的。我相信是基希卡最先唱起来的。我只记得合唱部分的歌词：

> 吉库尤人和梦碧[1]在一起，
> 吉库尤人和梦碧在一起，
> 吉库尤人和梦碧在一起，
> 烧断刀柄，得到安逸。

这次是梦碧打破了严肃的气氛。她轻轻笑起来。

“怎么了？”

“木匠不愧是木匠。你原来早知道我为啥上这儿来了？”

“我不知道。”基孔由有点莫名其妙。

“你唱我和吉库尤人，说刀柄烧断了。”

就在这时，万伽莉从河边打水回来。她看见梦碧，非常高兴。

“您应该生个女儿，而不是养个懒儿子。”梦碧对她开玩笑说。

“这真是我的不幸，”万伽莉笑着回答，“不过也没什么。像我这样的老人也用不了多少水。再说，反正我那懒儿子，也懒得不会费水去洗澡洗衣服的。”

“妈，你诬赖我。你这样说会吓得所有的姑娘都离我远远的。”

“我给你泡杯茶吧？”

“不用了，”梦碧匆匆答道，“我得在天黑前赶回家去。”

她转向自己提着的篮子，从里面拿出一把砍刀。

---

1 梦碧在斯瓦希里语里意指“吉库尤之母”，是吉库尤人敬拜的女神。这首歌唱的是民间传说。

“你看，这把砍刀缺一个木柄。原先的那个不小心掉到火堆里给烧掉了。我妈赶着用，因为她下地干活只有这把刀。”

基孔由接过砍刀，仔细端详了一番。

“多少钱？”梦碧问道。

“不必破费，这算不了什么。”

“但你也不能白干呀？”

“我又不是印度商人。”他有点不高兴地说。

这时，卡兰贾、基希卡、吉特戈和另外一名小伙子来了。基孔由的木工房是这些年轻小伙子聚在一起闲聊的地方。卡兰贾大声叫着万伽莉。

“老妈妈，我们来了。给我们泡杯茶。”

“稍等一会儿，”万伽莉从屋里喊出来，“水在烧了。”

梦碧一边打着手势和吉特戈说，一边向大家说要回家了。小伙子们齐声抗议，但梦碧还是执意要走。

“好吧，我送送你。”卡兰贾殷勤地说。

“走吧，我忠实的朋友。”梦碧对他唱道。很快，卡兰贾和梦碧就一起消失在越来越浓的暮色中。

“我们进屋吧。”基孔由对剩下的人说，声音听上去非常低落。他嫉妒卡兰贾能够在女人面前表现得那么从容和自信。想到卡兰贾弹吉他给梦碧听，他浑身感到不快。

卡兰贾回来时，所有人都注意到他变得沉默了，像是在思考什么。

“哎，兄弟，”坐在他旁边的那个小伙子开玩笑地说，“你爱上那个姑娘了？”

除了基孔由，在场所有人都笑了。卡兰贾自己也咧嘴笑了。

第二天一早，基孔由就开始给那把大砍刀做手柄。他挑选着合适的木块，心中漾起一丝兴奋的涟漪。每次一拿起木块，他都会想做个什么东西出来。但是现在，他仿佛觉得自己全部的生命完全取决于手上的这份活计。他的双手充满了力量。他手握最近新买的刨子，一遍又一遍地划过粗糙的木头表面，刨下一圈圈刨花。手握冰凉的刨子，在木头上有节奏地推动时，他仿佛看到梦碧那轻盈的步态和优雅的姿势；弯腰在木头上画着样子时，他耳边似乎萦绕着梦碧的声音。她的气息赋予了他源源不断的力量。

现在，他要把这份力量传递到手中的这块樟木上。他又凿又挖，除去多余的部分，比好样子做了两片木柄。在木柄上钻洞时，他特别下功夫。随着钻头的蠕动，木屑飞到了桌上。洞钻好后，他削了三枚木头楔子，用来将这两片木柄固定在砍刀上。他用锤子把木楔敲进木头时，身上又涌起一股力量。这一股新的力量注入他手持铁锤的右手，举起，敲下；再举起，再敲下。他感到非常舒畅。所有的一切——泰北，全世界，仿佛都在他的掌握之中。突然，这股力量转变为一阵愉悦和狂喜。很快，他恢复了平静，感受到一种神圣的寂静。他爱上了这一切。

基孔由心里琢磨着，星期天上午就把做好的砍刀给梦碧送去。但到了那天，他又迟疑了，先前那种洋洋得意的神情也慢慢地消失了。他看着眼前的砍刀，发现了很多毛病，无论是刀柄粗细还是表面的光滑程度，都达不到理想的标准。在他看来，这就是个再普通不过的刀柄，随便哪个木匠都做得出来。至于这木头，用不了几分钟，手上肯定会磨出水泡。但随即，一种叛逆情绪油然而生。梦碧喜不喜欢，又有什么关系呢？如果她嫌刀柄拙劣，大可以自己做，或者去找卡兰贾帮忙。再者，她可能不在家。没错，最好碰上她不在家。但是，在他走上小路、经过树篱、来到院子时，又担心梦碧真的不在家。没有她在场，他的活算不上完工。

看见梦碧坐在屋外的一张四脚凳上，基孔由装出一副若无其事的样子。

“你母亲在吗?”他随意问道，手心痒痒的，迫不及待地想把砍刀展示给梦碧看。

“你找我母亲干吗?难道你不知道她有丈夫吗?”她笑着看他。基孔由没有附和她笑，费了好大的劲才摆出了一副一本正经的样子。

“坐吧。”梦碧说着，起身把自己的凳子让给他。她一眼看见了那把砍刀，急忙上前，从基孔由手上夺过刀子，站在那儿，静静地欣赏着新手柄。突然，她连蹦带跳地向屋里跑去，口中大声嚷着：“妈!妈!快来看看!”

一股甜蜜的暖流涌进基孔由心头，但欢乐中夹杂着痛苦，因为他的事办完了。就冲梦碧脸上的笑容和赞赏的表情，他愿意为泰北村所有的人免费做桌椅碗橱，免费整修漏雨的屋顶和摇摇欲坠的屋子，免费修理破旧的门窗。只要有她，他宁愿永远赚不了大钱，一辈子过着贫穷的日子。

基孔由仍然站在原地，沉浸在自己朦胧的决心中。这时，梦碧又拿来一把椅子，再次请他坐下。

“我还有事。”他嘴上说着，心里却不是这么想。

“你要去参加婚礼吗?”

“不是。除非是你的婚礼!”他笑道，突然又想起卡兰贾，脸上的笑容僵在嘴边，没有再多说一句话，默默地坐了下来。

“为什么总是急着走呢?我们又不会吃了你。”梦碧试图装出生气的口吻，但又装不像，反倒把基孔由逗乐了。

基孔由看着梦碧梳理的一头秀发，多么渴望自己也能伸手去抚摸一下。一想到这儿，他全身的血液都沸腾了。梦碧的膝盖上放着一面小镜子，双手举到头顶，手指摆弄着秀发，偶尔瞥一眼基孔由，向他投去一个微笑。基孔由陶醉了。

这时，基希卡和卡兰贾来了。基孔由恨他们破坏了自己独占梦碧注意力的机会。为什么他俩偏偏在这个时候出现?基孔由只得无可奈何地加入到他们的谈话中。话题自然转到了政治，转到了这片土地上正在酝酿的一场风暴。

基希卡很小的时候就对政治产生了兴趣。那时，他常坐在瓦瑞腿边，听他讲述白人如何抢夺黑人土地的故事。那还是在二战爆发之前，在许多非洲人被招募去援助英国抗击希特勒、打一场与自己毫不相干的战争之前。只要有人听，瓦瑞就讲。他讲瓦亚基和其他勇士的英雄事迹，他们在一九〇〇年抗击白人入侵者的战争中英勇就义；讲哈里的故事和发生在一九二三年大游行的悲惨结局；讲缪西里古和那些教会学校禁止肯尼亚人民行割礼，以便像昆虫一样，把吉库尤族连根带茎吃个精光。谁也没想到，基希卡甚至还没有见过白人，就对“那些人”早已铁石心肠了。从战场上回来的士兵向人们谈起在缅甸、埃及、巴勒斯坦和印度战场上的所见所闻：要是没有圣雄甘地的带领，印度人民怎么能够团结起来反抗大英帝国的殖民统治呢？这些故事成了基希卡的精神食粮，再加上日常观察和想象，他很早就有了自己的理想。他把自己看成圣人，要带领肯尼亚人民争取自由和权力。

起初，按照牧师杰克逊·基贡杜的建议，基希卡被送到了马希加。那是一所离泰北不远的苏格兰教会学校。杰克逊（人们都这么称呼他）和基希卡的父亲姆布古阿是朋友。他喜欢到处串门。晚饭后闲谈起来，他总会提起耶稣。每次来泰北，他都不忘去拜访姆布古阿，向他宣扬基督教信仰。“吉库尤之神恩迦[1]也是那位把自己儿子耶稣派到人世的上帝派来的。他来带领我们走出黑暗阴霾，奔向光明世界。”杰克逊想方设法解释，基督教信仰的传统和吉库尤人推崇的传统富有渊源。姆布古阿总是认真听着，然后走到墙角，拿出一罐啤酒请杰克逊饮用。

1 恩迦，吉库尤人信奉的天神之一，据说掌管光明和智慧。

“我们已经聊了这么多，”他常这么说，“来喝点陈酒解解渴吧。”

面对这样的诱惑，杰克逊会付之一笑。他通常会走出去，决定下次再继续对姆布古阿言传身教。杰克逊身材瘦小，皮肤紧绷，眼睛深陷，一副睿智的模样。他身上总是披着一件牧师袍，油光锃亮的光头上戴着帽子。杰克逊在融尔附近的几个村子里有很高的威望。长老会常常请他去参与处理一些村落之间的纠纷。他们视他为长老中的长老，而他的表现也不负众望。

“这位牧师会给我们念他手中的《圣经》，然后告诉我们他对这些内容的看法。”一位长老说。这一切持续了多年，后来宗教复兴运动蔓延到肯尼亚，像一把复仇之火席卷了所有的村子。所有教派的基督徒都参加了这场运动。他们声称自己看见了那道灵光，公开坦白自己的罪过，让自己的灵魂得到救赎。据说，基督教福音派的这场运动（它的余波至今还在村子里流行）的先驱是卢旺达的一个白人传教士。运动掀起之后，很快便传到乌干达和肯尼亚。就在白人宣布紧急状态后的几个月里，杰克逊突然加入这场运动。在马希加学校里，杰克逊站在众基督徒面前，像着了魔一样，捶胸顿足，激动地说：“我一直把自己当作一个基督徒，以为披上牧师袍，就可以幸免于地狱的熊熊烈焰。传道者说，虚空的虚空，虚空的虚空。凡事都是虚空。[1]因为怨恨、高傲、妒忌、偷窃、不贞的念头在我的心底滋长。我与酒鬼、色鬼同流合污。我行走在无尽的黑暗中，在罪恶的泥浆里艰难跋涉。耶稣从来没有在我面前显灵，灵光也不曾降临在我的上方。直到一九五三年一月十二日夜晚，上帝的圣灵幻化成一道划过天际、响彻天空的雷电，劈醒了浑浑噩噩的我。我呐喊道：‘主啊，我要怎么做才能得到救赎？’他拿起我的手，让我触摸到他的胸肋。这一次，我看到了他手上的钉痕，我又一次呐喊道：‘主啊，用您的鲜血来荡涤

---

1 以上两句出自《圣经·旧约·传道书》第一章第二节。

我满身的罪恶吧。'他回道：'杰克逊，请跟我来。'"接下来，杰克逊坦白招供了自己先前是如何帮助恶魔的：他与那些罪人同吃、同饮、同笑；对待村子里的长老和排斥耶稣的村民是百般温和；不让耶稣的鲜血浇灌种子，以免它生根发芽。他现在是一名基督教战士，正在奔赴战场，在他看来，政治是肮脏的，世俗的财富是一种罪孽。

"我的家在天上；在这地球上，我只是一个朝圣者。"

信仰上帝的基督徒站起身来，开始歌唱、跳跃。其他人走上前去拥抱杰克逊，朝他献上神圣的一吻。杰克逊撕掉衣领和帽子——因为这些是屈辱的标志，代表一颗被上帝撕碎的心。在紧急状态期间，复兴运动是肯尼亚地区唯一得到政府允许发展的运动。杰克逊是融尔地区复兴运动的领导人。

他也是融尔地区第一批要被处死的基督徒。

一天早上，人们发现杰克逊的尸体被人用砍刀剁成了碎片，房屋和财物也烧成了黑炭和灰烬。他的妻子和幼子虽然安然无恙，但从此将过着无家可归的日子。那时，他的大儿子理查德远在英国。杰克逊被杀害的消息像春风吹进了泰北和邻村村民的心中。联想起不久前，穆钮老师（另一个复兴运动者，以向警察告密著称）也是被人以同样方式处决的，人们心里就开始琢磨：接下来哪些叛徒将会遭到茅茅组织的清算？复兴运动分子高歌上帝，认为杰克逊和穆钮以死来追随上帝的脚步。作为一个基督徒，还能蒙受比这更大的荣耀吗？但是，村民们祈祷的时候，说的又是另一番话：啊，请清除掉所有的叛徒吧！

基希卡上学时，就积极探索书中所描绘的那个世界。谁也不会预见到肯尼亚这片土地上会经历这样一场动乱。基希卡深受《圣经》中摩西和以色列孩子的故事[1]的影响，这些故事是他在教堂主办的主日

1 犹太人先知摩西带领以色列人逃离埃及，到达上帝为他们预备的流着奶和蜜之地——迦南。

学校里学到的，当时的孩子都必须接受这种教育。基希卡学会自己阅读后，立刻就去买了一本《圣经》，把摩西的故事反反复复看了好多遍，后来又把它讲给梦碧和其他愿意听的人听。

基希卡离开马希加学校的情况并不光彩。事情是这样的：某个星期天早上的一节课上，穆钮老师讲到了女子的割礼，认为那是一种异教徒的礼仪。

“作为基督徒，我们决不允许这样的礼仪。”

“先生，打扰一下。”

“基希卡，什么事？”

男孩站起来，害怕得身子微微发颤。那时候，基希卡就已经喜欢做些或说些其他孩子不敢做、不敢说的事，来吸引别人的眼球。就拿这件事来说，正是那份狂傲，帮助他战胜了随之而来的寂静。他脱口而出。

“先生，那不是真的。”

“什么！”

就连穆钮老师，似乎也被这突如其来的寂静吓着了。有些男孩把脸藏起来，胆战心惊，生怕老师的怒火会波及他们。

“这只是白人的说法。《圣经》里并没有提到女子的割礼。”

“坐下，基希卡。”

基希卡坐下来，趴在桌上，对自己刚才的冲动行为感到后悔。穆钮拿起一本《圣经》，想也没想，就命令学生们翻到《哥林多前书》第七章第十八节，在那里，圣保罗谈到了割礼术。穆钮老师洋洋得意地大声朗读起来，刚读了几行，他便意识到自己错了。《圣经》中不但没有提到女子的割礼，而且没有明确地谴责割礼这一行为。他合上《圣经》，但已经太晚了。其他男孩看到老师在同伴面前丢了脸，心里暗自高兴。而基希卡，知道自己赢了，也急不可待地想在同学眼中寻求赞同的目光。穆钮老师尴尬地搪塞几句后，便匆匆宣布下课。基希卡一时间成了英雄，成了这群男孩的中心人物。他们都在猜测，老师接下来会采取什么行动。星期一，穆钮老师对那件事只字未提。星期二早上，他把学校所有的人，包括全体学生和教职员工，都召集到教堂大楼里，用颤抖而伤感的声音警告大家，要注意自己的言行，不能有任何亵渎上帝这一神圣字眼的行为。

“我们是谁？怎么能说上帝亲口说过的话是撒谎呢？”他低沉而有力的声音在整间大厅里回荡。

然而，与教堂里的其他长老商议过那件事后，他决定再给基希卡一次机会，以拯救他的灵魂。因此，穆钮老师决定当众扒下他的裤子，狠狠地在他屁股上抽打十下。这么做，不光是为了救赎这个男孩的灵魂，也是为了保护在场所有人的灵魂。打完后，基希卡还必须对老师表示感谢，并且宣布收回自己在上个星期天所说的话。整个教堂大楼里鸦雀无声，偶尔发出的一两声咳嗽反而使气氛更加紧张。穆钮转向另一位老师，请他把摆放在圣坛显眼位置的两条教鞭递过来。

“基希卡，站起来！”这时，穆钮老师才叫到基希卡的名字。在这之前，他称呼的一直是“某位同学”。现在，所有的学生，包括那些在星期天获胜时刻自豪地站在他这条战线上的同学，都充满敌意地看着他，借此来澄清自己与这一罪行毫无关联。

“到前面来！”

基希卡的脚好像钉在了地面上，一动没动。他脑中一片空白，仿佛顷刻间魂魄被抽离出去。还没等他开始移动，其他同学就已经让出一条通道。

“我说，到前面来！”

基希卡似乎要移动了。他的目光扫向屋顶，扫向穆钮老师、教鞭和圣坛。

“你要打我，得先告诉我，我到底犯了什么错。”基希卡颤抖着身子，愤怒地说。穆钮老师朝他冲过来。可是基希卡一转眼爬上一张桌子，接着跳到另一张桌上，还没等其他人缓过神来，他已经跑到最近的一扇窗户，从窗子爬出去，逃出了教堂。他一口气跑回家，一头栽倒在地，害怕地失声痛哭起来。

父亲建议他另找一所学校上学，基希卡回答道："我宁可下地干活。"

很长一段时间里，那件事一直让基希卡愤愤不平。他更加努力地阅读，甚至还自学了斯瓦希里语和英语。多年以后，二战结束不久，他前往内罗毕工作，参加了很多的政治集会，找到了茅茅组织。他的人生从此翻开了新的篇章。

"你问我需要什么，"基希卡开口道，"让我来告诉你。这个问题，我们肯尼亚人已经空谈太长时间了。"

"我们能做些什么呢？"卡兰贾问道，他的目光一直流转于基希卡和梦碧两人之间，"俄国人有枪、有炸弹。看看他们是怎么痛击希特勒的。如今，只有俄国人才能让英国人发抖。"

"现在的问题是要团结一致。"基希卡激动地解释道，"印度，就是一个摆在我们面前的活生生的例子。英国在那里统治了好几百年。他们吞食印度的财富，吸食印度的鲜血。对于少数几个人在政治问题上喋喋不休，他们从不理睬。可你猜接下来怎么样了？圣雄甘地出现了。其他人可能不太了解白人，但甘地对他们的底子一清二楚。他四处奔走，组织群众起来反抗，这可是一件比炸弹更厉害的武器。印度人民众口一词：还我自由。英国人笑了。他们很善于笑。但随着情况变得越来越严重，英国人终于笑不出来了。那些暴虐的统治者都干了些什么？他们把甘地关起来，不是一次，是很多次。但是，监狱高高的石墙根本关不住他。成千上万的人被关起来，更多的人被无情地杀害了。为了向白人抗议，印度人民，不分男女老幼，都站在铁轨上，让迎面而来的列车从自己身上碾过去。当时，那个国家里血流成河。

但是，炸弹炸不完鲜血，炸不完渴求自由的印度人民那股红的鲜血。上帝啊！到底要没有父亲的孩子号叫多少次，要失去丈夫的寡妇哭喊多少次，才能让这些暴徒明白这个道理呢？”

基希卡讲的这番话和他那略带沙哑的嗓音，让在座的每一个人都陷入沉思，全场一片寂静。梦碧常被哥哥的言辞打动，陷入遐想。她想象着发生在其他土地上的英雄事迹，那些大无畏的牺牲；在她的想象中，总有一层神秘的雾霭笼罩着那片遥远的土地和那段峥嵘的岁月。这种想象虽然朦朦胧胧，却是那么充实，不停地刺激着她、吸引着她。对于自愿让火车从身上碾过的男男女女，她丝毫想象不出任何与英雄有关的东西。一想到那污浊的画面，她就觉得反感。她心中的荣耀和客西马尼花园[1]里基督所受的苦难是相通的。

“我可不想看到火车从我爹妈兄弟身上碾过。唉，我该怎么办呢？”梦碧喊叫起来。

“女人就是胆小鬼。”卡兰贾半开玩笑地说。

“那你愿意让火车从你身上碾过？”梦碧忿忿地反驳道。卡兰贾看到梦碧生气了，便没再回嘴。

“拿起我的十字架——这是耶稣对他的子民说的，”基希卡换上一种轻松的语气继续说，“若有人要跟从我，就当舍己奉献，拿起十字架，跟我走吧。因为凡要救自己生命的，必将丧失生命；凡为我丧失生命的，必将重获新生。你们知道甘地为什么会成功吗？因为，他团结了印度人民，成功说服他们抛下自己的父老乡亲，效忠于他们共同的母亲——印度。而对于我们，肯尼亚就是我们共同的母亲！”

比起基希卡的言论，反倒是他的声音和眼中闪烁的光芒，更加触动基孔由。事实上，基孔由根本就没有认真听他讲话。

“一看到血，我就会晕过去。”梦碧说。

---

1 客西马尼花园，位于耶路撒冷附近的橄榄山下。耶稣常和门徒们到那里去。也是耶稣被出卖、遭逮捕、经受折磨的地方。

“肯尼亚需要的是能够直面敌人刀剑、永不退缩的英雄男女。”基希卡对她说。

“怎样才能把大家团结起来?”基孔由出口问道，希望能引发探讨。

这时，万吉库走到门口，告诉大伙儿茶水准备好了。这群年轻人说他们想在太阳底下喝茶。不久，又走来两位泰北姑娘。

“你们在风头里喝茶，变成欧洲人了?”婉布库问道。

“没错，没错。名副其实的黑皮肤欧洲人。”卡兰贾模仿着欧洲人的样子，故意拉长了声音回应道，把大家都逗笑了。

“你模仿得不错。”恩姬丽说。

婉布库和恩姬丽是梦碧的小姐妹，她们常常取笑卡兰贾对梦碧的单相思。

见到婉布库，基希卡脸上顿时露出笑容。在森林舞会上，基希卡的舞伴几乎一直都是婉布库，他很喜欢和她聊天。这两个女孩也坐下来，和他们一起喝茶。卡兰贾一直盯着梦碧，基孔由在一旁留意观察，看梦碧是否会向卡兰贾抱以那种微笑。恩姬丽看向基希卡，见他正和婉布库说笑着。于是，被晾在一边的她自娱自乐地看着卡兰贾和基孔由之间的竞争。木匠想和梦碧说说话，但是口不由心。梦碧这时梳好了头，转身进屋去换节日盛装。恩姬丽懒洋洋地走开，爬上树篱旁的小山坡。突然，她大喊起来：“火车！火车！”

她跑下山坡：“我们晚了，赶不上火车了。”

其他人也听到了火车的隆隆声。婉布库站起身，抓住基希卡的右手，一把把他拉起来，然后放开他的手，径自跑上小径，穿过篱笆，一路朝车站奔去。基希卡紧随其后。他身材瘦小，脸上总是挂着一副悲伤的面容。“梦碧！梦碧！火车！”恩姬丽一边喊着，一边俯身抓起落在椅子上的方巾，朝两人追去。卡兰贾和基孔由没有马上跑，而是站在原地迟疑了一下，好像都在等对方先跑。恩姬丽第一次喊火车的时候，他俩都已站起来。现在，他俩不约而同地看了看屋里，又看了看那几个朝火车奔去的人。那种默契程度，让人看了直觉得好笑。梦碧边整理着腰间的带子，边从屋里走出来。身后传来她妈妈的声音："回来！你忘了拿手绢！"于是，她又一头跑进屋里。卡兰贾和基孔由则是一副要跑的架势，在那里等她。

"走吧。"梦碧冲他们喊了一声，已经跑出去好几码。基孔由向她跑去，卡兰贾紧随其后。开往基苏木的这列火车发出隆隆的长鸣声，听起来像是在催促他们：快跑，快跑。从梦碧家到火车站有一条山路，山路尽头是一片小树林。恩姬丽马上就要进入那片树林了，婉布库和基希卡早已不见了踪影。

卡兰贾个头稍高些，没一会儿就超过了基孔由。为了梦碧，木匠使出浑身的力气。卡兰贾赶上梦碧，超过了她，继续迈着大步朝前跑去。他已经能够看到胜利的鲜花在他头顶上方绽放。基孔由也赶上梦碧，但一颗心沉到了谷底，生怕会遭到梦碧嘲笑。他跑得上气不接下气，却伤心地发现，卡兰贾已经进了森林，自己再也追不上了。

梦碧停下来不跑了。她喊基孔由，基孔由放慢步子，等着她。

"我累了。"她说。

"你怎么不跑了？我们会错过火车的。"

"火车对你就那么重要？你今天看不到火车会死啊？"

基孔由感到很惊讶：她为什么对自己发火？

"我今天不想去那里了。"她接着说，语气缓和了许多。

他们肩并肩走着。基孔由心里仍在为刚才跑步失利感到难过。但他走近树林，发现自己正和梦碧独处时，那股懊恼的情绪瞬间消失了。梦碧才是他们跑步比赛真正的目标啊。他搜肠刮肚地找话说，试图掩盖自己怦怦的心跳声。梦碧倚靠在一棵树上，基孔由看到她眼中又露出同样的笑意。森林为他们提供了一个很好的纳凉场所。地上的绿草和小花已经长得很高，树上的枝丫弯弯地垂下来，好像离地面更近了。

梦碧说：“你一定费了不少力气才安上那个手柄的吧。刀柄既轻巧又光滑。我妈可喜欢啦。”

“那没什么。”

“没什么？”

“我是说，那只是小事一桩，我就爱干这个。”

“你还说这没什么？”她轻轻地笑了笑。她的双颊圆润丰满，动听的声音钻进他心里，使他心里美滋滋的。

“我敢肯定，”她接着说，“当一名木匠、在木头堆里工作，肯定很有意思。你竟能用一块块木料做成各种东西。”

“你不是也会织衣服吗？”

“那不一样。我以前看过你干活，看起来像……看起来你就像在和手里的工具说话。”

“我们到树林里面走走吧。”基孔由克制住内心汹涌的激情，用颤抖的声音建议道。于是，他们走进树林，来到林中的一片空地上。绿茵茵的野草快到膝盖那么高了。基孔由面对梦碧站着，感觉有一股强大的力量把他俩渐渐拉近，他向这股力量屈服了。他握住梦碧的手，手指顿时充满力量。

“梦碧——”基孔由抱住了梦碧，想说点什么。梦碧整个人靠在他胸膛上，两人的心跳声交织在一起。四周一片寂静。基孔由体内热血沸腾，他感觉到梦碧在颤抖，这让他既害怕又欢喜。慢慢地，基孔由把她放倒在地，高高的草丛淹没了他们。梦碧呼吸困难，大口喘着粗气，不敢发出声音。基孔由就像表演一场神秘的森林仪式一样，一件一件褪去梦碧身上的衣物。这一刻，在阳光的沐浴下，她那光滑的皮肤闪闪发亮。她的眼神温柔而又不乏野性，顺从而又不失叛逆。基孔由双手穿过她的秀发，温柔地爱抚着她的胸脯。梦碧紧张得僵硬的身体渐渐舒缓开来，在他温柔的陷阱里全身酥软。突然，基孔由感到全身悬空，像要爆炸一样。正在这时，他听到梦碧张开的双唇中发出一阵呻吟。他紧紧地抱着基孔由，两人的呼吸完全融合在一起，两人的身体合二为一。他们身下的土地寂静无声。

站台上，卡兰贾觉得周围的人群和铁轨上的火车丝毫提不起他的兴趣。他累了，肚子又空空的。和梦碧在一起时那种兴奋激动的心情，现在荡然无存。他开始在喧哗的人群中搜寻梦碧，可连她的影子也没找着。

和往常一样，姑娘们总比小伙子们穿得鲜艳多了，各个村子都有各自不同的服装样式。恩代亚以及融尔周边一些村子里的姑娘习惯选用淡蓝色、绿色或者黄色的棉花印布，穿过左腋窝裹住身子后，在左肩上打一个复杂的花结。她们还会在自己丰盈的腰上，松松地系上一条条羊毛或棉布细腰带。站台上，姑娘们走在小伙子们面前，炫耀着她们的服饰，长长的带子在她们身后左右飘动，上下飞舞。来自泰北、基欣戈、恩杰喀的姑娘穿的大多是棉质碎花连衣裙，款式在内罗毕两三年前就过时了。

小伙子们就没那么多讲究了，有的穿着宽松的裤子，套件夹克就赶了过来。这些裤子和夹克大多是从融尔的印度商铺或黑人商铺里买来的二手货。又小又黑的膝盖时不时从裤子的破洞里露出来。他们漫不经心地在站台上走动，步伐坚定有力，每一步都夸张地表示他们已经长大成人了。

卡兰贾站在涌动的人群之外，强烈的嫉妒感向他袭来。他感到震惊，自己从来没有把基孔由看成强有力的对手。那个小木匠既不风趣幽默，也不懂得献殷勤，他怎能——怎敢和他竞争？但是，他知道基孔由现在就和梦碧单独在一起，这让他非常恼火。他跑得气喘吁吁、汗流浃背，梦碧怎么能让他一无所获呢？她怎么能故意支开他，让他像小孩一样在前面跑，让自己和基孔由单独留在后面呢？他想要冲回去，找到她，羞辱她一顿，逼她当众跪下，哭喊着向他求饶。这种冲动是那么强烈，甚至他还没完全想好，脚步已经开始移动了。突然，他停下来，站在那里，仔细思考着，到底该不该去。倘若发现梦碧躺在基孔由的怀里，那该怎么办？他的脑海中浮现出小木匠那双粗糙不堪的手在梦碧光滑的身体上一路抚摸的情景：从那对丰满坚挺的胸脯，再到性感的肚脐，再到……哦，不！他不敢、也不能再往下想了。他诅咒着，可脑中浮现的画面一个比一个污秽，不停地折磨着他。不，绝对不是那个木匠。他不住地战栗，对着上帝喊：不，让苍天坍塌下来，让大地颤抖起来！让人们摔倒在地，让他们腰肢折断，让他们痛哭呻吟！（哦，那糟糕的呻吟声！）把他们一同打入裂开的坟墓，让他们遭受死亡的惩罚。

对于自己的过激反应，卡兰贾也感到震惊。他试图控制住颤抖的身体，不断告诉自己：不管怎么说，他毕竟从未向梦碧表白过。或许，基孔由和梦碧之间什么事也没发生。这样一想，他觉得心里舒服了一些。于是，他便紧紧地抱着这种想法，越想越出神，找出各种理由来证明。他甚至还试图用笑容驱散心头的不安。

他挪动身子，朝几码外的人群挤去。他已经下定决心，马上采取行动，向梦碧敞开心扉。小伙子们正围着基希卡，兴致勃勃地听他说话。站台远处，一些男男女女或一起散步、或几个人扎堆站在那儿。看着眼前的年轻男女一起有说有笑，卡兰贾对梦碧的思念变得愈发强烈了。

突然，尖锐刺耳的汽笛声响起，火车缓缓驶出车站。卡兰贾目不转睛地注视着，产生了一阵奇怪的感觉。他先是听到刺耳的汽笛声，接着感觉车厢叮叮当当地“刺进”他的肉里（事实上，在火车开出之后很久，这种刺痛的感觉一直停留在他体内）。接着，他站在站台边缘，凝视着一片白茫茫的无尽深渊。他看得清清楚楚，对此他可以发誓。铁轨、车站里的人群、融尔商铺，乃至全国，都在他眼前旋转起来，越转越快，然后一切突然停止。人们停止了谈话，一切都停止了。所有的躁动和声音都彻底停止了，这让卡兰贾非常害怕。他迫不及待地环顾四周，想知道这一切是不是真的。但他看到的是每个人都在疯狂地逃离车站，生怕脚下的地面会轰然塌陷似的。他们四处逃窜，男人践踏在女人身上，母亲不顾自己的孩子，残疾人和弱者被丢弃在站台上。每个人都只顾着自己，喊着上帝。整个场景异常清晰，让卡兰贾不由自主地颤抖起来。他做好准备，要努力活下去，为生存而战。他告诉自己，必须迅速离开这个地方，身体却依然一动不动地杵在原地。脚下的土地又开始旋转起来。他想，我一定要跑，这是没法子的事。别人都这样做，我为什么要害怕踩着孩子、残疾人和弱者呢？

站在他身边的男子一把扶住了摇摇欲坠的卡兰贾，以免他摔倒在坚硬的地面上。

"兄弟，怎么了？喝多了？"

"我……我不知道，"卡兰贾说着，伸手揉了揉眼睛，像是刚睡醒似的。站台上的一切都很正常。火车刚刚在远处转了个弯，从视线里消失了。"我的头，"卡兰贾对帮助他的男子解释道，"不停地转啊，转啊。"

"是太阳晒的，晒晕了。干吗不找个阴凉的地方休息会儿？"

"我没事。"卡兰贾不自然地笑了笑，朝基希卡那堆人走去。几乎没人注意到这个小插曲。卡兰贾听见基希卡正在向人们解释有关耶稣的事情。

"没有这样一个人，就算再怎么努力奋斗，也成功不了。拿印度来说，是圣雄甘地用自己的鲜血为他的人民赢得了自由。"

刚才的幻觉让卡兰贾有点心烦意乱，他突然生起基希卡的气来。

"你现在这么说。下一个钟头又那样说，"他把矛头直指基希卡，

“今天早上，你说耶稣失败了。现在你又说我们需要耶稣。你快变成宗教复兴分子了吗？”

卡兰贾轻蔑的语气和讥讽的笑容着实刺伤了基希卡。他迟疑了一会儿，面对朋友的公然挑衅，不知该如何应对。人们围得更紧了，他们点着头，想看看基希卡会不会被驳得无话可说。基希卡强忍住心头的怒火，接着说下去。

“是的……我是说他失败了，那是因为他的死并没有改变什么，没有让他的子民在十字架上找到支柱来依靠。所有受压迫的人民都要继续承受苦难。犹太人拒绝承受，所以他们就如同尘埃一样，散落在世界的各个角落。耶稣的死对以色列的孩子们有意义吗？在肯尼亚，我们需要的是能够改变现状的死亡，也就是说，我们要的是真正的牺牲。但是，在此之前，我们必须做好承受苦难的准备。我为你死，你为我亡，我们都为彼此做出牺牲。这样，我就可以说，你卡兰贾是耶稣，我也是耶稣，所有发誓要齐心协力、共创肯尼亚美好未来的人都是耶稣。耶稣已不再是一个人，所有为肯尼亚的独立解放而忍受苦难折磨的人都是肯尼亚人民真正的耶稣。”

这时，恩姬丽、婉布库和其他几个姑娘也走过来，加入到人群中。基希卡的政治“演讲”结束了，这些话在多数年轻人心中留下深刻的印象。在和姑娘们的嬉笑中，他们脸上的紧张神情也消失了。

不过，卡兰贾和基希卡仍然没有回过神来，两人都各自出神地想着心事。无意中，他们互相避开对方的目光。前往森林舞会的路上，谁也没有说话。

基内聂森林里既安静又凉爽。这些年轻人三五成群、兴奋地谈笑着，沉睡的树林充满生机。有人拿起一把吉他塞到卡兰贾手里。“弹吧！”姑娘们喊道。卡兰贾喜欢弹自己的吉他，手指一触碰到琴弦，就觉得非常自如。今天，他没有把自己的吉他带来，但在试弹手中这把吉他时，仍然感到异常兴奋和紧张。演奏者的兴奋情绪从震动的琴弦中慢慢蔓延开来，飘进翩翩起舞的人群。最初的几支舞曲一般都是免费的。

婉布库和基希卡一起跳舞。音乐让婉布库振奋，她慢慢地靠近基希卡，仰起头，饱含热情地看着自己的舞伴。她那对坚挺的胸脯上下起伏，扰得基希卡心潮澎湃，让他把站台上发生的不愉快抛到脑后。看着他们这么亲密地跳舞，卡兰贾想起了梦碧。他曾在梦碧家里为她单独弹奏过一两次。此刻，他又想为她弹奏一曲，这种想法触动了他的神经，传到手指上，琴弦奏出了他的心声。这种心声将会飘出森林，飞到村子里，传到梦碧那里。

卡兰贾和基孔由的弹奏风格迥然不同。基孔由的弹奏往往带着一种深沉的愤怒。有时候他由着吉他掌控，琴声变得粗犷自然。但卡兰贾总能自如地驾驭手中的吉他，就像木匠驾驭工具一样，因此他的弹奏也就更加自信，更加细腻。

一名男子走到恩姬丽面前，她心不在焉地摇了摇头，拒绝了他的邀请。她的目光一直追随着基希卡和婉布库，只见他们在静静的树木旁迂回，脚踩厚厚的落叶，慢慢挪动着舞步。树干似乎也跟随着一对对姿态翩翩的舞者移动起来。卡兰贾唱着歌，快乐中夹杂着丝丝忧伤。弹唱声吸引了树林中所有的人。但他只盼望梦碧能够听见他的歌声。她一定能听得出他歌声中的渴望，向他跑来。她肯定会跟着他的。她怎么可能投入那个小木匠的怀抱呢？一想起这件事，卡兰贾又陷入痛苦。歌声和吉他声戛然而止，四周陷入一片寂静。接着，人群中爆出一阵雷鸣般的掌声和欢呼声，将这片寂静撕成了碎片。

基希卡和婉布库在太阳底下找了片空地坐下来，将茂密的森林、年轻的舞者以及恩姬丽那渴求的目光都抛到脑后。身旁翠绿的大合欢树和灌木林沿着陡峭的山坡一直向山谷蔓延。山谷平坦地延伸出一段距离之后，接着向上攀缘至小山丘。向远处望去，基希卡只能隐隐地看到位于他右手边的玛溪警署。这个拘留营是统治肯尼亚人民的权力象征。

“把那东西捣毁，白人就滚蛋了，”基希卡想，“他们用武力控制着肯尼亚全体黑人的生活。”基希卡的眼中闪烁着光芒，他心潮澎湃，脑中的画面越来越清晰。他沉浸其中，一时忘却了身边还坐着一位姑娘。他能感觉到她的气息。基希卡带她来这儿的目的，似乎就是为了指给她看那个警署。

基希卡握住她的手，双眼仍然盯着眼前的玛溪警署和东非大裂谷。

“还有这条路，这是白人进入肯尼亚中心的通道。”他缓缓说着，脑海中浮现出那条铁路。它沿着峭壁伸进大裂谷，从这里依稀可见。

“基希卡，你就不能把政治忘记一会儿吗？”婉布库不耐烦了。这既是在警告，也是在表达她内心强烈的渴望。

婉布库并不漂亮，只有在欢笑或激动时，才显得容光焕发。每到那时，她都会满脸期待地睁大眼睛，张大嘴巴，黝黑的双颊也会变得绯红，浑身散发出一股令人无法抗拒的魅力。上天赐予这个女人生存的能力，让她永远生活在现实中，探索并享受着生活中诱人的际遇。她非常希望和基希卡一起生活，他却从未明确表白过。两人独处时，她总是心潮澎湃，满心期待他能有所表白，把关系挑明。她心里明白，基希卡不会贸然做出决定，他是一个很有想法的男人。在她看来，那些想法就是一个恶魔，硬生生地把基希卡从她身边夺了去。要是她能看清那个恶魔，和它面对面地对峙，她就知道该如何运用自己女性的力量去跟它搏斗。这个恶魔怎么不以一个女人的形象来跟她竞争？她怎样才能和一个从未以血肉之躯出现的恶魔搏斗？她要怎样才能和躲在暗处的恶魔抗争呢？

“这不是政治，婉布库，”基希卡说，“这是生活。如果让别人抢走自己的土地和自由，那他还算是个男人吗？奴隶怎么会有像样的生活呢？”

他一字一顿、痛苦地说着，像是在为埋藏于心底的那些问题寻找答案。婉布库不耐烦地从基希卡手中抽回自己的手，似乎是在向他表明她的人生不愿再和他有任何瓜葛。

“你已经有土地了，基希卡。姆布古阿的地就是你的地呀。不管怎么说，东非大裂谷这片土地难道不是属于我们吉库尤人的吗？”

“我爹那十英亩地？那是微不足道的。肯尼亚是我们黑人的。你难道看不出该隐[1]错了吗？我是我兄弟的监护人。任何情况下，这地无论是从吉库尤人、乌卡比人还是从南迪人那儿弄来的，都不属于白人。即使真的被白人夺了去，那也是肯尼亚的土地，是我们肯尼亚人民共有的，难道肯尼亚子民不应该分到一份吗？这些土地是我们肯尼亚人的，谁也无权对它进行买卖。肯尼亚是我们的母亲，我们都是她的孩子。在她面前，我们人人平等。她是我们共同的遗产。白人拥有的土地成千上万。再看看我们的黑人同胞，他们整日在土地里辛勤耕耘；在田间挥洒汗水，辛苦地种植咖啡、茶树、剑麻、小麦，一个月却只能挣到十个先令。”

基希卡一边说，一边打着手势，好像面前有一大群观众。婉布库突然觉得，她现在必须同那个恶魔展开殊死搏斗。她握住基希卡的手，轻轻地抚摸着，让他看着自己，却不知道该如何用言语来表达内心的想法。

“现在我们就别谈这些事了吧。”她说着，深感自己力不从心。基希卡也轻轻抚摸着她的手作为回应，以为在他伟大的事业中，寻觅到一位能给予自己心灵慰藉的知音。刹那间，一股莫大的愉悦感涌上心头。他想告诉她自己内心的感激之情：难道不是只有她一个人完全信任他和他的信念吗？如果说以前她没有说得这么明白，那么此刻，她双手传达出来的温柔已经说明了一切。

---

1 该隐，《圣经》中亚当夏娃夫妇所生的长子，因为嫉妒弟弟亚伯，而把弟弟杀害，后受上帝惩罚。

“你不会离开我吧。你不会扔下我一人吧。”她绝望地说。

“决不!”发现婉布库始终站在自己这一边，基希卡欣喜若狂地脱口喊道。一旦行动的号角吹响，在那些勇士当中，只有他可以和心爱的女人一起并肩作战。

他这简简单单的两个字，像一把利剑刺进婉布库的心里。刹那间，她眼前出现一幅景象：他们会永远幸福地生活在一起。基希卡愿意撇下那个恶魔，和村子里的其他男人一样，安于过平淡的生活吗?

他们手牵着手，朝森林舞会走去。这一刻，两人脸上洋溢着笑容，心中充满着甜蜜，沉浸在各自的遐想中。

基孔由永远也忘不了发生在森林里的那一幕。在拘留营里的时候，当他渴望那些遥不可及的东西和地方时，便会细细重温那次经历，回味每一个细节，那段很久以前在被遗忘的土地上发生的神话般的仪式。

“那就像是重新被赋予了一次生命。”当着穆苟的面，基孔由回忆道，脑海中努力搜寻着合适的词语来概括自己在那次经历中的真实体验。他的声音低沉而镇静。火炉中的柴火也几近熄灭，微微地散发着昏暗的光。屋内的油灯随风摇曳，像是在和墙角的影子捉迷藏。昏暗的灯光下，基孔由和穆苟的脸都模糊难辨。

“我感觉像是彻底重生……我和很多女人上过床，但从未有过那种感觉。”

他顿住了，在那种美妙的感觉下，内心又感到非常迷惘，不知该用什么词语来形容。他慢慢地举起放在膝盖上的右手，手指微微张开，但没过多久，又重重地落回原处。

“在那之前，我什么都不是。现在，我是一个男人了。在我们短暂的婚姻生活中，梦碧让我觉得一切都非常重要……突然，我发现……不，好像我和上帝之间立了一个幸福契约。我该怎么说呢?我把那个女人搂在怀里——你知道香蕉树吗？我一层一层地剥去树皮，然后伸出手去，伸出我那颤抖的手，摘取卷绕成团的内瓤。

“每一天，我都能发现一个全新的梦碧。我们一起去森林。我不再惧怕黑暗……”

基孔由的母亲万伽莉也很开心。她把梦碧看作亲闺女，两人之间即使不怎么说话，也可以一起分享女人的愉悦和烦恼。她俩一起下地，轮流到河边打水，一起煮饭。母亲的心温暖着闺女的心，尽管沉默无语，她俩也能为这新近建立起来的婆媳关系感到无比的喜悦。她们一起望着屋后的木工房，想着那个男人正拿着锯子和刨子在那里干活，听着木匠的歌声和木工的声音融合在一起。她们的心像鲜花一样怒放。

然而，没过多久，万伽莉、梦碧和泰北村的其他女人一样，发现这个男人有了一些变化。他的歌声里充满了反抗精神，不经意间，会公然地向盘踞在泰北村外、盘踞在内罗毕和其他吉库尤人一直居住的地方的白人发起挑衅。卡兰贾、基希卡及另外一些男人，和基孔由一起唱起了悲壮的希望之歌。他们仍然谈天说笑、讲故事，但是，他们的笑声变了，咧开的嘴角上常常带着嘲讽和期待。他们去火车站的次数变少了，原来的森林舞会也变成了为反抗行动制定计划的会议。深夜，他们聚在漆黑的屋里，一起小声讨论。后来，他们唱起了斗志昂扬的战歌，爆发出阵阵豪迈的笑声。女人的心焦虑不安起来：从这些歌声中，她们听出了悲伤，开始担心起自己孩子的安危。

村里到处洋溢着对未来的期盼。

一天晚上，事情发生了。乔莫·肯雅塔和其他领导人被抓了起来。肯尼亚总督巴林宣布全国进入紧急状态。

几个月后的一天，梦碧站在自家门口，心不在焉地看着这片土地。基孔由没在家里做木匠活，万伽莉也到河边去了。村子里的房屋稀稀落落，屋外的树篱已经好久没有修剪，要不是那一缕缕袅袅升起的炊烟给这片土地增添了几分温暖和恬静，整个村落看起来就像是一片无边无尽、野生野长的灌木林。太阳就要下山了。梦碧新屋外面那一圈小树篱随着微风徐徐摇摆，她静静地沉醉在眼前的景象中。

梦碧看见弟弟卡里乌基出现在田埂上，心里感到一阵温暖。她很开心弟弟能来看她。梦碧很疼爱卡里乌基，出嫁前，她一直很细心地帮弟弟洗熨衣服。早上，她总会早早起床，赶在他上学前为他煮好茶水。梦碧虽然喜欢哥哥基希卡的坚强，也崇拜他、信赖他，却无法理解他。在弟弟卡里乌基身上，她可以倾注姐姐的关爱。她常常和卡里乌基一起在村子里散步，听他东拉西扯，从学校扯到女人，什么都说。每当卡里乌基议论那些成年男女时，不管对错，梦碧总会生气地指责他。这时，卡里乌基总会扮些搞笑的鬼脸，逗得梦碧哈哈大笑。

卡里乌基的身上还穿着校服。当他走近时，梦碧看到他脸色阴沉，顿时惊慌起来。她眼神中的光芒褪去了，满心喜悦也变成了一腔忧愁，她做好了应付不测的心理准备。

“卡里乌基，怎么了？是不是家里出事了？”

“基孔由在家吗？”卡里乌基避开她急切的目光和追问，反问了一句。

“不在，他不在。到底怎么了？你的脸色让我很害怕啊！”

“没什么。爹让我来叫他一起回去。你也去。”

男孩低着头，眼睛盯着地面。看得出来，他正在努力强作镇定，可是他的声音变得越来越轻。一会儿，他抬起头，看着梦碧，双眼似乎闪烁着泪光。

“是咱们的哥哥，基希卡……哎，姐姐，基希卡跑进森林里作战去了。”他说着，一头扑进梦碧的怀里。有那么一会儿，梦碧紧紧地搂着怀中的弟弟，泰北在她的脚下旋转，然后一切又静止不动，恢复了原来的平静。

“该怎么办呢?”她问道。

屋外一片漆黑。婉布库和恩姬丽离开了姆布古阿的家。两人各怀心事，一言不发地走着。婉布库想起当时屋内的情景，暂时忘记了自己的痛苦。刚才姆布古阿一直低着头，静静地坐着听她讲述。等她说完，他才抬头看她。

“他说他的归宿在森林里?”

“是的。”

“他脑子里想的都是些什么?难道我的土地还不够他过一辈子?他，还有他的孩子、孩子的孩子，都够了!”最后，还是梦碧先从沉重的悲伤中走出来，分析起事情的轻重缓急。

“乔莫被捕后，情况就变了。这片土地上所有的领导人都被抓了起来，关在我们不知道的地方。基希卡是这个地区茅茅运动的领导人，你们认为他逃得过白人的枪口吗?他只能在监狱和森林之间做选择。他选择了森林。”

“愿上帝与他同在，保佑他健康。”姆布古阿说，万吉库在一旁赞同地点着头。

婉布库一直强忍着不让泪水流出来。此刻，在黑暗中，她忍不住小声抽泣起来，满腔悲伤化成一句话。

“是那个恶魔在作怪。”

“你会跟他去吗?”恩姬丽问道。

“不!”她激动地喊道，“是他挣脱了我的手臂，是他离开了我。恩姬丽，我哭着求他留下来。是的，我们单独在一起，就在我家屋外。他来告诉我他要走了，问我等不等他回来。我提醒他在基内聂森林对我许过的诺言，他说过永远不会离开我的。但是，他还是走了——”

“你不爱他吗?”恩姬丽盛气凌人地问她，语气中还带着几分轻蔑。

“我爱——我一直爱，为了他，我从不和别的男人接触。晚上，我也只想着他。我需要他。我本来可以挽救他的。恩姬丽，他是一个男人，他强壮、自信，但也脆弱，脆弱得像一个小孩。”

“你根本不爱他。你只是想让他陪你睡觉。”恩姬丽说，声音中满含恶毒，让婉布库感到吃惊。

“我心里怎么想，不用你来教！”

“有些人就是不懂自己的心！”

“我知道，你是妒忌我。”

“妒忌你？永远不会！”

两人没再多说一句话，便朝不同的方向走了。恩姬丽虽然个子矮小，但身材苗条，看上去显得比较高挑。她鄙视女人软弱，鄙视她们动不动就掉眼泪。每次基内聂森林里发生打斗，她肯定会参战，甚至敢和男人动手。男人称她为野猫，因为很少有人可以强迫她听命。现在她感到自己更加高尚、更加坚强，内心抑制不住对婉布库的蔑视。她独自站在屋外的黑暗中，凝视着基内聂森林。

“他在那儿。”她轻声自语。随即，她带着满腔挚爱，对着森林说：“你是我的勇士。”她提高音量，释放出长期压抑在内心的怒火。“她不爱你，基希卡。她根本不在乎你。”她继续走了几步，然后转了一圈，希望沉沉黑夜能将她矢志不渝的爱情宣言带到基希卡面前。

“我会去找你的，我英俊的勇士，我会去找你的！”她大声说着，一头跑进妈妈的屋里。她的身子不停地颤抖，意识到自己对基希卡发下了誓言，这将是不可改变的。

晚上回屋时，基孔由心里总装着些秘密。他对别人一直守口如瓶，只告诉梦碧一个人。他还是继续在木工房里干活。晚上，卡兰贾和其他人常聚到他干活的地方。这群小伙子大声咒骂白人，大声抗议，骄傲地审查要加入基希卡队伍的那些新人的历史。万伽莉和梦碧发现，木匠推刨子的手不那么稳了。万伽莉知道其中的原因，感到非常担心。但是她怎能理解儿子眼中闪烁的光芒和声音里饱含的激情呢？空气中弥漫的战火硝烟、屋外嘹亮的军号声、六点就开始的宵禁命令，基孔由对所有这些都无动于衷。只有梦碧能够理解他，因为她亲身领略过这个男人的力量。当他的手温柔地抚摸着她的身体时，当他的身体将她无助地压在地面上时，她的身体等待着，等待着暴风雨般的冲撞。在那些曼妙的时刻，她感到既害怕，又脆弱无助。她需要他，她对自己的魅力感到欢欣，当她男人进入她身体时，只有温顺和体贴才能挽救他，重新给他生命。

她不想放他走，但又憎恨自己懦弱的想法。

更多的男人被抓起来关进“拘留营”——其他国家的人把它称为集中营。现在，站台上总是空荡荡的。姑娘们都躲在冷清的小屋里思念自己的爱人，祈祷她们的男人能够尽快从森林或拘留营回到自己身边。

一天，白人的魔爪伸到了梦碧家。她一直胆战心惊，生怕这一天到来，也做好了思想准备，以迎接这致命的打击。可这一刻到来时，她发现自己体内的力量突然消失了，根本无力营救自己的男人。她集中所有的意志和力量，发出一声喊叫：“基孔由，回到我身边来呀！”这一撕心裂肺的喊叫震撼人心，充满了恐惧。那天夜里，当人们得知老妇人的聋哑儿子吉特戈被白人“和平使者”开枪打死后，整个泰北村都陷入一片恐惧。

人们当时可能不知道，这样一场重要的运动以泰北人在自己的土地上流血作为开始，是非常有意义的。

基孔由迈着轻快的步伐，昂首挺胸地朝拘留营走去，生活和爱情给了他无限的自信。不管怎样，一切很快就会结束。律师们已经千里迢迢地从英国和印度赶来了，乔莫很快就会打赢官司并获释。肯尼亚解放的日子近在眼前。他很快就可以回家，继续在这块光荣、富饶的土地上过自己的生活。在士兵把他带往等候一旁的卡车时，他想把这一切都告诉他的母亲和妻子。让白人胡作非为吧！他很快就可以回到泰北，和跑进森林的兄弟们一起，为独立和自由谱写新歌，嘹亮的歌声将响彻整片大地。那一天必将很快来临。

六年后，当基孔由沿着布满灰尘的小路重返泰北时，他脑中想得最多的还是未来的新生活。他压了压从路边捡来的帽子，试图遮住光秃秃的头顶，可这顶破烂不堪的帽子丝毫不起作用。一件打满补丁的大衣（原先是白色的，后来因为每天都披着，久而久之变成了灰黄色）从肩膀上无精打采地耷拉下来。他的脸，六年前青春洋溢；而现在，已经长出了一条条细细的皱纹。现在嘴巴一闭紧，脸上就像挂着一副怒容，仿佛只要有一点刺激，他就会暴跳如雷。

坑坑洼洼的土地慢慢向两边倾斜，朝远处延伸。路两边的农田里，稀稀疏疏地长着些病怏怏的庄稼。这里刚刚经历过一场干旱，正在慢慢恢复。这场干旱对于泰北村来说又是一场严重的灾害，女人们原本就焦虑不安的脸色显得更加干涩憔悴了。然而，匆匆赶路回家的基孔由根本就没有注意到周围的荒凉景象，他一心只想着分别了六年的梦碧。六年来，繁重的苦力和痛苦的等待慢慢消解了他的激情，但这一刻，当梦碧的形象再一次浮现在他脑中、不停地召唤他时，它们一下子又都被唤醒了。一切都已变得虚无缥缈，他再也不对肯尼亚的独立抱有任何幻想。他只怀念梦碧和万伽莉，她们才是唯一永远不会改变的亲人。

不久，他就可以见到她们了。很明显，这种念头似乎给他那双疲惫不堪的双脚注入了新的力量，他走得越来越快，急促的脚步在身后扬起薄薄的尘土。在拘留营里的时候，基孔由一直期待着这个时刻的到来。但是，随着日子一天天过去，他的期待被日益增长的绝望取代了。在最初的几个月里，这份渴望还是可以忍受的。那时，被拘留的人常常不分昼夜地唱一些反抗歌曲，公然嘲笑白人。他们中的有些人横遭毒打，所有人都受到了一个神秘的政府组织——“特工支队”严格的审问。但是他们都死守誓言，绝不泄露半点有关茅茅组织的信息。茅茅组织是吉库尤一个纪律严明的组织，为了肯尼亚人民的独立自由而不懈奋斗，无论是谁，都决不允许背叛！他们忍受着白人的虐待，但是他们始终坚信，只要坚持到底，就可以赢得胜利的鲜花。

对于基孔由，那个给他戴上胜利鲜花的人一定是梦碧，他甚至能够在脑海中想象出梦碧捧着鲜花、微微颤抖的双手。他与梦碧的重逢将见证一个全新的肯尼亚的诞生。

基孔由抱着这种积极乐观的心态，然而或许正是由于这种心态，在第一个挫折面前深受打击。他踱回自己的牢房，试图琢磨出发生的这一切到底意味着什么，但他什么也没琢磨出来，于是和其他人联合起来，力图揭开白人恶魔的花招。乔莫在卡彭古利亚的审讯中失败了。白人封住了这位“肯尼亚之父”的口，让他的孩子在这个世界上变得无依无靠。

当然，他们一开始根本不相信这件事。一天，拘留营的狱长把所有人都从狭小的牢笼里带到院子里，给他们听广播。这是他们第一次接触集中营外的世界。这个白人狱长膘肥体壮，在烈日的照射下，皮肤上暴出一粒粒红斑，远远看去，就如同斑斑血渍。只见他双手插在口袋里，站在远处，带着一脸得意的笑容，注视着一张张震惊的面孔。

“我告诉你们。不管你们信不信，这都是白人撒的谎，他们想以此来打垮我们。”加图断言道。加图来自涅里，在拘留营里，他总是给大家带来勇气和希望。他有一套讲故事和说笑话的本事，总能唤起大家的兴趣。他嘴角总挂着搞怪的笑容，这笑容温暖了许多囚犯的心，常逗得他们忘记悲伤，让他们哈哈大笑。因为他总在模仿白人官员和拘留营看守的神态举止，所以后来，甚至连他平日里走路的模样都让人觉得滑稽十足。他的笑话和故事中都传达着一定的寓意。他微笑的脸颊和眼眸中也显露出智慧。但那一天，他说起话来吞吞吐吐，没有多少自信。尽管如此，关在雅拉拘留营里的人对他的话还是深信不疑，他们假装龇牙咧嘴，发出刺耳的笑声，以公开的不信任来反驳白人的无声嘲笑。

他们悄悄溜进铺在地板上的铺盖。那天，他们对乔莫的事避而不谈，也不对卡彭古利亚的官司结果妄加猜测。他们不敢正视对方的眼睛，生怕读出对方的心思。很久以前，小哈里也被拘留过，最终被放逐到印度洋的一座孤岛上，待了整整七年。他回来后变得一蹶不振，并且答应要和白人永远合作，还痛斥他曾协助创立的组织。昨天发生的事，今天可能再次发生。在历史的滚滚长河中，相同的事情总会一次又一次地不断上演。

一天夜里，他们忽然相信了这个消息。但他们互相之间没有说出来，只是聚集在院子里歌唱：

吉库尤人和梦碧在一起，
吉库尤人和梦碧在一起，
吉库尤人和梦碧在一起，
烧断刀柄，得到安逸。

释放的日子变得更加遥遥无期。拘留营的狱长拿着一个扩音器，带着手持武器的看守走过来，喝令他们各自回牢房去。被拘留的人全部散开，没有发出一点嘀咕声，也没有发出一点笑声，整个过程，只能听见他们的脚步声。

他们被遗弃在一片荒无人烟的沙漠里，听不到一点点人间的声音。这让基孔由感到非常害怕，到了这个地步，还有谁会来拯救他呢？炙热的太阳会把他们活活烤死。他们的尸体将被掩埋在滚烫的沙堆中，最后，连他们的坟墓也永远找寻不到。他死后，所有关于他的一切，包括他的身份，都将从这个世界上彻底抹去。这个念头变成一个噩梦，不停地折磨着他，常常吓得他在寒冷的夜晚冒出一身冷汗。每次想起梦碧和万伽莉，这种念头就愈发让他绝望。这种时候，喉咙里连一句祈祷的话都挤不出来。

即便如此，雅拉拘留营里的人仍在继续举行宣誓。他们决不会泄露半点有关誓言的信息。加图使他们保持良好的精神面貌。他早年就加入了茅茅组织。涅里地区创办独立学校的时候，他也很积极地参与其中。他信奉茅茅组织，认为只有通过茅茅组织，肯尼亚的明天才会独立自主，失去的土地才能重新回到肯尼亚人民手中。他在涅里地区一直非常积极，常常从一个村子徒步走到另一个村子，为茅茅组织传递消息。对于其他国家的政党和独立活动，他也有所了解。他常常讲起印度独立运动中发生的事件或是尼赫鲁和甘地受审的故事来鼓舞振奋其他囚犯；也常常对他们讲美国的独立战争，告诉他们带领美国黑人同胞起来反抗的领袖亚伯拉罕·林肯的故事，讲他最终是如何被英国政府处决的[1]；讲拿破仑是一位勇士，历史上最了不起的勇士之一，英国人一听到他的声音，就吓得屁滚尿流。这些故事听得他们非常兴奋。他们认为，甘地、拿破仑、林肯正注视着为争取独立自由的肯尼亚黑人同胞。就连拘留营里的黑人看守也被加图的故事打动。他们默默地听着，既高兴又害怕，脸上虽摆出一副漠不关心的样子，还嘲笑加图那张无法无天的嘴，可心里并没有责备他，也没有阻止他。

这些人已经在为出狱后的活动拟定计划。他们讨论教育、农业、政府等问题。根据这些问题，加图精心编配了一个个故事。比方说，他给他们讲发生在俄国的了不起的故事。在那里，一个连英语也不会

1　原文如此。可能是作者有意安排说明加图对外国情况有所了解，但并非完全正确。

讲（更别说读和写）的普通人，正在领导着全国。现在，所有的国家都害怕俄国。再多的鞭打也无法让加图闭嘴。重新回到囚犯当中后，他就表演刚刚发生在办公室里的闹剧，滑稽地模仿英国长官的声音和表情。最后，白人把他关进单人牢房，一连几天不许他出牢房，不许他跟人说话，每天只给他送一次饭，还让他摸着黑吃。后来，白人把他放了出来，他又回到同伴中间。

“出什么事了吗？”囚犯迫不及待地问。看得出来，他们都很想念加图。

“忘了那些家伙吧。他们很蠢，蠢得很。让我来跟你们讲讲我这一生的经历。我出生在大峡谷里。兄弟啊，那里的草个头高，而且那个绿啊，简直是绿得没话说。那里每天都阳光普照，雨水充足，地里都长满了果树。我常常手里拿着水果，听着小溪的流动和野兽的鸣叫，惬意地躺在草坪上晒太阳。没人知道那一片峡谷，我也用不着担惊受怕。后来有一天，来了一位不速之客，让我着实感到意外。你们猜得到是谁吗？不管怎样，你们肯定能想象出，我见到鼎鼎有名的英国女王时那副吃惊的样子。她说（加图模仿着她的声音）：‘你为什么一直生活在这么黑暗的地方，这里就像监狱一样又冷又暗。’我躺在那里的草坪上，对她那抹血红的嘴唇没有表现出丝毫的兴趣，我看得出当时她脸上有点诧异。‘我就喜欢这里。’我告诉她，仍然躺在草坪上没动。然后她说（加图继续模仿着她的声音）：‘如果你把你的山谷卖给我，我就让你……一次。’你瞧，女人就是女人啊。‘在我们国家里，’我告诉她，‘我们根本不向女人买那种事。我们是免费的。’但是老兄，我那玩意儿弄得我烦躁不安啊。我已经很多年没见过女人了。然而，还没等我再说什么，她就叫来士兵，绑住我的手脚，把我拖出峡谷。我刚从那里回来。各位先生啊，所以我才回到你们当中，我是怕你们吃惊啊。”

“天啊，”他笑完后说，“我真希望我当时一口答应下来，那么我就可以满足自己那玩意儿了。”

囚犯们继续笑着。“学给我们看看她怎么走路的。”其中一个人喊道。加图站起身，在大家赞赏的低语声和评论声中，表演了整个戏剧性场面。

拘留营狱长警告他：“小心我们毙了你！”加图已经成了反动的典型。

基孔由永远也想不明白，为什么加图在被单独拎出来严刑拷打之后，还能表现得那么坚强。难道这只是他的幻觉，还是这人是铁做的？

每一个在押的囚犯都要去雅拉拘留营五英里外的一个采石场凿石头。这些石头是用来为新来的官员和看守建造房屋的。雅拉拘留营在扩大。更多的黑人被送到这里，这是被关在里面的人和外界唯一的联系。基孔由和其他囚犯每天都要踏着滚烫的砂石，走过一片平坦的沙地前往采石场。这片沙地上稀稀拉拉地长着些仙人掌和光秃秃的带刺植物。基孔由手握一把巨大的锤子，举起，落下，举起，落下，慢慢地进入机械的捶打状态。天很热，豆大的汗珠一个劲地滚落下来，身上的外套也已经完全黏在身上。这片沙地从高高的山坡一路延伸到远处的海岸，海岸上闪着银灰色的光亮。基孔由突然觉得有件事老在自己脑中萦绕，把他的意识从采石场和雅拉拘留营带到了另一个世界。他曾想婚后送梦碧一件礼物，一件他亲手制作的礼物。他想到过很多可以为梦碧做的东西，但一直都定不下来。后来有一天，他无意中听到梦碧和万伽莉在讨论传统的吉库尤凳子。“这年头，已经没有雕刻工了，”万伽莉说，“所以现在坐的椅子都是用木钉直接钉起来的。”基孔由听了，恨不得马上就为梦碧雕刻出一张凳子来。他打算雕刻出一张与众不同的凳子。整整一年，这种冲动都会时不时地冒出来。每当这时，他总会变得非常激动，可惜脑子里却想不出一个图案来。此刻，身处采石场，他竟然想起了那张还没做出来的凳子，脑海中浮现出各种各样的图案。到了短短几分钟的休息时间，他都没有回过神来。基孔由坐在加图边上。加图看上去一脸疲倦。

“兄弟，怎么了？”基孔由问道。

“没什么。”他望着远处说。

“你看起来像是在想什么事情。”基孔由追问道，心里还在想着刚才浮现在脑海中的图案。

“你在那儿想什么呢？”

“自由！”基孔由洋洋得意地说。

“自由！是的，自由。”加图慢吞吞地小声应和道，声音很低，像是在压抑心底的呐喊。加图的语调打碎了基孔由脑中的图案，基孔由感到十分沮丧。突然，加图转过身来看着他。基孔由突然感觉到，他们之间正在建立一种可怕的联系。他努力抗拒，但最终还是妥协了。于是，基孔由成了拘留营里第一个向加图敞开心扉的人。他告诉加图有关泰北、万伽莉、梦碧的事，还有自己与梦碧在肉体和精神上的双重结合。最后，他甚至还把自己唯一的愿望告诉了加图，那就是希望能够再看梦碧一眼，哪怕只看一眼。

“唉，我还没来得及跟她告别，士兵就把我带走了。”

有一段时间，基孔由觉得心头的一个包袱终于放下了，但很快，他又为自己刚才的情感宣泄感到有点羞愧。在基孔由看来，加图的沉默像是对自己的嘲笑和指责。加图慢慢朝远处闪着光亮的海岸望去，平静地小声嘀咕。

“有一个男人，是个独生子，想要娶一个女人。而这个女人呢，也愿意嫁给他，愿意为他生孩子。但是这个男人一直拖着没有娶她，因为他想要盖一栋新房子，这样他们的孩子就可以在新房子里出世。‘我们可以一起盖房子。’女人经常这样对他说。最终，女人厌倦了等待，也不想让自己的青春和生命慢慢枯萎，于是她嫁给了另外一个人。而第一个男人继续盖着那栋房子，却始终没有建成。我们的祖先常说，盖房子是一辈子的事。所以到头来，这个男人一直没有娶到老婆，也没有孩子来继承香火。”接着，他看着基孔由说，“所以，你看，为了这个伟大的事业，我们都有各自的损失……我们不得不、也必须团结在一起，才能变得更坚强。”加图的这番话仿佛直指着基孔由的内心深处。

说完，加图便起身走开了。“软弱，跟我们一样软弱。”一开始，基孔由心里默默地嘀咕着，感到很遗憾。以前加图看上去总是那么自信、那么踏实，而且总有办法取笑自己和别人。突然，基孔由内心的遗憾转变成了一股非常强烈的憎恨，强烈得连他自己都无法理解。“这就是为什么他那么坚强。因为他身边没有一个像梦碧一样的女人。他怎么敢跟我谈集体的力量呢?”

几个士兵来采石场找加图。就在那天夜里，其他囚犯发现加图在自己的牢房里吊死了。“上吊了……”拘留营狱长笑着对他们说，“你们都看到了吧，是因为内疚！除非你们都给我老老实实坦白，不然你们的下场会和他一样。”那段时间里，黑暗一直笼罩着雅拉拘留营。对于加图的死，大家有着不同的看法，基孔由着实感到震惊。“我理应知道会出事的。”他自言自语地说，不敢正视自己的软弱。

黑夜以后就是白昼，这是一条永恒的规律。每天傍晚，太阳落山前，基孔由就开始绕着院子走。雅拉拘留营被分割成几个独立的院子，每个院子的围墙上都围了一圈带刺的铁丝网。另外，整个拘留营外围的墙壁上也布满这种铁丝网。早上，他们离开铁丝网，前往采石场做工；晚上，他们又得返回这铁丝网中。铁丝网，铁丝网，在这个拘留营里，到处都是铁丝网。今天是这样，明天还是这样。铁丝网阻隔了基孔由的视线，他看不到外面的世界，也听不到任何人的声音，仿佛外面的世界已经死绝。不，不是这样的，他这样想着，朝那片铁丝网走去，也许是他的耳朵聋了，是他的眼睛瞎了。接连几天，他颗粒未进，就靠喝点水维持着生命，既感觉不到饥饿，也感觉不到虚弱。

一天傍晚，他正茫然盯着这片铁丝网，突然兴奋起来，想放声呐喊或者仰天长笑，但他什么也没做。他慢慢地、从容不迫地把手伸向铁丝网，让尖利的铁刺扎进手掌心（他的灵魂似乎脱离了自己的躯体，站在远处注视着这一举动）。基孔由能感到铁刺扎进自己肉里，却不觉得疼痛。他抽回自己的手，看着殷红的鲜血慢慢地流出来。他浑身颤抖着，感到一阵莫名的兴奋。

值班的看守紧握着枪站在一旁，紧张地盯着基孔由，等着他冲破铁丝网逃离。过了一会儿，看守见他一直没有动静，便冲他喊了一声。基孔由听到那声叫喊，像是一个从远处飘来的回声。于是，他朝那个声音传来的方向走去，一颗心仍然欢快地沉浸在刚才的全新体验中。基孔由突然站到看守面前，放肆地盯着他的脸。然后，他举起右手，想让看守看看手上的鲜血，或者是想向他炫耀自己的勇气。这个看守是拘留营里少有的比较有人性的一个，他看到基孔由眼中呆滞的目光，说了句："进去休息吧。"便马上转身离开了，几乎是逃跑似的躲开了基孔由可怕的笑声。回到牢房，基孔由发现所有的一切——铁丝网、雅拉拘留营、泰北，都消失在苍白的迷雾中。他努力回忆梦碧的脸蛋，却只能看到一连串形象不断浮现，一个盖住了另一个。他死了吗？他把手放在胸口，感觉心脏在跳动，知道自己还活着。那为什么他不能在心中牢记梦碧的面容呢？也许，她也已经消失在了那片苍白的迷雾之中。他试图重温森林里的那一幕，却惊恐地发现自己什么也体验不到——那种欲望，那种强有力的男性雄风，梦碧那勾人魂魄的呻吟以及自己快要爆炸的那种感受，丝毫都感觉不到，哪怕是当成对往事的回忆。基孔由一直关注自己的行动——自己的一举一动，自己的思想变化。他感到精神恍惚，一会儿灵魂出窍，一会儿元神归位。到头来，他什么也想不起来，只能对自己糟糕的记忆力感到困惑。也许是我太累了，他心里想道。如果我挺立起来，内心的一切会使我重新活跃起来。 于是，他站起身，果然，周围的事物重新活跃起来。就拿这牢房来说吧，当基孔由试图移动身子时，整个牢房不停地旋转起来，他只能扶着墙壁踉踉跄跄地拖动步子。突然，一阵痛苦袭来，他仰面倒在地上，嘴里发出一声痛苦的呻吟，而后便晕了过去。

渐渐地，他的意识似乎飘到了一片森林里。依稀间，林子深处传来一阵沙沙的脚步声，像是有人踏着满地的枯叶向他走来。他竖起耳朵想听清楚，结果发现，这阵脚步声变成了梦碧的声音。抬起头，他看见带着天使般笑容的梦碧。只见她手持着火把，熊熊燃烧的火焰驱散了眼前的那片黑暗。她想上前去把他扶起来。在这变幻莫测的世界里，她显得那么纯洁，是一个不可玷污的存在。她的纯洁使他感到压抑、羞愧和敬畏。我知道我的救世主还活着，基孔由跪倒在梦碧面前喊道。就在这时，一阵新的狂喜突然席卷了他全身，他渴望自己能够像那天在森林里一样，死在梦碧的怀里，虽死犹生。梦碧肯定会接受他，他想。伴随着满心的狂喜，基孔由沉沉地睡了过去。

基孔由第二天早上醒来时感到非常饥饿，右手手腕也肿了起来，并且隐隐作痛。对于前一天晚上的事，他已记不清了，只知道自己做了一个梦。在梦里，他从加图上吊后就一直不停地在牢房里走动。他渴望见到梦碧的想法一直在脑海里萦绕。现在，他的意识非常清醒，知道自己接下去要做什么，他感到问心无愧。消息很快传开了。雅拉拘留营里所有的囚犯聚集在院子边上，一个个凶狠地盯着基孔由。面对他们充满敌意的注视，基孔由惊恐万分，生怕自己的双腿支持不住，于是他拼命想着梦碧。他径直向进行审讯和招供的那间屋子走去。四周一片寂静，踩在水泥道上发出的脚步声显得格外响亮。门在他身后重重地关上了。其他囚犯纷纷回到自己的牢房里，等待着下一次前往采石场干苦力……

从坑坑洼洼的泥沙大路转到田间小径时，基孔由仍然可以听到四年前自己踩在水泥道上时发出的脚步声。每到一个拘留营，这脚步声总会跟着他。虽然基孔由向白人招供了，但并没有被立即释放。受审查时，基孔由没有告发任何参与宣誓的人。这脚步声会一直缠着他吗？他心里纳闷。想到自己可能会在路上碰到自己的熟人，他突然害怕起来。他丝毫感受不到胜利的喜悦，更谈不上当英雄了。胜利的鲜花不属于他。基孔由并不想拥有它们。他一心只想着见梦碧，想着重新开始以前的生活。

街上，一群光着身子和半光着身子的小孩正在玩丢沙包。基孔由从他们身边走过，眼睛和喉咙里不小心吹进了几粒沙子，他懊恼地咳嗽了几声，拼命用手背揉搓眼睛（泪水一个劲地从眼中涌出来）。他拦住几个陌生女人，向她们询问万伽莉的住所。其中有几个充满敌意地盯着他，另外几个冷漠地摇摇头，这让基孔由又气又急。最后，还是一个小男孩为他指了路。基孔由一边朝家走去，一边想：见到梦碧，他会怎么做呢？兴奋之余，他又开始不安起来：要是他到家的时候，梦碧去河边了，或是去店里了，那怎么办？难道他还得等上一两个小时？

事实上，基孔由走到家门口时，差点和梦碧撞了个正着。有那么一两秒，她呆住了，怔怔地看着他，随即情不自禁地发出一声尖叫，声音几乎是嘶哑的。她张着嘴，身子不由自主地往后退了一步，像是给基孔由让路。基孔由伸开双臂想拥抱眼前这个女人，却突然发现她背上用布带牢牢地绑着一个小孩。他脑海中顿时一片空白，举起的双臂先是僵在半空中，继而慢慢地垂落下来，喉咙里也像堵上了什么东西，令他无法呼吸。

“真的是你吗？”梦碧先开口道。

“是的。你希望是谁呢？”基孔由小声回道。这时，从屋内飘出一阵烟，正好吹在基孔由脸上，他向后退了一步，拉开了自己和梦碧之间的距离。突然，背上的孩子哭起来，梦碧慈爱地瞥了一眼，然后转身看着丈夫。

“是你吗？”她又一次问道，“我知道你会回来的，但没想到会这么快。”

“这么快？”基孔由重复着她的话，内心感到一别已经六年。一切似乎都变得不真实了。他无法领会梦碧这话的意思。

听到声音，万伽莉从屋里跑出来，直接扑到基孔由身上。

“我的儿啊！”她哭喊着，双臂紧紧地抱住基孔由的腰，泪水顺着消瘦憔悴的脸上往下淌。

基孔由感到自己的身体在母亲的怀抱里发僵。不用问他也知道，梦碧背上的孩子是别的男人的野种。他不在的时候，梦碧和别的男人上床了。多年来的等待、遥不可及的希望、人行道上的脚步声，一齐涌上心头，都在嘲弄他。杀了梦碧，杀了那个野种，结束所有的不幸。他一边这样想着，一边竟然真的愤怒地挣脱了母亲的怀抱。但是他的双脚似乎生了根，一动不动地站在原地。万伽莉向梦碧望去，她已经走进屋去哄孩子了。

“进屋吧。”万伽莉对基孔由说。基孔由木然地跟着母亲走进烟雾腾腾的屋里，仿佛自己的灵魂已经出窍。屋里，梦碧抱着孩子喂奶。基孔由在一张椅子上坐下来。梦碧时不时悄悄瞟他一眼。她在嘲笑我，基孔由想。

基孔由的目光从万伽莉和梦碧身上扫向整间屋子，想寻找一个东西来集中自己的注意力。此刻，他已经完全麻木，最初几分钟体验到的那一阵难堪和痛苦早已消失不见了。生活没有了色彩，就像白茫茫一片白纸，平平淡淡，没有峡谷，没有溪流，没有树木——什么都没有。是谁认为生活就像一条线，断了之后还可以继续编下去，想把它编成什么图案就可以编成什么图案？基孔由隐隐约约感到自己太累了。他内心深处隐藏着想说的话。基孔由机械地动了动嘴皮，清晰地吐出几个字，似乎除了冷漠和好奇之外，没带任何感情。

“谁的孩子?”

梦碧坐在基孔由的对面，静静地看着基孔由和他身后的墙。万伽莉既能感受到儿子的痛苦，也看得出媳妇的悲痛。她想找点话来圆场。她知道真相总是令人难以接受，所以在说出真相的那一刻，她尽量试着用一个母亲的力量和温柔去保护自己的儿子。

“是卡兰贾的孩子!”万伽莉开门见山地说。她静静地等着接下来可能要发生的一切。她做好了准备。基孔由可能会冲着梦碧吼叫，或是动手杀了梦碧。但什么也没发生，基孔由并没有发出动物般疯狂的咆哮。

“卡兰贾，我的哥们?”他仍然用同样冷漠的口吻问道，听上去没有痛苦，只是有些困惑。

“是的，确实是的。”她又说。

此时，孩子在梦碧腿上睡着了。只见梦碧微微前倾，左手稳稳地小心托着孩子的头和身子；她右手弯起，胳膊肘抵在膝盖上，手指轻轻地按了按孩子的下嘴唇，露出洁白的牙齿。

基孔由一动没动，静静地靠着身后的柱子坐着。他一会儿目不转睛地盯着一处，一会儿又木然地朝四下里张望。甚至想到六年来，梦碧每天晚上都和别的男人同床共枕，他的内心也没起多大的波澜。他好像全身都麻痹了，感受不到疼痛，也说不出是什么让他感觉如此精疲力竭。

“妈，我累了。我走了很长的路，想睡觉。”他说。对于基孔由的反应，万伽莉无法理解。这时梦碧哭了起来。

基孔由无法入睡。他仰面躺着，眼前一片黑暗。每一分钟，他都能听到那两个女人沉重的呼吸声。为了这一天，他苦苦等待六年。他先后蹲过七个拘留营，一直渴望着这一天快点到来。他一直认为，当他最终回到梦碧身边时，生命会重新充满意义。其他的什么都不重要：拘留营、山脉、峡谷，一切都可以从地面上消失。只要最终能够回到心爱的女人身边，他就可以毫不畏惧地面对这一切。那时的他很少会想到，应该说是从来没有想过，回来之后自己和梦碧竟然无话可说。现在，他们之间沉默的冰山能打破了吗？但是，即使打破了这座冰山，找到了这个女人，她也会迫不及待地等他消失在屋角，赶快和另一个男人上床。这样的冰山即使打破了，又有什么意义呢？不，他们之间的沉默将一直持续下去。以前在木工房，他常常不用言语就能和万伽莉交流。他只要看着母亲的眼睛，就能够读出她内心的害怕、担忧，以及对他的期待。她是一位值得信赖的母亲，骄傲、自信地在这破旧的小屋里进进出出。他知道母亲什么时候去河边，什么时候去商店，什么时候下地。后来，梦碧嫁过来了。她很好地融入了这个家，给家里带来欢声笑语，让生活注入新的活力。正是这个女人，睡觉时把头枕在他胸膛上，在他身旁呼吸，教会了他，任何东西都比不上女人的爱抚。这种爱抚，这种彼此间情感的交融赋予他的生命一种更加清晰的意义，世上还有什么比这更美好？财富、权力，对他来说没有任何意义，除非它们能够充实彼此之间无声的交融，让他们在太阳底下敞开心扉。但是，现在他回来后面对的是死一般的沉默。他就这样躺在床上，愤怒地在脑海中构成一个个场景。也许天亮了会有所好转。

但太阳并没有给基孔由带来解脱。一大早，小孩就大声哭闹起来，梦碧点着火后，马上给孩子喂奶。孩子不断的抽泣声撕扯着基孔由的神经。一把摔到地上，弄死算了，基孔由虽这样想着，却没打算起床。他不想看见梦碧的眼睛、鼻子、嘴巴——但为什么在拘留营的时候，那张脸既让他饱受折腾，又让他幸福呢？现在，一想起梦碧的手曾在自己身上抚摸，基孔由就感到恶心。吸上奶水后，那孩子终于停止抽泣，安静下来。也许杀死孩子是不明智的，因为就算没了孩子，他们制造孩子的过程还是会一直萦绕在他的心头，折磨着他。梦碧上了其他男人的床，让男人裤裆里吊着的玩意儿塞在她大腿中间，插进她身体里；她狂热地迎接着男人的种子在她体内爆发。还不止一次，六年来天天晚上都这么干。她背叛了他们之间的海誓山盟。或许她和他之间根本就没有任何情感交融，任何两个人在一起都不会产生情感。在这个世界里，每个人都是孤独的存在，就像加图一样，到头来，还是得一个人孤零零地走进坟墓。基孔由把这种想法看成是一场可怕的觉醒，拼命地从中吸取苦涩的慰藉。不管是活着还是死去，都是一个人，这就是人生最终的真理。

屋内弥漫着一股刺鼻的烟味。基孔由走出屋子，在这个新近建造起来的泰北村游荡，一路上脚后跟扬起阵阵尘土。村子里的气氛让基孔由感到窒息；泰北只是又一个拘留营罢了。他能摆脱吗？又能逃到哪里去呢？他沿着柏油马路一直走到融尔。印度商贩的店铺都已经搬到新的贸易中心去了。这里盖了新的高楼，用的都是砖石材料，大楼里接了电灯，道路上也铺了柏油，看起来就像是一个大都市。路边的垃圾散发出阵阵恶臭，已经有一年没清理了。他继续向前走，来到融尔的黑人店铺群。这些店铺都倒闭了，由于闲置多年，铁皮波浪屋顶已经生锈腐烂。昔日的融尔广场如今杂草丛生，店铺的外墙上也爬满了野生的藤蔓。大多数商铺的墙壁都已破旧不堪，有的还开裂出大洞。他直愣愣地盯着破破烂烂的店门，从这些废墟中能够隐约看出这里曾经的繁华。在一间商铺门口，基孔由捡起一块破烂的木条，木条上的字已模糊不清，经过仔细辨认，才看出上面写的是“旅馆”。店铺里面是一堆废土，上面散落着瓷器、茶碟和玻璃的碎片。他用木条较尖锐的一头，在墙壁上又敲又打，又捅又戳。突然，墙壁中的泥土和水泥开始滚落下来，而且越滚越多，墙壁瞬间中空了，看上去似乎马上就要倒塌。基孔由害怕这房子倒下来，也害怕这个荒凉阴森的融尔，发疯似的逃开了，一口气跑进田里。他后来听说，为了惩罚各村，白人强行把黑人商铺给封了。基孔由走在田间小路上，田地的四周围着整齐的树篱（这也是土地合并后的结果）。他努力闭上眼睛，不想看眼前的这些变化。每当有什么东西碰到他，不管是灌木还是杂草，他都会突然一惊，浑身直打哆嗦。爬上小山坡后，他停下来，重新俯瞰整个新村庄——那里有房屋和草丛，各种活物密密麻麻地挤在一起。几缕青烟从一些屋顶上缓缓升起，消散在正午耀眼的阳光下。而先前的黄昏分明是另一派景象。那时，炊烟从各家各户的屋顶上袅袅升起，慢慢地在村庄上空凝聚成一个安静祥和的云团。远处，落日的余晖射出血红色的光芒，在边缘散成各种不同深浅的棕色和黄色，渐渐消融在灰暗中。现在新的村子没有一件东西能提起基孔由的兴趣，这些房屋也不像昨天晚上那样让他心里忐忑不安。还有别的地方可以去吗？他可以去别的村子吗？水泥道上的脚步声、孩子的抽泣声、母亲喂奶的形象，总是缠绕在他心头，折磨着他。

基孔由突然想起自己应该去酋长那儿报告他回来的消息。紧急状态还没有结束，白人仍然执掌着权力，不管有多难以接受，人们还是得唯命是从。他没费劲就找到了酋长的办公楼，它坐落在泰北民团团部里面。民团团部的另一边，是一条柏油马路，从纳库鲁直通大城市。

他站在酋长办公楼的门口时，脚下的地面又开始旋转了。盯着酋长那张严厉的面孔，基孔由觉得命运在玩弄自己。这不可能！

“进来。”卡兰贾说。基孔由感到茫然不知所措，身子痛苦地颤抖起来——酋长，竟然是卡兰贾。卡兰贾笔直地坐在桌子后面，皱着眉头，看上去非常严厉。

“我说，进来。”卡兰贾又说了一遍，声音异常响亮。

基孔由经过一番思想斗争，才轻手轻脚地走了进去。他坐在一张椅子上，紧咬着下嘴唇，强忍着心中的痛苦，没让眼泪滴出来。他的脑海和心底同时咒骂着：上帝竟然这样残忍。不然，为何要让他遭受这样的耻辱？他发现卡兰贾，他昔日的好友，正看着自己的一举一动。卡兰贾用一种冷冷的口气对他说话，好像基孔由是个陌生人，是个囚犯。

“让我看一下，”卡兰贾说着，从墙上挂着的一叠文件中抽出一张印好的纸，“你叫……基孔由，是……瓦鲁西乌的儿子。”卡兰贾一边说，一边在纸上做记号。基孔由看着这一切，微微低着头，样子就像一个上了年纪的小老头，下嘴唇咬得更紧了。

“听好了，你现在回到村子可以过正常生活了。这里的村民都要遵纪守法，听到没？晚上不许集会，也不许讲甘地、‘统一’之类的故事，统统不许。这里就住着白人。”

基孔由突然站起来，茫然地朝门口走去。卡兰贾看着他走到门口，然后冲着他大喊道：“站住！”基孔由停下脚步，像是被这叫声给镇住了。他转过身来，站在那儿。

“你要去哪儿？”

“去找你！”基孔由忿忿地回了一句，便朝卡兰贾的办公桌扑过去。他伸出双手，想掐住卡兰贾的喉咙。但到了桌边，他突然停住了，接着发出一声惊恐的叫声。卡兰贾拿着一把手枪，对着基孔由的心窝。

“坐下，基孔由！”

基孔由重新坐回到椅子上。他浑身不停地颤抖。这一切都像是一场梦。他重重地朝地上啐了一口痰，好像要把全部憎恨集中到这口痰上。

“你尽管吐，”卡兰贾说，显得很得意，他靠在椅子上，把手枪放在桌上，“但是，作为朋友，我奉劝你一句——你必须吸取教训。看到外面的哨塔没有？我跟你说，就冲你刚刚想干的事，只要我一句话，就够你进去住上一两个星期的。”

这一切发生得这么快，基孔由简直无法理清自己的感觉和思路。他只知道，那个曾和自己共同发誓要与白人战斗到底的男人，现在竟在向自己炫耀白人的权威；他只知道，那个曾和自己一起弹吉他、在他的木工房里和他闲谈的男人，现在竟朝着自己大呼小叫。

走出酋长办公楼没多久，基孔由突然想起，卡兰贾还是那个和梦碧上床、让梦碧怀了九个月野种的男人。不知为什么，愤怒的基孔由到现在才意识到这一点：不管是昨天晚上还是今天，他脑袋里想的一直都只是梦碧趁他不在时，和别的男人上了床。他一次也没有想到，就连在卡兰贾的办公室里，他都没有想起这个残酷的事实，这件事就好像被储存在他大脑的另一片区域里似的。此时，梦碧赤裸着身子躺在卡兰贾身下快乐呻吟的画面，刺痛着他每一根神经，啃噬着他每一寸皮肤。他脑海中浮现出肮脏的画面：嘎吱作响的床、卡兰贾那双抚摸梦碧全身的脏手、合在一起的呼吸声——还有……不，天啊，那些喘气声，急促的喘气声！他长时间不住地颤抖，然后跌跌撞撞地走近路边的一棵小树，紧紧地抱住它不放。但是，污秽的画面还是一个劲地涌入他的脑海，侵蚀他的思想。卡兰贾压在梦碧身上。他发现自己老在想一些不相干的细节，比如，梦碧性高潮时有没有快活得抽泣……那些污秽的画面，他实在想不下去了，爆发出一声痛苦的、撕心裂肺的叫喊。他松开树干，拼命地跑下山坡，朝自己母亲的小屋奔去。他要杀了那个在卡兰贾大汗淋漓的身子下快乐呻吟的荡妇。过往的路人看到他那副杀气腾腾的样子，都立即给他让道。基孔由不停地跑着。他要杀了她！他要活活勒死梦碧。这段路太长了。接下来将要发生的事情已经提前在他脑中上演——梦碧眼珠突出，口水直流，喘着气求他手下留情。但是，命运总是和他作对。家里的门紧锁着。也许她们把自己反锁在了屋内。基孔由一边用身子狠狠地撞着门，一边咆哮着："开门，开门，你这个在大街上卖身的贱人！"但是，门还是没有开。基孔由使出浑身的力气，一遍又一遍地朝门撞去。突然，门被撞开了。他重重地跌倒在地上，头撞在壁炉的石板上，嘴角吐出白沫。好一阵子，木匠的嘴里断断续续地发出一些杂音，最后是一声长叹："上帝啊，啊，上帝，我的上帝啊！"

八

对于自己刚回家那几天的经历，基孔由怎么也想不起来，仿佛那就是一场朦朦胧胧的梦，他觉得很难把事情的前后经过对穆苟讲清楚。他找不到合适的言语来讲述自己的经历，有几次，他只能无奈地摊开双手。

“不管怎样，我肯定是发狂了。我想，没有什么事会比发现被朋友、被自己一直信赖的人出卖更加残忍。那天醒来时，我发现自己躺在床上，身上盖着毯子。那盏煤油灯，和这盏一样，无力地燃烧着，像得了病似的，泛着微弱的光芒，明白我的意思吧？当时，甚至周围所有东西都散发出一股药味，让人联想到医院。我妈坐在床边，梦碧站在几步开外。虽然看不清她的脸，但我猜得出，她应该哭了。有那么一会儿，我想，就一分钟，我心头涌起一阵涟漪。梦碧，我了解她。她不是那种随随便便就会和卡兰贾上床的女人。她没变，还是我离开时的那个梦碧。接着，我看见了那个孩子。我知道我认为不可能的事已经发生了。我浑身发抖，牙齿也咯咯作响，就像是得了风寒，发了高烧，染了疟疾。然而那时，我已经打消了要杀她的念头，并做出决定：我永远不会提起孩子，我会当作什么事都没发生过，继续过自己的日子。但是，我再也不会上梦碧的床。那时，我除了把全部精力投入到工作中，卖力地工作外，还能干什么呢？”基孔由打量着穆苟的脸，看不出他脸上有任何表情。穆苟的沉默让基孔由感到很不舒服。整件事熟悉得好像曾经发生过一样。

“是的……我全身心地拼命工作。”他接着说。可是穆苟仍然默不作声，基孔由有点失望。压在心头的重负终于卸掉了，但不知不觉中一种内疚感慢慢地爬上他的心头。他把内心赤裸裸地暴露在穆苟面前，穆苟心里肯定在责怪他。他又觉得自己像是站在一个清教徒牧师面前，感到浑身不舒服。突然，他想离开这里，离开穆苟，跑到黑暗中，大声喊出自己内心深处的羞愧。

“我得走了。”说着，他起身离开穆苟家，走进茫茫的夜色。他的心跳得厉害，这让他感到很害怕：他害怕面对梦碧，害怕那脚步声像鬼一样缠着他，让他无法入睡。他匆匆朝那个徒有虚名的家赶去，无尽的黑暗从四面八方向他逼近。穆苟的纯洁、梦碧的不贞，全都在一点点吞噬他的男子汉气概，瓦解他对自己的信心，加重他首先在雅拉拘留营招供的耻辱。

基孔由刚离开，穆苟就起身冲到门口，用力推开门喊道：“回来！”他等了一会儿，发现没人应答，便又退回到屋里坐下，陷入沉思。穆苟的思绪从一件事跳到另一件事。刚才，基孔由希望他说点什么，他自己也觉得应该说点什么。有两次他都润了润唇，清了清喉咙，准备说了。但是他感到口干舌燥，不知道该说什么。他能说些什么呢？基孔由对于卡兰贾的背叛是那么愤怒，对于梦碧的不贞是那么恨之入骨，这一切都让他感到害怕。每次基孔由说起梦碧和卡兰贾，穆苟就觉得胃酸正在腐蚀胃里的溃疡，刺激得他异常疼痛。想着想着，穆苟全身颤抖起来。他坐立不安，站起来，在屋子里来回走动。如果我告诉他……如果我突然全都告诉他……一切就都结束了……都结束了……秘密……压力……害怕……还有希望……我本来能够告诉他的……这样的话，也许……也许……不然他为什么告诉我他自己的故事呢？想到这里，他突然停下来，侧身躺在床上。谁都不会随随便便向陌生人敞开心扉的……我都看到了……都看到了……他假装没在看我……但其实，他一直在偷偷地瞄我……看我有没有害怕……看我……有没有……不。穆苟想起基孔由脸上痛苦的表情，想起他的声音，那声音听上去是那么真诚，无不透露着对自己的信任。

穆苟走出去。也许寒冷的空气和苍茫的夜色能够安抚他烦躁不安的心情。也许这时候，去喀布易商业区的店里喝杯茶再好不过了。他在夜色中走着，一生所经历过的很多景象纷纷掠过他的脑海。每当回忆起一个景象，他的情绪都会随之波动，时而害怕，时而兴奋，时而厌恶。但奇怪的是，所有景象都应了昨晚《圣经》中的一句话："他必为民中的困苦人伸冤，拯救穷乏之辈，压碎那欺压人的。"这句话唤起了埋藏在穆苟心底的一段记忆。

那是一九五五年五月的一天。当时，肯尼亚进入紧急状态快两年了。那天，穆苟和往常一样，前往融尔火车站附近的一块狭长的田里干活。那时，紧急状态的规定和随之挑起的事端都没有影响到他。火车站那边的一条柏油马路，穿过附近的白人殖民区，通向内罗毕、蒙巴萨，一路向海边延伸。穆苟从来没出过泰北，没有去过白人殖民区，也没去过大城市。很小的时候，有那么一两次，他在融尔火车站看见一群白人围在一起说说笑笑，抽着香烟；而黑人则卖力地把卡车里的玉米和除虫菊搬运到火车车厢里。那些货车搬空后，载满货物的列车咔嚓咔嚓开走了。穆苟远远地看着这一切。所以后来，一想到白人（甚至包括约翰·汤普森），他的脑海中总会想起抽着香烟的男人和停在一旁吞云吐雾的火车。那天，他把没系扣子的衬衣绑在腰上，弯下腰给庄稼松土，衬衣领口和袖子在他屁股后面蹭来蹭去。太阳舒服地照在他那黝黑的后背上。由于浑身是汗，他那棕色的皮肤在阳光下闪闪发亮。地里的庄稼（玉米、土豆、大豆、豌豆的幼苗）都在阳光下舒展开嫩绿的新叶。他用小锄头给杂草丛生的空地松土，用手给幼苗培土。他碰到作物枝干时，叶子上的露珠就会滚落下来，渗进土壤里。地里空气清新，沁人心脾。周边的一些田地也种满了绿色作物——又长又宽的叶子遮住了黑色的土壤，看上去非常赏心悦目。太阳变得越来越热猛，叶子上的露珠也渐渐蒸发。随后，这些绿叶慢慢耷拉下来。到了正午，清晨叶子那碧绿的颜色逐渐蜕变成淡灰色，整片庄稼地都显得死气沉沉。穆苟背靠着树，在树荫下休息。上午辛苦劳作后，在正午小憩一会儿，让他心满意足。他耳边响起了一种声音——每当他躺下休息的时候，总会听到一种声音：伟大的事情就要降临到你的身上。闭上眼睛，穆苟能感受到，甚至触碰到那件事，它虽然很朦胧，却很美。穆苟听任这个美妙的声音把自己引领到过去那片遥远的土地上。摩西也是独自照看他岳父叶忒罗的羊群。他把羊群带到沙漠的尽头，到了上帝之山，到了何烈山。突然，茂密的灌木丛中冒出一团火，上帝派来的天使降临在他面前。上帝轻轻地呼唤着摩西："摩西，摩西！"这时，穆苟脱口应声喊道："主啊，我在这里。"

每次回想起那一天，穆苟总觉得那是自己人生的转折点。因为一星期后，区专员罗宾逊遭到暗杀，基希卡闯进了他的生活。

穆苟冲进喀布易商业区的一家小酒吧，兴奋极了。从前，这家酒吧名叫"当代酒吧"。自从肯尼亚自治以来，店老板就重新给它取了个名字，叫"独立酒吧"，下面还附着"酒吧兼餐馆"的字样。一伙人在柜台前又喊又唱，另一些人则三五成群地坐在店内一张张嘎吱作响的桌子旁。穆苟径直走到一个角落里坐下来，兴奋地沉浸在自己的幻想里，似乎这地面、这酒吧里的人群在他看来都不是真实的，一分钟后，他们就会集体消失。突然，一声响亮的喊叫盖过了酒吧里醉醺醺的喧闹声，店里顿时一片寂静。只见吉苏阿拄着拐杖，离开围在柜台边上的那伙人，一瘸一拐地朝穆苟走去。

他在穆苟面前站定后立正，脱下帽子，毕恭毕敬地敬了个礼，然后大声喊道："头儿，我向您致敬！"一股浓浓的酒气穿过吉苏阿发黄的牙齿，吹在穆苟的脸上。然后，他的身子慢慢弯下来，活活一副阿谀奉承的奴才样。

"头儿，要想着我们啊，要想着我们啊。看见我这一身破布头了吗？看见我肩上的虱子了吗？我以前不是这样的。凭我妈或那老妇人的玩意儿起誓。问问这里随便哪个人都行。”

吉苏阿一边说着，一边照着发誓的样子举起一根手指，眼睛还不忘四下张望，似乎要找个人来为自己作证。这时，茶馆里的人都纷纷离开自己的位子，向他俩走来。望着眼前这个如梦似幻的场面，穆苟既害怕又激动。

“我以前可是名司机——从吉苏木到蒙巴萨，无人不知，无人不晓。喂！”吉苏阿趾高气扬地拍着胸脯说，摆出一副非常自豪的样子，“钱对我来说是小意思。那时我想买下恩贡附近克拉拉鹏的一个农场。我在家里还养了一大群鸡鸭，哦，你没看见那个蛋啊！服务员——这儿来杯酒，给头儿也来一杯。在紧急状态之前，让我买下整个酒吧都不在话下。”

尽管人们对吉苏阿的吹嘘早已司空见惯，但这次大家并未起哄嘲弄。他们一本正经地听着，吉苏阿略带哭腔的声音深深地感染着每一个人，他们不时地点点头或者摇摇头，对吉苏阿在紧急状态期间的遭遇表示同情。穆苟说他什么都不想喝。人们谈起肯尼亚这块冲突不断的土地。“紧急状态害得我们好惨啊！”有人说。

“我！战争一开始，没多想就知道，作为男子汉，必须为自由而战。将军！将军！将军在哪里？”

在场的每一个人都立刻向四周张望，寻找R将军的身影。R将军静静地坐在柜台边喝酒，呆呆地看着这边。吉苏阿还在滔滔不绝地讲。他大谈自己在紧急状态期间的丰功伟绩——他是怎样为基希卡和独立战士运送子弹的。人们都爱听伟大的故事。甚至连那些醉醺醺的人也完全忘记了手中的酒，如痴如醉地听着吉苏阿的英雄事迹。

“于是有一天，白人袭击了我。嗖！子弹打中我这里！”

他指着自己的那条断腿。穆苟看见那条摇晃着的断腿，害怕地避开视线。没错，和其他人一样，穆苟也开始同情起眼前这个人，认为他更应该得到大家的赞赏。

“政府忘了我们，我们为自由而战！但现在呢？他们竟把我们给忘了！”

吉苏阿声音颤抖，带着哭腔，接着他发出恳求。

“所以，头儿啊，千万要记得我。记得我们这些可怜的人。要想着吉苏阿。服务员——服务员，这里来瓶啤酒。头儿买单——头儿不会连瓶酒都不赏给吉苏阿的——可怜的吉苏阿。”

穆苟摸了摸口袋，掏出两个先令。从前到后，他一直觉察到R将军在盯着自己。突然，他站起身，拨开人群，走了出去。走到街上，穆苟仍然能听见吉苏阿的声音从背后传来：“谢谢您！头儿，谢——”

穆苟正要穿过马路朝村子走去，身后响起一阵跑步声。很快，一个人跑到了他身边。是R将军。

“一个很有意思的人！是吗？”

“谁？”

“吉苏阿。”

穆苟的身子微微颤抖着，脑袋胡思乱想起来。

“我不陪你了，”R将军说，“我明天去找你。”说完便很快消失在夜色中。穆苟一个人站在那儿。此刻，他感觉自己能抱住整个黑夜，把全世界置于掌心。他受到一种启示——是基孔由和吉苏阿给他的。他仍然记得《圣经》里的那句话：“他必拯救穷乏之辈。”一定是他，以前是，现在还是。只有他才会不惜一切去拯救所有受苦受难的人，拯救像吉苏阿、老妇人那样可怜的人。为什么不承担起这个重任呢？没错。他要在独立庆典上演讲。他要带领肯尼亚人民追求自由，在他们的感激中埋葬他的过去。没人需要知道基希卡的事情。作为被上帝选中的人，他的过去已被原谅，因为他那拯救天下苍生的伟大行为已消除了他过去的污点。在雅各和以扫的时代如此，在摩西的时代也是如此。

那天夜里，穆苟梦见自己回到了瑞拉拘留营。一群囚犯光着膀子，靠着墙壁排成一列。吉苏阿和基孔由也在其中。约翰·汤普森站在角落里，拿着机关枪对着这群不幸的人。除非这些囚犯老实交代关于基希卡的一切，否则就毙了他们。就在这时，吉苏阿突然喊道："穆苟救救我们！"接着，其他人也跟着喊起来："穆苟救救我们！"这一声声恳求逐渐汇成了雷鸣般的呼喊声："穆苟救救我们！"约翰·汤普森也和他们一起喊起来，而且喊得比谁都响："穆苟救救我们！"面对这一声声痛苦的呼喊，他怎能置之不理呢？主啊，我在这儿。电闪雷鸣中，驾着希望的云朵，我来了，来了，来了。那些人齐声哭喊道："阿门！"

耶和华说："我的百姓在埃及所受的困苦，我实在看见了；他们因受督工的辖制所发的哀声，我也听见了。我原知道他们的痛苦。"

——《出埃及记》第三章第七节

（基希卡在《圣经》中用红笔画出的一节）

九

学者们无疑会对我们肯尼亚人民所经历的那一段艰难岁月进行探究，也许还会用一个警句来总结这一历史教训。那么请问，为什么瑞拉拘留营事件会引起全世界的关注？因为在肯尼亚这片土地上，从印度洋的曼达群岛到维多利亚湖的马嘉塔群岛，散落着许多规模更大的拘留营。

穆苟被铺后，先是被关押在提戈尼警署，然后被带到锡喀拘留营，这里关押着许多落网的森林战士。很多战士来自恩布、梅鲁和姆瓦里加地区。他在这里待了六个月。他一度认为这里将是自己最后的归宿。然而，一个寒冷的早晨，在没有任何先兆的情况下，他们被赶上卡车，迅速带到火车站，上了一辆开往马尼亚尼的列车。为了防止有人逃跑，列车车厢所有窗户都安上了带刺的铁丝网。马尼亚尼火车站台附近已经部署了很多士兵。那些囚犯一下车，就被喝令双手抱头，一字排开蹲在那里。士兵用警棍击打他们，还阴阳怪气地互相怂恿着：比起我们，那些白人才狠呢。马尼亚尼分成 A、B、C 三个大营。穆苟被关进专门关押顽固分子的 C 营。每个营又进一步划分为若干个更小的支营，每个支营有十个牢房。一个大的牢房关押近六百号人。

经过一系列的审查之后，穆苟和其他一些人被铐上手铐和脚链，押到了瑞拉。

瑞拉拘留营坐落于肯尼亚一块偏远的土地上，那里靠近海岸，但终年不见一滴雨水，整片土地除了沙子就是岩石。被押送到这里的人中，有些人曾宣誓：只要肯雅塔还关在牢里，他们就不会跟白人当局合作。他们拒绝回答一切问题，还经常不去干活。

穆荀发现，这里的拘留营条件比马尼亚尼差多了，每人的伙食定量很少。

肉：每周八盎司

面粉：每天七盎司

在瑞拉，穆荀再次见到约翰·汤普森。

汤普森在雅拉干得很出色，很快被调到了瑞拉拘留营。他一上任就给瑞拉拘留营注入了新的气息。以前，瑞拉拘留营常常上演埋人的把戏：把人赤裸裸地埋进滚烫的砂石中，有时甚至埋上一夜。汤普森终结了这种残忍的严刑逼供的手段。取而代之的是他对囚犯进行说教，告诉他们回家的快乐。只要坦白招供，就能马上回家与老婆孩子团聚。在别的拘留营里，这种办法曾有效削弱了囚犯的反抗。汤普森希望它在瑞拉也同样奏效。当政第一个月，他改善了瑞拉拘留营里的卫生条件。先前，囚犯一旦染上风寒，就只能等死。而现在，他们会被火速送往医院接受救治。

待汤普森觉得时机成熟了，便开始把拘留营里的囚犯逐一传进办公室问话。多年以来，他在管理非洲黑人方面所依据的一套理论已逐渐成熟，变为一种信仰：出其不意，攻其不备。但在瑞拉，他遇到了一群大不相同的人，他们甚至连张口说话也不愿意，只是直愣愣地盯着他。两个星期过后，这群人的顽固把他的耐心消磨殆尽，把他逼得近乎发狂。他回到家，向妻子马格丽抱怨："这群家伙精神上有毛病！"

到了第三个星期，汤普森希望情况会有所转变。他坐在靠背椅上，旁边站着两名官员，等待看守把第一个人带进来。

"叫什么名字？"

"穆荀。"

“来自哪里?”

“泰北。”

至少愿意开口说话了，汤普森心里感到宽慰。这是一个好的开端。如果一个人招了，那么其他人也会跟着招的。他知道泰北，还当过两任融尔地区专员，第二次是接替遭暗杀的区专员罗宾逊。所以一开始，他很友好地聊了聊泰北：草地是多么翠绿，居民是多么友善。接着，他开始讯问。

“你宣过几次誓?”

“一次也没有。”

听到这话，汤普森气得从椅子上跳起来，在办公室里来回踱步。突然，他站到穆苟面前，直勾勾地盯着他的脸，隐约觉得这个男人的脸有点熟悉。但是，要分辨出黑人的脸实在不容易，他们看上去十分相似，简直是一个模子里刻出来的。

“你宣过几次誓?”

“一次都没有。”

“撒谎!”他怒吼道，冒出一身汗。

对于穆苟而言，他早已不再关心自己的命运。他绝望地认为，所有的挣扎，所有的努力都是徒劳。他最终会判死刑。那就让死亡的利剑快点来吧!

一位官员在汤普森耳边轻声嘀咕了几句。汤普森盯着穆苟的脸仔细看了一会儿，好像突然明白了什么，打发走穆苟，仔细研究起他的档案。

那次审讯之后，事情变得更糟了。许多囚犯依然拒绝开口。事实上，穆苟是唯一愿意开口的，可他只是一遍遍重复着他在其他拘留营里说过的话。汤普森就像一只虱子，死死地叮上了穆苟，每天都审问他，也许是因为穆苟看上去最有可能屈服。汤普森把他揪出来惩罚。有时还当着其他囚犯的面，让狱守们狠狠地鞭打他。狂怒之下，汤普森会一把夺过鞭子，亲自动手。如果穆苟哭喊着求饶，他的怒火也许会减少一点。但是，他根本无法从穆苟口中逼出一声求饶，而且所有的囚犯好像都在嘲笑他、鄙视他。

穆苟就这样在其他囚犯中树起了威望。绝望的人不会发出任何痛苦的呻吟，一切都是自己应得的，这种想法使他全身麻木得感受不到任何痛苦。然而，其他囚犯以不同的眼光来看待穆苟甘愿忍受痛苦这一“壮举”。他的举动给他们带来了勇气。他们联合起来写了一封信，在信上列举出种种不满，比如说：要求被当做政治犯而不是罪犯来对待；要求每个人的伙食定量能有所增加。如果达不到要求，他们就绝食抗议。果然，到了第三天，所有的囚犯团结一心，都坐下来开始绝食抗议。

汤普森快被逼疯了。甚至在梦中，他都会气得咬牙切齿：要整治这群毒虫。于是他命令白人官员和黑人狱守对他们进行严刑拷打。对——要整治这群毒虫。

不过，引起当时那件著名惨案的，是绝食抗议第三天发生的一次近乎暴动的行为。当时看守们正在给囚犯送饭，一颗石头突然飞出来，击中了一个看守的脑袋。看守们扔下食物，一边向外飞奔，一边大声叫喊着：“杀人啦！暴动啦！”囚犯放声大笑起来，又扔出更多的石头。

接下来发生的便是各国皆知的那件惨案。囚犯被包围起来，关进牢房，日夜受到毒打，结果十一个人被活活打死。

前天晚上做了那个梦之后，昨天穆苟便前往基孔由家去找他。一路上，他脑海中不断浮现那件惨案。在他不可思议地死里逃生后，他已经全然相信命运了。他得到了上帝的宽恕，这样他就能够把吉苏阿那样的人从贫穷和痛苦中拯救出来。他是上帝之子，生来注定要拯救受苦的灵魂。他将成为上帝之子，以救星的身份出现，这种激动人心的前景鼓舞着他，引导着他向前进。他要去告诉基孔由，他已经决定在独立庆典上领导泰北人民。在那之后，他这个首领会带领着他的人民穿过荒芜的沙漠，抵达新的耶路撒冷。

广播里传出的歌声飘进穆苟的耳朵，是一个女声，声音饱满而富有活力，完全盖住了伴奏的声音。但这首歌的曲调缓慢而悲伤，与这个生机勃勃的晴朗早晨形成强烈的反差。有那么一阵子，穆苟站在基孔由屋外整齐的树篱边踌躇不前。他家的房子呈丁字形，屋顶上盖着亮闪闪的崭新波纹铁瓦片，外墙是用厚厚的雪松木板筑成的。他站在那里，任凭梦碧快乐的歌声飘进自己的心田。穆苟简直不敢相信，篱笆墙里面，竟然发生过如此不和睦的事情。这时，万伽莉捧着一个长柄锅，走出屋子，朝院子边角上一间新建的小屋走去。一个小男孩（穆苟知道就是那个引起不和的孩子）蹦蹦跳跳地走在万伽莉前面。不知为什么，看到这场景，他感到心头隐隐作痛。

梦碧笑着招呼他进屋，像是一直在期待着他的到来一样，脸上顿时焕发出光彩。他的思绪回到很多年以前，那时梦碧还是个年轻姑娘，有一次她碰到他时，还对他姑妈的死深表同情。现在她神情严肃，看上去显得非常疲惫。也许，她内心太累了，穆苟想。他慢慢地注意到她姣好的身材，她那深邃的黑眼睛让他心神不宁。他惧怕她。

“我是来找基孔由的，”他说，不肯坐下，“他不在吗？”

“他很早就出去干活了。”她的声音克制、清晰，可穆苟还是从她话音里觉察出一丝淡淡的悲伤。

“你不坐会儿吗？”她接着说，“坐会儿吧，我去给你泡杯茶，一会儿就好。”她的声音活跃起来。在梦碧富有魅力的仪容面前，穆苟本能地顺从她坐了下来。他端详着梦碧的脸，发现她的眉毛与基希卡的一模一样；鼻子尽管小一些，但和基希卡的非常相似。穆苟感到很奇怪，自己以前竟然很少把他俩当成兄妹。

“你的兄弟还好吗？……我……我是指你弟弟。你有一个弟弟，是吗？”穆苟搅了搅杯里的茶水，借此掩饰内心的不安。

“卡里乌基？”梦碧坐在穆苟对面问道。

“就是这个名字吧？”

“他两年前就高中毕业了，先在内罗毕的一家银行里工作，然后前往麦克雷雷学院读书。”

“那学校是在奥博特国王[1]的领土乌干达吗？”

“是的，他是坐火车去的。他说要坐上一天一夜的火车才能到那里。我多么羡慕他……能够坐一天一夜的火车旅行……我从来没坐过那么久的火车。”梦碧文静地笑了笑，眼眸中闪烁着光芒，似乎一想到旅行，哪怕生活中充满磨难，全身也能马上恢复生机，“可这次假期他没回来。太可惜了，他要错过星期四的独立庆典了。”

穆苟没有接着谈独立庆典的事，因而一下子冷场了。他想找别的话题，却又不知道该聊些什么，于是便站起身准备离开。

梦碧依然坐在那里，紧绷着脸，似乎没有听到穆苟的声音。

“我想去找你，我本来就想去找你的。”她说。尽管声音很轻，但穆苟还是听到了。就像听到命令一样，穆苟马上坐下来，等梦碧接着往下说。

“你做过梦吗？”她突然问道，嘴角露出一丝悲伤的笑容。穆苟感到一阵惊慌，过了一会儿，他才平静下来。

“做过。有时会做。不是每个人都会做梦的吗？”

“我不是指晚上睡觉时做梦，而是指在大白天，年轻的时候展望未来所想到的那些宏大的事情。你会心潮澎湃地期待那些日子快点来临，生活中的任何悲伤都阻挡不了你。”

她的声音让穆苟颤抖得越发厉害了。她正在用充满活力的言语和气息再现他的梦想。

---

1 阿波洛·米尔顿·奥博特（1924—2005），乌干达政治家，带领乌干达脱离英国殖民统治，走向独立，因而被视为现代乌干达的国父。

“你做过这样的梦吗？”

“也许，有时候。”他含糊地说，但是梦碧一下子就揪住了他的话。

“你做的梦实现了——对，我知道，有些人的梦是会实现的。我以前做过很多那样的梦，它们都那么真实。”她说着，思绪已飘回到过去的点点滴滴。

“做……做那种梦……是人们……嗯，是人们年轻的时候。”穆苟鼓起勇气，发表了一个很普通的见解。

“我的梦就在那里，”梦碧接着说，“我哥哥演讲的时候，听着他铿锵有力、饱含激情的话语，我心潮澎湃。我梦想牺牲自己，去拯救众多受苦受难的人民。尽管有时我也会害怕，但还是期待那些日子快点来临。甚至结了婚之后，我的梦想仍在继续。我希望能够让丈夫开心，是的，可我也时刻准备着，时候一到，就和他并肩作战。我可以为他提鞘，为他递箭，让他能尽快射死敌人。如果危险来临，他倒下了，我会用我的双臂接住他，把他平安地带回家。”

穆苟发现梦碧深邃的眼睛中有一汪泪水在闪烁，他再次感受到一股无形的力量正控制着自己。

“可他们把他带走时，我什么也没做。最后他终于被放回来了，却已身心疲惫。而我，再也不能让他开心起来了。”

她依然年轻、脆弱，可他已在静静的潭底拼命划动着手脚。这样的挣扎让他非常害怕，他不想就这样淹死。

“有时，我也会好奇，”停了一会儿后，梦碧接着说，“婉布库是不是也有过梦想。不过，她——她，你还记得她吗？”

“婉布库？”

“嗯。”

“不，我想我不记得了。”

“你肯定记得。你难道不记得那个你一心要救的女人了？就是在壕沟里遭到毒打的那个？”

“记得……记得。”除了她那被鞭子抽破的衣服和脸上痛苦的表情，穆苟已全然忘记了她的模样。

“她死了。”

“死了？”

“是的，后来她死了。人们说她死的时候已经怀孕三四个月了。在基希卡跑进森林之前，她就是他的女人了。她一直没有原谅他。但是不知为什么，她还是希望基希卡能回到自己身边，她几乎没跟其他任何男人发生过关系。但是，在基希卡被捕并被吊死在树上后，她的行为就变得有些奇怪了。接连几天，她把自己锁在家中，寸步不离。之后，她走出家门，任凭士兵、团丁、任何男人糟蹋。但人们说她拒绝了一个团丁的求欢，于是那个人在壕沟里借机报复，把她毒打了一顿。自那以后，她的身子就一直没有恢复过来，三个月后，她就死了，肚子里还怀着孩子。”

说着，梦碧掏出手绢擦了擦眼睛。就在这时，她儿子跑进屋里，迅速地看了一眼穆苟，径直扑到妈妈怀里。

“妈妈，你为什么哭呀？”他脱口而出，随即充满敌意地看着穆苟。梦碧把儿子往自己怀里搂了搂，好像能够保护他不受任何伤害一样。

然后她努力挤出一丝微笑，轻声对儿子说：“快回奶奶那儿去。你不想把她一个人留在那儿吧？要是有人把她偷走了，你说怎么办？”

小男孩盯着穆苟看了一会儿，又转向妈妈，然后跑了出去。

“可以说她是为我哥哥死的，”梦碧接着说，像是从来没有被打断过似的，但是语气明显缓和下来，掺杂了几分犹豫，“一场祭祀……还有恩姬丽。”

“她是谁？”

“她也是我的朋友。婉布库、恩姬丽和我，我们三人常常一起去火车站。但是，我们怎么知道，恩姬丽心里一直爱着我哥哥呢？她看上去是那么野蛮，不管男的还是女的，她都经常和他们打架斗殴。可在她冲进森林与基希卡并肩作战之前，我们谁也不知道，她心里其实一直藏着这样一个梦。基希卡牺牲后没多久，她就在一场战斗中阵亡了。”

穆苟的脸色更加阴沉，下嘴唇微微耷拉下来。他不想去思考那些事。

当梦碧吃惊地叫住他、把他拉回现实时，穆苟已不知不觉地走到门口。他站在门口，一时间还无法恢复神志。他顺从地慢慢转过身，对自己的行为感到羞愧。这时，梦碧也站起来，掩饰不住一脸的惊讶和困惑。

“我从没向任何人提起过这些事，”她说着又坐下来，“我觉得能和你说说，很奇怪吧……现在想起来……你知道我哥哥有一次，不，每当他和朋友吵架时，常常都会说……你让我全想起来了，他会说，如果他真的有非常重要的机密，只会向你这样的人透露。”

穆苟仍然一动不动地站在那里，木然地看着梦碧。“让我一个人待会儿吧。”他很想这样对她说，但最终只是用轻得不能再轻的声音嘟哝了一句。

“这些事情……很痛苦。”

穆苟终于抵挡不住她的诱惑，坐下来，她的目光和声音把他软化了。他静静地等着，梦碧努力在头脑中搜索恰当的语言。

“我想和你谈谈我丈夫的事。”梦碧看着他，直截了当地说。先前她眼神中流露出的反抗渐渐柔和起来，变成了一种沉默的、几乎可以说是顺从的恳求。她张开的双唇微微颤抖着。

“我想要他，因为，因为我最想要的就是他。”她说，停顿了一会儿，情绪似乎放松了一点，接着问道，“你知道这孩子的事吗？”

穆苟突然想狠狠地刺伤梦碧。他产生了这种疯狂的念头，想要羞辱她，让她在这满是灰尘的地面上求饶。为什么她要把我牵扯进她的生活，牵扯进所有人的生活？

“你丈夫已经告诉我了。”

“他告诉你了？”

“是的。”

“什么时候？”

“昨晚。”

“所有的事？”

“所有的事……孩子……卡兰贾。”他的语气生硬。看到梦碧因为尴尬而皱眉蹙额，他在心里厌恶地笑了。屋里寂静无声。穆苟的目光充满敌意。就算她放声痛哭，他也不会离开，不会动一下，不会说一句安慰的话。然而片刻之后，梦碧便打破了这令人压抑的紧张气氛，全身突然兴奋起来，好像想到了什么重要的大事。

“他跟你讲了房子的事吗？我是指我们那两间草房？讲了吗？”

“房子——什么房子？”他一脸迷惑地问道。

“就是他被带走前我们住的那两间屋子——啊，看来他没跟你讲，”她接着说，言语中流露出一种忧伤的胜利滋味，“除了我，还有谁能告诉他呢？但是，他并不想知道……”

穆苟想起当时那些人，因为没有及时搬进新庄子，结果被赶出了旧宅，房屋也被烧毁了。

“即使现在，晚上躺在床上，”她开始说，“我依然记得那通红通红的火苗。我们当时有两间屋子。一间是我婆婆的，一间是我们的。他们命令我们搬走床铺、衣物和一些用具，然后在我婆婆那间草屋的顶上泼了一圈汽油。我冷眼看着他们的举止，认为根本没必要在干燥的草屋顶上泼油。但不管怎么样，他们还是泼了。那天的太阳毒辣。我婆婆坐在一张凳子上，旁边堆着一堆刚从屋子里打包出来的东西，我就站在她旁边，戴着帽子。团丁头头点着一根火柴后，把它抛到屋顶上。但是没引着那些干草，其他的人在一旁嘲笑他。他们一边叫嚣，一边鼓励他。有个人想从他手中接过火柴，让他看看自己是怎么弄的，他们竟然比划起来。点了四五次，屋顶终于点着了。蓝黑色的烟从屋顶上升起，火苗在空中乱窜。接着，他们朝我们那间屋子走去，眼睁睁地看着残忍的事情即将再次上演，我怎么受得了呢？于是我闭上眼睛，想尖叫呐喊，却已哑然无声。忽然，我想起了身边的婆婆，我想带她离开这残忍的一幕，我不能让她一把年纪了，还眼睁睁地看着这一切发生。这两间屋子是她被丈夫休了后亲手盖起来的，她把它们看得很重。可她推开我的手，轻轻地摇了摇头，双眼继续盯着愈烧愈烈的火苗。燃烧的屋顶发出噼噼啪啪的声响。每当那种声响在我心中重复响起时，我依然能够记起当时那种撕心裂肺的痛。不一会儿，伴着两声轰隆隆的巨响，两间房屋的屋顶相继轰然倒塌。在第一声巨响过后，我听见婆婆倒抽了一口气，但是她的视线始终没有从眼前的场景中挪开……我心里有些忍受不住了，亲眼看见我们房屋倒塌的瞬间，我的心碎了。”

在基希卡和他那群森林战士重创玛溪警署之后，白人政府便开始了拆毁旧泰北的大型行动。森林战士给玛溪警署的这一重击激怒了白人当局。据说，住在涅里的一个黑人从广播里听到玛溪被摧毁的消息，一时间高兴得过了头，马上就被抓起来，关进了肯尼亚最著名、也是最大的集中营——马尼亚尼。这则消息本来就是审查过的，播报出来只是证实一下所有肯尼亚人民都知道的消息罢了。白人当局进行了严厉的报复，他们打着“维护和平、维护安全”的旗号，关闭了所有像融尔这样的黑人贸易中心，并把村民都赶到了规模更小、分布更密集的村落里。最初，这一切都只是遥传，人们都不以为意地耸耸肩，继续对那些被抓去拘留营或跑进森林的黑人的命运深表痛心：他们还回得来吗？当时的区专员托马斯·罗宾逊在每个村庄都开了会，限村民们在两个月之内，拆掉旧居，建立新屋。

梦碧直发愁，因为家里没有男人可以依靠。最后，她不得不系上腰带，干起了男人的活。和万伽莉一起，婆媳俩清理出一块新地基。卡兰贾来帮忙画好新屋的地基线。他一言不发，样子冷淡，梦碧只顾埋头干活，根本就没有注意到这个男人的内心正处于挣扎与煎熬。没过几天，地基就打好了。接着，梦碧又去她父亲的小树林里砍了些黑色合欢树来做新屋的柱子。那段日子里，泰北村的任何一间屋子都没有炊烟升起，因为人们都要忙到天黑才回家；第二天，他们又要回到新地基上干活。一夜之间，小孩长成了大人，女人穿上了裤子；只有绑在妈妈背上的婴儿不停地哭喊着要吃的。卡里乌基每天四点就离开学校，回家帮姐姐盖新屋。

男人们要是看到像梦碧那样的女人在屋顶上钉钉子，总会停下来揶揄一把，这全是因为英国有个女人（一个新女王）加冕了，在女人的统治下能有什么好结果？

"哼，那可不见得，"女人们听到有人这样说，往往喜欢反驳，"统治肯尼亚的总督巴林不是个男的吗？"

"啊，这也是那个女人的决定呀。看来你们女人，宁愿把男人都送进拘留营，让他们那玩意儿烂掉，也不愿丈夫去招惹伊丽莎白女王。"

"也宁愿送到森林里去！"善意的揶揄触碰到埋藏在内心的苦楚，女人们失声哭起来。于是，男人们没再多说，匆匆回到自己的地基上，叮叮当当地干活去了。

尽管有卡里乌基打下手，再加上卡兰贾隔三差五的帮忙，但是，两个月期限到了，梦碧新屋的墙还是没有糊好。梦碧和万伽莉依然住在旧家里，她们打算在一两天内去把墙糊好。然而第二天，民团的人找上门来了。梦碧打开门，看到他们那一张张急不可耐的脸孔，连忙冲回屋里，告诉万伽莉这一残酷的事实。

“孩子，我知道他们会来的。”万伽莉疲惫地说着，便开始把一些器具和另外的东西从屋子里搬出去，房子注定要被毁掉。

民团的人神情庄重地离开了，像是刚才在执行神圣的宗教仪式一样。他们看着罗宾逊，征求他的意见。罗宾逊开着车离开了。还有很多房子等着他们去烧，时间很紧迫。

夜幕降临之前，旧泰北村的最后几堵墙倒塌了。先前房屋遍地的老泰北镇现在已经成了一片废墟，满地都是泥土、烟灰和燃烧过后的灰烬。

“那天晚上，婆婆和我睡在还没盖好的新屋里。我父亲违反宵禁规定，摸着黑来接我们去他家里睡，可我婆婆不肯去，我又不能丢下她一个人不管。我们的新屋，屋顶是盖了茅草，但墙壁还没有糊好。整个漫长的夜晚，寒风穿过墙上的洞，从四面八方呼呼地吹进来，无情地吹打在我们身上。虽然我裹着条破旧毛毯，蜷缩进一只麻袋里，但是依然冷得瑟瑟发抖。我整晚都没有合过一次眼。我知道婆婆也没睡着，但是我们都没有说话。那一夜真的很漫长。

“从那天起，卡兰贾常常来我们的新家，询问我们的身体情况，有时也会带些食物过来。但是他话不多，像是有什么事困扰着他。起初，我根本没注意到这一点，我甚至没发现他来我家的次数越来越频繁了。我整天都忙着照顾婆婆。自从老房子被烧毁后，她就一直抱怨胃疼、头疼、关节疼。有一天，我正在屋外劈柴火，卡兰贾来了。他站在那里一句话不说，只是静静地看着我干活。我讨厌干活的时候被人盯着，那样会让我觉得不自在，也干不好活了。所以我对他说：‘过来帮忙劈柴吧。’他接过斧头劈了起来，但仍然一言不发。‘进来喝杯茶吧。’我对他说，然后弯下腰准备捡起地上的木块，这时他突然把手搭在我的头上，口中轻声喊着：‘梦碧！’我马上抬起头，看到他好像有什么话要对我说。我很害怕。你知道，在我答应嫁给基孔由之后一个星期左右，卡兰贾曾经向我求过婚。当时，我还笑话他，提醒他基孔由是他的好朋友。从那之后，他就再也没有向我求过婚，并且一如既往地来找我丈夫。他肯定看到了我眼中的恐惧，没再多说什么，掉头就走了，甚至没有回头看一眼。我想当时他要是回头的话，我可能会把他叫回来，因为我突然感到非常自责：也许他有沉重的心事。撇开别的不说，作为朋友，他对我和婆婆都很友善。

“后来，他就没有再来了。没多久，基希卡就在基内聂森林尽头被活捉了，随后被吊死在一棵树上。你知道吗？我父亲，那个从涅里到喀比特无人不晓的勇士，听到基希卡被吊死的消息后，竟然小便失禁，尿在了裤裆里。他像个孩子似的，哭了整整一夜，我母亲万吉库陪在他身边不停地安慰他。从那天起，他们二老的心就碎了。我相信，要不是他们对卡里乌基抱有希望和寄托，他们早就去寻死了。当时我也很难受，整整两个晚上，我吃什么吐什么。后来，你是知道的，惩罚开始了。泰北村终究要为我哥哥的行为付出代价。你知道那个壕沟吧，至少一开始你知道。就在你一心救婉布库而被拘留后不久，我就听说卡兰贾加入了民团。我简直不敢相信。他可是基希卡和基孔由的兄弟，他们曾在一起发誓，他怎么可以背叛他们呢？

“但是不久，手头繁重的劳作便驱散了那些想法。整个村庄四周要挖壕沟。你被抓走后，挨打的就不止是一个两个了。士兵和民团的人到了壕沟里，凡是直起背或干活不利索的，就会遭到一顿毒打。因为时间有限，他们逼得很紧。女人们可以在日落前两小时出去寻找粮食。其余任何人都不允许出去，就连上学的孩子都得待在村子里，不得外出。过了一阵子，每天两小时的自由时间缩减成一小时。时间越逼越紧，后来，就连一个小时的自由也被剥夺了。我们是被关在村子里的犯人！为了防止我们偷偷逃出去，士兵在村子周围建起营地，驻扎下来。我们每天饿着肚子去干活，你知道孩子的哭喊声有多么撕心裂肺吗？可新来的区专员对这哭声充耳不闻，他甚至还允许士兵把女人带回他们的帐篷里。天啊！我都不知道自己是怎么躲过那种侮辱的。每天夜里，我都在祈祷，希望那样的事情不要落在我头上。婉布库死在壕沟里，他们抬走她的尸体，丢进了几米开外的一个墓穴里。

“你知道吗？我们都以为世界末日来了。

“然后，某一天，我们开始唱歌。白人派遣更多的士兵和团丁过来，他们挥舞着鞭子和棍子，但是这一切都阻止不了我们的歌声。壕沟一头的人会先起个头，接着我们都跟着他，现编现唱起来：

以色列的子孙，
曾在马斯里做苦力，
他们干的活儿，
比牛比驴都重。

“但是，最令我们感动的是一首赞美躺在墓穴里的婉布库的歌曲：

我心中记得的婉布库，
容貌多么漂亮；
想起她眼望苍天，
泪水禁不住从心底往外流淌。
　　衷心祈祷，
　　衷心赞美，
　　因为上帝始终如故。
谁能忘记今日的太阳和尘埃，
还有我用血挖成的壕沟！
每当我被赶下去挖沟，
泪水禁不住从心底往外流。”

梦碧停止叙述，为穆苟哼起了曲子，努力回忆着两句忘掉的歌词。这些曲子节奏缓慢，听起来非常悲伤，但曲调中充满反抗精神。梦碧的眼角闪着泪光，胸脯伴随着歌声上下起伏。穆苟一动不动地坐在那里，痛苦地体验着一个他不曾目睹的场景，因为那时候他已经被关押起来了。

“像小孩子和我父亲那样的老弱病残是不用去挖壕沟的。但他们必须坐在壕沟周围，眼睁睁看着自己的妻儿干苦活、挨鞭子。每天，区专员都会拿着一个扩音喇叭，一遍又一遍地提醒我们，为什么我们要遭受这种惩罚。惩罚泰北是为了给其他村子一个警告，警告他们千万不要给在森林里作战的那些人提供粮食或任何帮助。

“又死了两个女人。壕沟边上又多了一个坑。

“那段时间，我一直没有见到卡兰贾。有人说在什么地方看到过他，但是他从没来过我干活的地方。我们的粮食也吃完了，但我不能去邻居家借，因为大家的情况都差不多。那时，你讨厌任何一个在吃饭的时候来串门的人。不，应该说，我们那时根本就不串门。有一天，我觉得自己再也忍受不了了。我不得不说，我的父母、婆婆都比我更能忍耐。我真的一天也活不下去了。就在那天夜里，卡兰贾来到我家。他没有进来，所以我走了出去。他摸黑给我带了点面包。看见面包时，我口水直流。（你有没有见过一条饥饿的狗看到食物时张嘴的样子？）可一看到卡兰贾身上的枪，我的力气和食欲一下子全都消失了，我不能接受他的施舍。我走回屋里。（那时已经有传闻说是卡兰贾出卖了我哥哥。）我没有告诉婆婆外面发生了什么，她也没过问，但是看着她日渐消瘦的身体，我为自己没有接受面包而感到内疚。我想她会死，我们都会死。我悄悄地哭了。我知道我的父母和卡里乌基也同样经受着饥饿的折磨。

“又有两个人死了。

“我们的歌声戛然而止。那里已经没有人声，就连小孩也不再哭嚷着要食物。但是，锄头、铁铲、砍刀和鞭子的声音仍然在继续。那是很奇怪的一天，我一点也不觉得饿。那天夜里，卡兰贾又来了。黑夜中，我看不清他的脸。但我还是集中起越来越不支的体力，努力挤出了‘犹大’这个词。他开口说话时，声音像是从几英里之外的地方飘来的。‘拿着这些玉米粉和面包，不然你会饿死的。我没有背叛基希卡，没有。至于我为什么替白人背枪，好吧，总有一天你会明白的。每个人都是孤独地活在这个世界上，独自为生存而奋斗。’说完他就离开了。不知怎么的，我相信了他所说的关于我哥哥的事。但是，就算我不相信他，我还是会收下食物的。我确信我会的——而他说的那一番话让我更坦然地收下了。我走进屋里，尽管饿着，但还是感到很羞愧。我没有告诉婆婆食物是从哪儿来的。她也没有问我任何问题。同样，第二天当我把食物送去娘家的时候，我父母和弟弟也没过问。一连好几天，我都低着头过日子。你知道吗？在那段日子里，有些女人为了得到那一点点食物，会偷偷地把自己的身体给士兵取乐。我感觉自己和她们没什么区别。直到今天，我都没有跟任何人讲起过那些食物。实话跟你说吧，我现在还感到很羞愧。

“总共死了二十一个人。他们都被埋在壕沟边上。奇怪的是，那段日子里，孩子却一个都没死。

“挖完壕沟后，我开始到白人殖民区去干活。在白人的农场或家里干活的人可以得到免役卡，不像很多留在村里干活的人那样必须服劳役。而且拥有免役卡的人更容易得到‘通行证’。若要走出村子到欧洲人的农场去，或是从一个地方到另一个地方，必需区专员在‘通行证’上盖章。总的来说，我比较幸运，因为我一周能赚到九先令，而其他很多在农场工作的人都只能得到六先令，甚至四先令。我们在白人的一片大型茶叶种植基地干活，有时也在穆桑格里草场挖地或采茶叶。我用挣来的钱买面粉，养活了我们五个人。我决定不再接受卡兰贾的任何帮助，当时他已经升为民团团长。卡里乌基在学校里表现不错——我替他交了学费。在他身上，我们看见了未来的希望。没有什么比教育更重要的了。

“在那段时间里，我从来没有停止过对基孔由的思念。在我看来，只要有他在，一切都会好起来的。过了一个月又一个月，一年又一年，我们从来没有收到过被关在拘留营的人的音信。广播里说他们再也不会回来了。我们并不相信，但在公开场合，我们会告诉其他人自己的男人再也回不来了。如果有人有不同的说法，我们就会朝她怒目而视，要她闭嘴：她怎么知道？但其实在我们的心底，我们都如饥似渴地享受着充满希望的话语，希望有这样一个人坚持认为被关进拘留营的人终有一天会回来。

“这时，穆瑞西阿酋长出事了，这让我们担心又要挖壕沟了。在穆瑞西阿的管辖区域，他的残暴无人不知、无人不晓。他对在自己管辖区域内没有住进规划新居的吉库尤人特别凶狠残酷，这些人大多是从东非大裂谷、乌干达以及坦噶尼喀遣送回来的。一天，我们听说，光天化日之下，他在前往恩代亚的路上中了枪。开枪的人穿着军装，戴着军帽。据说，他一路跟踪酋长和他的随从。每当酋长停下来，他就停下来，假装弯腰系鞋带，或者去路边小解。然后，他躲进森林，跑到他们前面，开枪打中了酋长。他们说当保镖、团丁和警察都跑着躲开的时候，他还大声笑起来。那些人还没来得及反击，他便已经消失在森林里。酋长没有当场死掉，被送进了蒂莫罗医院。一周后，两名男子提着一篮子慰问品去探望受伤的酋长。他们提供了有效的证件，进入病房，走到床头，开枪打死了酋长，从窗户逃出去，跑回了森林。

“卡兰贾就是在那个时候当了酋长。他很快就显示出他比前任酋长更可怕。他带领民团冲进森林追捕森林战士。在他管辖期间，村子里仅剩的几名壮丁也被抓进拘留营。他对宵禁法案和强制性集体劳动管得特别严。一天，我在干活回来的路上碰到他。他停下来，叫住了我。我没理他，继续朝前走。两名团丁跑过来，威胁要对我动手。但是卡兰贾命令他们放了我，让他们先行离开，说自己随后赶上去。

“‘你为什么不让他们杀了我？’我激动地叫喊道。

“‘求求你了，梦碧。’

“‘别梦碧、梦碧地叫我！’

“当时我很生气，我真不愿意在他面前提起他送食物的事。我多么希望有一样东西能把我和他之间这种可耻的联系给切断啊！

“‘梦碧，你为什么这么恨我？’他激动地说。他说他爱我，说他只要我，说他是为了我才没有跑进森林，为了我才没进拘留营。

“这很奇怪，不是吗？我们善于为自己的行为找借口。现在，我已经不再生气了，我鄙视他。他身穿卡其布制服，肩上挂来复枪，站在路中央大谈爱情的模样叫人鄙视。我甚至故意笑起来。这似乎刺伤了他，却没有阻止他继续往下说。他说的话并不能打动我。我想要伤害他，替基希卡、基孔由、替每一个人出口气。

“‘你为什么不直接穿上你妈妈的裙子？其他人都去战斗了，你却留下来舔你那些白人丈夫的脚趾。’我一字一句清清楚楚地说，心想他会打我。这些话确实刺痛了他。他动了动嘴唇，似乎想说些什么。他的脸阴沉下来。

“接着他缓慢而清晰地说：‘你不懂！难道你想要我们黑人全都白白死在森林或拘留营里，让白人独占我们的土地吗？白人很强大。你别忘了！我很清楚这一点，因为我已经尝到了他们的威力。你别再妄想乔莫·肯雅塔能从监狱中被释放出来。这些英国人很快就会朝森林里投炸弹，就跟他们对待日本和马来西亚一样。被关押在拘留营里的人永远、永远都不可能回到这片土地上来了。不，梦碧，懦夫活下来照看自己的母亲，而勇士都跑上战场送死去了。况且，保护自己不受伤害的人并不是懦夫。’

“他的这番话让我感到很吃惊。

“‘让我一个人静一静，为什么不让我一个人静一静?’我冲他喊道，感到非常无力。他走了。我心情沉重，万分悲伤。他竟说基孔由再也回不来了。多么残忍啊!

“但是到了这年年关，我还是去了卡兰贾民团团部的办公楼里找他帮忙。卡里乌基跟我一起去的。他通过了肯尼亚高中入学考试，是我们这几个村子里唯一通过考试的，可以去希里阿纳高中读书。这让许多人都感到愤愤不平，他们会问：为什么哥哥跑进森林当了独立战士，弟弟还能去政府办的学校读书？为什么安分守己的人家的儿子却不能去？但是，他们无法阻止，除非能证明卡里乌基宣过誓。就是因为这件事，我们才去找酋长。卡兰贾什么也没问，给我们开了证明，证明卡里乌基已经接受过审查，没有宣过誓。这让我为自己先前对他说的尖酸刻薄的话感到惭愧。

“卡里乌基去了希里阿纳之后，我父母才重新‘活’过来。我父亲甚至还憧憬起未来，母亲开心地哭了，我也很开心。可是，我无法忘记卡兰贾说的话，他说被关在拘留营里的人再也回不来了；基孔由和其他囚犯也许已经被处决了。夜里，这种想法常常吓得我浑身打颤。我无法入眠，也不敢祈祷。我婆婆注意到我忐忑不安的神色，那段时间里，她一直陪在我身边，给予我温暖和慰藉。在等待基孔由的日子里，我们的关系越来越亲密，已经超越普通的婆媳关系，而是一种别的什么，我不知道该用什么词来形容。

“卡兰贾常常提醒我，我的坚贞不渝是徒劳。政府正在严打独立战士。我们从没收到来自拘留营的任何家书，也没听到有关他们的任何只言片语的消息。广播里也不再播放和拘留营有关的新闻。几年下来，卡兰贾对我的态度越来越傲慢无礼。在我面前，他已不再表现得像从前那样卑微。相反，他嘲笑我，伤害我，但我依然全心全意地等待着我的基孔由。我会一直等着我的丈夫，哪怕注定要在坟墓里与他重逢。我已经不再奢望能够在这世上和他再次相见，只靠着紧急状态前的美好回忆生活。

“我说了这么长的一个故事，你不会厌倦吧。但是敞开心扉、把这一切都告诉你后，我感觉好多了。一天，卡兰贾叫我去他家。我记得那天是星期四。那天我感到非常疲惫，也厌倦了那样的生活。除非你爱的人就在身边，你可以感受到他的呼吸，看到他，摸到他，不然生活还有什么意义？基孔由死了。紧急状态也永远不会结束。不管怎样，我还是去了，但我发誓他要是想对我怎么样，哪怕说一个字，我都会捡起一块木头，狠狠地往他头上、脖子上打去。结果，我发现他一个人在家。我在门口站了一会儿。他好像变了，没有盯着我看，一脸忧心忡忡的样子，也有点变老了。这让我非常吃惊——我想他也许是生病了。所以我走了进去，问他找我来干什么。他没有马上回答我。

然后，他开口说：“‘你丈夫要回来了。’

“‘什么？’

“‘你丈夫要回来了。’他又说了一遍，努力挤出一丝笑容。

“似乎某种东西让我内心泛起阵阵痛苦的涟漪。好像——好像我的鲜血、我的活力重新回到了早已麻木的躯体内。

“‘卡兰贾，求求你，别这样，不要和我开玩笑。’我结结巴巴地说。我的声音断断续续，心里充满了恐惧和希望。为了知道真相，我什么都做得出来。

“他走到我面前，给我看一张长长的单子，上面盖有政府的印章。单子上列着一些在押犯的名字，他们正在回家的途中。基孔由的名字也在上面。

“还有什么对你说的呢？说我为了感激而顺从了他？说我笑了——甚至甘愿让他冰冷的双唇亲吻我的脸庞？我觉得周围的一切都那么奇怪，就像自己发了疯似的。还要我接着讲下去吗？

“我依了卡兰贾，让他和我发生了关系。”

梦碧停下来。她漆黑、迷人的双眼仍然闪烁着光芒。她很年轻，也很漂亮。穆苟的喉咙像是哽住了。似乎有什么东西一直在往上翻涌，他的身体颤抖着，仿佛坠入了水潭的深处，但在他的上方，也就是水潭上方，有着一片热土。在那片热土上，哪怕在痛苦、辛酸和贫穷中努力生存和拼搏，生活也依然美好。这只维持了片刻工夫，他怎么敢相信这种憧憬、这种幻觉呢?

“我清醒过来，意识到发生了什么事，全身都凉了。卡兰贾想对我说些好听的话，逗我开心，但我看得出来他在得意洋洋地嘲笑我。我捡起一只鞋子，朝他狠狠地扔过去。我跑出来，但哭不出声。几分钟之前，我那么开心，现在我的内心却泛起阵阵苦涩。我跑到婆婆那儿，这一次，我失声痛哭，都无法清楚地告诉她究竟发生了什么。但她似乎明白了一切，把我紧紧地抱在怀里，试图用温暖的话语抚慰我的心灵。”

听完梦碧的叙述，穆苟觉得耗尽了精力，浑身无力。他想找些合适的话打破沉默。

“你想让我做什么?”他内心充满痛苦和渴望，懦弱地问道。

梦碧正要说话，门外传来一阵急促的敲门声。R将军走进来，后面紧跟着科伊纳中尉。R将军的脸上挂着满意的笑容，这表情穆苟在先前的两次见面中都没见过；科伊纳饱经风霜的脸看上去若有所思。

“我们不会待很久。”R将军坐下后说。接着他转向穆苟。今天R将军看上去显得比平常更加友善、健谈。

“我去过你那儿，发现你不在，猜你可能上这儿来了。我昨晚不是跟你说过我会来拜访你的吗？你显得既着急又激动，眼里没有别人了。我在旁边跟你说话，你也只是心不在焉地应一声。吉苏阿是个奇怪的人吧？你有没有听他讲过子弹的故事?”

“我——我不记得了——”

“你看！我就说你当时在走神。吉苏阿总是跟人讲他怎么给我们供运子弹。你知道吗？他从来没给我们送过子弹（在森林里，我们叫它们‘玉米粒’）。”

“没有送过？”梦碧问道。

“从来没有。我还得知他从来没有挨过枪子儿。”

“那他的腿是怎么回事？”梦碧又问道。

“他的腿？他开的货车在纳库鲁翻了车，把他的左腿压得粉碎。”

“那为什么——”

“他想让自己的生活更丰富。你瞧，他这不是给自己的生活创造出意义了吗？我们不都是这样做的吗？为争取独立而战死，听上去要比死于意外事故更加英勇。”

穆苟对吉苏阿感到很失望。现在，他又孤身一人了。昨天晚上的梦也被梦碧和R将军给破坏了。他不敢直视R将军那双一直盯着自己的眼睛。昨天晚上、今天早上、在他来梦碧家之前，他的热情上哪儿去了？

“不提吉苏阿了，我们是来找你的。”R将军对穆苟说。

“我需要回避一下吗？”梦碧问，打算起身离开。

“不用，除非你自己要走。这件事和你兄弟有关。”

“卡里乌基？他怎么了？”

“不，是基希卡！”

“哦！”

“就像我星期天晚上说的，我们相信基希卡肯定中了别人的圈套。他当时是要去见一个重要的人。现在看来，他能去见的只有三个人。其中一个是婉布依，可那时基希卡已经派婉布依带着情报去找我们派到纳库鲁的人了。另外一个人就是你！”说着，R将军看了穆苟一眼。穆苟感到自己的胃一紧。

“不过，每个人都知道你为基希卡做了什么，白人又对你做了什么。”

“那还有一个人是谁？”梦碧松了口气，接着问道。

“一个说是朋友又不够朋友的人。基希卡常常怎么说来着？把你咬伤的毒蛇，往往就躲在你的衣服里。”

“他到底是谁？”梦碧不耐烦地追问。

“你知道，有那么一两次，基希卡说想去见见卡兰贾。”

“天呐！”梦碧看着穆苟惊呼道。

“也正是在基希卡被捕后不久，卡兰贾加入了民团。他在吉希马的种种行为都表明他有罪。科伊纳昨天就在吉希马。”

科伊纳吓了一跳，看着将军。中尉的脸看上去很疲惫，还带着一丝痛楚。

“我再也不回那儿去了。决不，决不。”科伊纳说话的语气和平常轻松愉快的性格完全不符。梦碧和R将军都盯着他。

“怎么了？”R将军问道。

“没什么，没什么，”科伊纳说，“我只是对在那里看到的事情感到困惑。别管我，我有点不舒服。”

“你去躺会儿吧，”梦碧担心地说，“要不要来点阿司匹林？”

“哦，只是有点头痛。”

“你在吉希马看到了什么，让你这么难受，”梦碧问道，“难道是看到鬼了？”

“是的……就是某种鬼。也正是那些鬼，让我开始困惑，我们到底在庆祝什么！”

R将军正想让科伊纳把话说得更明白些，穆苟开口了。

“你们——你们要我——要我做什么？”穆苟一直自顾自寻思着，现在终于缓缓地舒了一口气。

“是关于周四的独立庆典。我先跟你说，我从不向上帝祈祷。我从不相信他。我只相信吉库尤族，只相信梦碧女神，只相信我们肯尼亚人民。但是那一天，我真的祈祷了。那天，我独自在森林里，跪倒在地，大声喊出自己的心声：‘上帝！如果你真的就在我们头顶，请宽恕我吧！让我找出杀害基希卡的真凶！’这个时刻已经到来。周四那天，人们将聚集在融尔广场上纪念基希卡。在吉希马，我们已经让姆瓦乌拉去劝说卡兰贾来参加这次集会。所以，你要干的是什么呢？就是在演讲结尾的时候，宣布出卖基希卡的人应该站到前面来，接受大家的指责。卡兰贾向白人出卖基希卡，就等于出卖了我们所有黑人。”

将军充满激情的讲话结束之后，屋里陷入令人不安的沉默。每个人似乎都沉浸在自己的世界——沉浸在担心和希望之中。气氛紧张得就像绷紧的绳子。突然，穆荀颤抖着站起来，由于决定来得太突然，他显得有些紧张。

“不可以，”他说，“我上这儿来就是为了告诉基孔由和组织，我不适合做领导人，组织应该到别处去找个合适的领导人。”

他还想试图再说些什么，但喉咙像是哽住了，说不出话来。突然，他出人意料地冲了出去。

十

前一天晚上，也就是在科伊纳中尉见过姆瓦乌拉后，他们就决定要劝说卡兰贾参加在融尔举行的大集会，如果劝说不成，就强迫他参加。

姆瓦乌拉的报告只是证实了R将军一直以来的猜测：卡兰贾就是那个背叛基希卡的人。卡兰贾在独立庆典那天死去似乎是罪有应得的，如果他不自首，就逼他招供。不管怎样，让他接受众人的羞辱是整个仪式中必要的序曲。

除了兴奋的时候，R将军一向沉默寡言。"我不大会说话，"他常常会带着几分自豪说，"但我会使用双手。"基希卡常常祈祷，就一个问题苦苦思索，而R将军则付诸行动。基希卡常常大谈压迫、不平等和独立，而R将军常去看望受压迫的人民，不管是残忍的人还是善良的人。从某种程度上说，他是一个冒险家。独立战争之前，他住在融尔集市，靠做裁缝养活自己。没有人知道他的身世：有的说他来自涅里，有的说他老家在恩布。尽管他在融尔生活了这么多年，但泰北人始终把他当作外地人看待。"从涅里和恩布来的人，"他们会说，"都是些让人害怕的人。你永远都不知道他们的指甲缝里或是胳肢窝下藏着什么东西。"人们甚至都不知道他的真实名字：他们都叫他卡四十，因为有那么一两次，他会少见地夸耀自己："看我，一个四十年代的年轻人，一九四〇年出生，一九四〇年行割礼，一九四〇年去打希特勒，一九四〇年结婚。所以我就是一个四十年代的年轻人。"（据村民们所知，他没有妻子，但确实在二战时为英国打过仗。）

除此之外，他非常安静，很少谈论自己或自己的政治信仰，也有意识地避开饭馆和茶馆里常发生的狂野场面及斗殴事件。他是一名成功的好裁缝，专做妇女和儿童的服装。他的成功全归功于他“夹在胳肢窝下面的东西”。

然而，正是这个男人，这个有意避开纷争和暴力、常常独来独往的男人，成了基希卡那帮森林战士中最勇猛的战将之一，让整个村子的人，甚至他的战友都对他敬畏三分。R将军会永远记着朋友，也决不会忘记任何一个敌人。

就在R将军激动地谈论着独立庆典那天将要上演的小短剧时，他那出短剧的主角卡兰贾正被一个问题搅得心烦意乱。三个月前，这个问题看上去还只是个小问题，还不太可能发生，可是现在，离独立庆典只剩两天了，这个问题已经发展到骇人的地步。汤普森真的要走了吗？在担任酋长期间，在得知基孔由和其他囚犯马上要回村时，他就感到事情有点不对劲，所以决定今天就去问个明白。他现在就去找汤普森，然后问他：“长官，你真的要放弃肯尼亚了吗？”卡兰贾和约翰·汤普森之间既没有建立起可称得上是私交的关系，也没有达到互相依靠的程度，只是对于卡兰贾而言，约翰·汤普森是白人力量的象征，如岩石般坚不可摧。正是这种力量，制造出了威猛的炸弹，在短短六十年里，成功地把一个灌木丛生、森林遍地的国家转变成一个现代化国家，一个拥有柏油马路、两轮或四轮机动车、火车、飞机和摩天大楼的国家。难道他没有亲身感受过这种力量，这种能够统治灵魂的力量吗？当卡兰贾还是酋长的时候，凭借这种力量，他能够让行过割礼的男人在他面前卑躬屈膝，畏畏缩缩；他动一动手指，就能让女人失声尖叫。

所以，卡兰贾等着证实这可怕的消息。他两次沿着过道经过汤普森的办公室，竖起耳朵聆听里面有没有动静。回到自己的工作室后，他突然想起，要判断汤普森在不在，只要看看他那辆“莫里斯”轿车在不在停车场的老地方就行了。他像是坐到一枚图钉上似的，突然从位子上站起来，只是没有立即检查自己的座位，而是拉长了脖子，朝停车场望去，发现那个通常停着“莫里斯”的位置今天空着。难道他今天没来上班？卡兰贾发现自己已经很难再静下心来给桌上那一堆书写书签了。幸好今天迪金森太太不在。于是，他便跑到装订厂，去和与那里的工人消磨时间。每当卡兰贾感到累了，他都会找这样那样的借口跑去那里。大多数的装订工都来自尼安扎中部地区，在他们面前，卡兰贾感觉更自在。他们不会像吉库尤人一样窥探他的过去。卡兰贾总是鄙视他们，跟姆瓦乌拉和自己部落的其他人聊天时，他也经常说：“这些卢奥人，他们总是紧紧团结在一起，如果你让他们中的一个人负责管辖一个地方，那么一有空职出现，他就会邀请他所有的部落兄弟。”而他们也不相信卡兰贾。“这些吉库尤人——永远别相信他们。今天他把你当朋友抱在怀里，明天就会拿把刀在你背后捅上一刀。”可卡兰贾在场时，他们还是表现得很友好。

卡兰贾发现他们正在谈论已故的范代克博士。他的死是一场意外吗？讨人喜欢的汤普森太太到底看上那个布尔酒鬼哪一点了？（我的天！她那漂亮的屁股，伙计——我自己要是能干她就好了。）汤普森知不知道自己被戴了绿帽子？他肯定早就知道了。所以他总是那么悲伤。他自己有没有搞过别的女人？比如说，琳德博士？哈！哈！哈！他们又把话题转到昨天下午的那一幕。他们感到气愤的同时，也同情卡兰贾。兄弟啊！汤普森救了你，可他绝不会惩罚琳德博士。卡兰贾发现这里滚烫的糨糊味和工人们的谈笑声丝毫不能舒缓自己紧张不安的神经。于是他走出来，在土壤物理实验楼和行政大楼之间的路上来回走着，装作一副要去办事的样子，实则希望能透过办公室的玻璃窗看见汤普森就在里面。这个人已经走了吗？卡兰贾寻思着。他昨天就应该问问他，就在那件事之后。卡兰贾回想起昨天那条狗朝他扑来时的情景，感到不寒而栗。汤普森救了他，保住了他的面子。可汤普森马上就要走了。卡兰贾踱回自己的办公室，有种要被抛弃的感觉，内心非常沉重。

在此之前，他体验过一次与这相似的感觉。那是在紧急状态正式解除后不久的一天，在任的区专员建议卡兰贾辞去酋长一职。当时，奥金加·奥廷加等茅茅组织的新一批领导人正极力呼吁肯尼亚独立，要求释放乔莫·肯雅塔。卡兰贾拘留了一名两年没缴人头税的男子。那名男子离开拘留营后一直没有工作。在卡兰贾面前，他表现得非常气愤，不但拒绝回答任何问题，还朝地上啐唾沫。卡兰贾按照老规矩，让身边的保镖狠狠揍了他一顿，然后关了他一夜。和奥廷加关系比较好的几个人出面处理了这件事，并闹上了法庭。结果，卡兰贾被迫交了罚金，公开道歉。这件事对他打击很大。为什么同样的做法，约摸一个月前会受到称赞，现在却要遭受惩罚？不久，卡兰贾就被降职了。不过，区专员为他写了一封推荐信，信上提到他忠诚、正直、勇敢的品质。“你们完全可以信任他。”带着这封盖着政府印章的推荐信，卡兰贾来到吉希马，再一次遇见了汤普森。当汤普森还是融尔地区的区专员时（罗宾逊死后没多久），卡兰贾曾向他招认自己宣过誓，因而当上了一名团丁。尽管汤普森似乎不记得以前的事情了，但卡兰贾还是觉得“政府”推荐信本身就是一个宝贝。他在吉希马得到了一份工作。不久，他那忠诚、正直、勇敢的品质就显现出来了，并且很快成了这里白人的忠仆。

难道那条狗对自己的攻击是灾难来临的先兆？卡兰贾想道，心里隐隐意识到即将来临的灾难。随后，当姆瓦乌拉走进办公室时，卡兰贾不知自己该欣喜还是该发怒。

“兄弟，那是真的吗？”姆瓦乌拉卑躬屈膝地轻声问道，言下之意似乎是：你知道统治我们的白人力量的所有秘密，透露一点给我吧。

“什么？”面对这虚伪的仰慕之情，卡兰贾慢吞吞地答道。

“你的头儿，卡·汤普森，已经走了吗？”每当姆瓦乌拉要在背后嘲讽某个当权人员时，都会在那个人的名字前面加上“卡”。

“谁告诉你的?”卡兰贾大吃一惊，但极力装出一副冷静的样子。

“哦，只是传闻。我对自己说，唯一知道真相的人只有你卡兰贾。你知道那些人的秘密，尤其是头儿的。他那么喜欢你，总请你帮忙办事——是的，我看得出来，他害怕你。那是真的吗?”

卡兰贾知道他在拍自己马屁，但听了还是很得意。

“你们这些人，你们的谣传。难道没看见他昨天还在上班吗?”

“看到了，但是……那不会是他最后一天上班吧?所以他才找你过去?跟你说再见。他给你钱了吗?人们说——你知道吗?当你说那些人管不住嘴的时候，我常常都是站在你这一边的。”

“人们都说什么了?”卡兰贾既怀疑又好奇。

“说有个非洲人，像你我这样的黑皮肤的人，马上要来接替他。”

“胡扯!”卡兰贾坚定地说，与其说他知道会发生什么事，不如说他不愿看到那些事发生。“随你们怎么想，汤普森是不会离开这里去任何地方的。昨天，我还和他太太在聊天呢，她还给我泡了杯咖啡。”

“唔，真的!”姆瓦乌拉点点头说，“我知道，我懂。你知道，即使有人说你尝过那个女人的滋味，我也不会感到吃惊。她那光滑的屁股和丰满的胸部，像是在对你召唤：摸我吧，摸我吧。你知道，我看得都流口水呀。她的声音动听得就像唱歌一样，会让你不由自主地联想到她那时的叫唤。你真幸运。你是怎么得手的?”

“你在说什么?”卡兰贾对这个话题产生了兴趣，可心里感到很不自在，既无法否认又不能承认姆瓦乌拉所说的。

“少来了，兄弟。你肯定搞过她了。她搞起来怎么样?”

“你们这些人。为什么会认为欧洲人特别一点呢?他们和所有人都一样，就像你我。”

“承认了吧。反正我知道你已经干过了。顺便问一下，星期四，就是独立庆典那天你准备干什么?”

“我不知道。没什么打算……”卡兰贾说，先前体内涌起的热潮消退了。

“没什么打算？你不准备去看看？”

“看什么？”

“融尔的庆典活动啊。你难道不知道他们正在编排游戏和舞蹈来庆祝独立吗？”

“我不知道。”卡兰贾漫不经心地说。

“但你总不能一个人待在这里。那天，这里所有的人都会去听穆苟的讲话。”

“穆苟是谁？”他问道，声音中流露出更多的迟疑。姆瓦乌拉把握住这个信息。

“大家说这人能和上帝说话，能够接收亡灵传出来的信息。不然，你怎么解释，在瑞拉拘留营里，绝食抗议的人中有十几个人都被活活打死了，而他却活了下来？别忘了，他还是领导人哩！”

“胡扯！那些人都是长舌头，瞎扯乱编。”他说这话时明显底气不足。卡兰贾没有想过自己那天要做什么。他还能回泰北去见那些等着嘲笑自己的人吗？他还能去看一次梦碧吗？难道他就不能最后再尝试一次，把她从基孔由手中抢过来吗？

“你可以说这是胡扯。反正，我自己是会去看的。这个叫穆苟的男人是个真正的隐士。他从拘留营里回来后，就一直很少与人交往，也从来不和人说话。那天还会有很多女人。在那样的场合下，就算结过婚的，她们也会很开放。”

“你去吗？”卡兰贾问道，去看梦碧的渴望让他动心了。

“那能少得了我吗？”

“那告诉我，你决定什么时候去。”卡兰贾说，望向窗外，看见约翰·汤普森正在停他那辆“莫里斯”。

“看，那不是你的汤普森吗？”卡兰贾对姆瓦乌拉说，几乎无法掩饰自己胜利的喜悦。他起身快速掸了掸卡其布制服上的灰尘，捋了捋头发便冲了出去，希望能在过道里碰上汤普森，然后向他问那个可怕的问题。可一看到汤普森那张毫无表情的脸，他的喉咙里马上泛起一团松软的东西，心想："我该不该去问他呢?"

"您好，长官。"他叫出来，简直想要哭了。约翰·汤普森像是没看见卡兰贾似的，继续向前走去。"您好，长官。"卡兰贾绝望地鼓起勇气，提高嗓音说。汤普森转过身来看着卡兰贾。

"怎么了?"他的声音清晰，听上去冰冷而又遥远。

"您——"卡兰贾咽了咽口水说，"您要走了!"他没有问出问题，而是作了陈述。

"什么?"

"您——您——"他又咽了咽口水，喉咙里发出咕噜咕噜的声响。但是这次他没有逃避。

"您将要回——回自己的国家了吗?"

"是的，是的。"汤普森很快地答道，像是对这个问题感到困惑。卡兰贾顿时感到一阵惊慌，放在背后的双手不停地揉搓着。此时的他，宁可马上从地球上消失，也不想承受四周袭来的寒气。汤普森说完，正要离开，突然停下来。

"有什么事吗?"他问道，有点不客气。

"没有。长官，没有。您待我非常好。"

汤普森加快步伐离开了。

卡兰贾在过道里站了一会儿，拿出一块脏手帕擦去脸上的汗，然后朝自己的办公室走去。看他走路的样子就像是一条意外遭到主人冷落的狗。回到工作室，卡兰贾似乎没看到还等在那里的姆瓦乌拉。他在椅子上坐下来，双手无力地搭在桌子上，茫然地望着窗外的世界。

"这么说，他要回去了?"姆瓦乌拉试探性地问道。

"不知道。"卡兰贾苍白无力地答道，接着像是突然看见姆瓦乌拉似的。"你怎么在我办公室里?"他冲着姆瓦乌拉嚷道，吓得姆瓦乌拉赶紧退到门口。这一嗓子像是耗尽了卡兰贾所有的体力，他恢复先前死一般的姿势。现在轮到姆瓦乌拉得意了。有那么一会儿，他都忘了自己来这里的目的是接近卡兰贾、引诱他去参加星期四的独立庆典活动。

“你的主子要离开你了，生气啦？”他稳稳地站在门口嘲笑道，“甚至都不能体面地跟他去告个别？我也曾经替内罗毕的一个白人干过活。他离开肯尼亚的时候，至少还善良地打死了他所有的宠物——猫和狗。他无法忍受把它们孤零零地留在那里。”

显然，卡兰贾没有听见他的话，一动不动地坐在办公桌前。

十一

告别晚会定于八点在吉希马招待所举行。约翰·汤普森和马格丽·汤普森早早地来到晚会现场，却发现一些客人已经到了。吉希马农业森林研究所所长布莱恩·奥多奈霍博士因为去了设在索尔斯伯利的国际森林委员会，所以没能来参加。他长得高高瘦瘦，戴着副大框眼镜，每当走在吉希马的路上时，手臂下总夹着本书。他妻子在这个晚会上露了面。随后，副所长及其太太，以及其他各部门的领导人陆续到来，晚会上官方人士渐渐多了起来。大约过了一个小时，招待所大厅里挤满了穿着各式服装的男男女女，碰杯声、谈笑声响成一片。

起初，汤普森夫妇是这个官方代表团的焦点人物。后来，两位所长夫人一到，就掌控了整个场面。众人都朝她们投去嫉妒和责难的目光。她们就不能给别人一点机会，去跟汤普森说上一句（可怜的约翰，真是个可爱的人啊，实在太喜欢他了，这么风度翩翩，这么忠心耿耿：还有哪个人会受到政府更不公平的待遇呢？）。大家猛然发现自己心里其实一直崇拜着汤普森，发现马格丽不知不觉间已经成为自己特殊的朋友，他们愿意竭尽所能地帮助这对夫妇在新家定居下来。

汤普森的即将离去和明晚的独立庆典活动，让人们回想起了当年瑞拉惨案中的那个主要人物。汤普森是一个受害人，在吉希马一直被看成是瑞拉残暴行为的策划者，就在他即将离开自己尽心效力过的这片土地的前夕，人们依然这样看待他。

官方人士一走，整个晚会就呈现出另一番全新的喧闹与骚乱。少妇们对汤普森特别殷勤：他将要去做什么？他找到工作没有？英国政府先鼓励臣民出国，后又弃之于不顾的做法，难道不失体面吗？这都是英国政府屈服于非洲暴力和国际共产主义的结果。你没看见乌干达和坦桑尼亚的近况吗？中国人和俄罗斯人正急着在那里建立大使馆。图书馆馆长迪金森太太讲起政治总是直言不讳。她预计在独立庆典之后，将会有一场大灾难。所以，她和男友罗杰·梅森早已订好了前往乌干达的机票。在那里，他们可以躲开肯尼亚人民对所有滞留白人的暴力袭击。现在，她正在说："我告诉你，我看得出，十年后，这些国家将成为俄罗斯的附属国，或者更糟糕，成为中华帝国的一部分——"另一位少妇插进来："你辞职了，是吗？现在想想，我——"有些人想知道汤普森为什么走了这一步。其他人怕汤普森尴尬，都没问出口（可怜的约翰啊，他们嘀咕道，气愤地看着一旁被男人团团围住的马格丽，想想她跟那个酒鬼干的丑事，就算汤普森真的想逃离这个可耻的场面，也不足为奇）。

琳德博士正和罗杰·梅森谈着自己的工作，眼睛却总是不安地朝汤普森张望。她滔滔不绝地讲着。罗杰·梅森，这个留着红色八字须的高个子男人，虽然没有走开，但是看得出来，他已经感到厌烦了。

"吉希马地区？哦，一切都正常。虽然这里大多数土豆都得了真菌性枯萎病，但是用硫酸铜就能治好。可是得了细菌性枯萎病的土豆就没办法治了。这种细菌性枯萎病影响了肯尼亚的大部分地区，尤其是黑人种植区。是的，我们做了各种各样的实验，比如说我现在手头正在做的一个——在植物体内注入一种特殊的细菌，来追踪植物受感染的过程。但是——哦，失陪一下——"

她匆匆地朝汤普森走去，设法引起他的注意，然后慢慢地把汤普森带到一个角落里，请他坐下。她看上去很不安，汤普森预料她会跟自己讲那条狗的事情。

"你还记得我昨天跟你讲的那件事吗？"

"那条狗？"

"是的……杀害我那条狗的凶手！"

"噢？"

“还记得我跟你说的那个家丁吗?”

“记得。”

“他一直没有被抓住。”

“是的，我想你已经跟我讲过了。”

“我很害怕，不知道该怎么办。”

“为什么？怎么了?”

“因为——因为，我又看见他了——”

“什么时候?”

“昨天。”

“昨天……你认为我们这些留在这里的人会安全吗?”她问道。但是还没等汤普森回答，她就愤慨地说：“不！不管安不安全，我都不会离开这里。我不会把我的财产留给他们这群黑人。”

“那么你要去雇些更可靠的保镖!”汤普森说，语气凶巴巴的。但是琳德博士一心只想留下来，根本没听出汤普森话里的讽刺意味。“是的……要更多的保镖来保护我们的生命和财产安全。”她说，接着又开始谈论起最忠实、最凶狠的看门狗身上的优秀品质。

到了十一点，人们渐渐有了醉意。舞池里只剩下几对人在跳舞。身穿白色短袖衫、腰系红腰带、头戴红圆帽的侍者像柱子一样站在一旁。

男人们都簇拥在马格丽周围，温柔的目光轻抚过她婀娜的身材。他们一个个被自己的妻子拉进舞池，最后只有一个男人和马格丽在那里闲谈。这个男人留着乱糟糟的长胡子，说话的时候，眉毛还不停地往上扬。马格丽不停地向汤普森偷偷投去求救的目光，可她丈夫没有注意到，他正在和一群人讨论政治、独立日，以及黑人实现自治之后白人的命运。

“这合乎逻辑吧?”胡子拉碴的男人说着，便把马格丽拉进舞池。

“合乎什么逻辑？”她打着哈欠说，丝毫没有掩饰自己的厌烦。眼前这个男人让她想起自己的情人范代克最大的缺点。

“我们都醉了吗？我不知道为什么今天会这样——嗝！也许是——嗝，你——”

突然，马格丽听见玻璃杯落到地上打碎的声音，跳舞的、聊天的顿时全都停下了。她向丈夫身后的一群人望去。只见汤普森手停在半空中，手里却空荡荡的。大家的视线都转到汤普森身上。马格丽迅速地走过去，握住他的手，然后勇敢地向四下里笑了笑。一名黑人侍者连忙拿着簸箕和扫把跑进来，清走地上的玻璃碎片。寂静过去了，四周又喧闹起来，好像什么也没发生过似的。

黑暗中，约翰和马格丽开着车慢慢地往家驶去。马格丽意识到这是最后一次看到吉希马，不由自主地靠近丈夫。

“在晚会前，我还没觉得我们真的要离开。现在这一切似乎都成了过去。”

汤普森继续向前开，没有直接回家。开到森林边界时，他停下来，点燃两支烟。突然，马格丽发现这个地方正是她先前和范代克做爱的地方。她开始大口大口地吸烟，等待着丈夫的责问。

“也许我们还没有走到尽头。”他最后说。

“什么？”

“我们还没被打败，”他沙哑地断言道，“没有了欧洲人，非洲人什么也干不了。”

马格丽抬头望着汤普森，什么也没说。

十二

晚上基孔由回家的时候，梦碧觉察出他今天心情不是很好。首先，他进屋后没跟梦碧讲话。这不奇怪。接着，梦碧拿吃的给他时，他也只是瞥了一眼，转而又盯着墙。这也不奇怪。但是他今天的呼吸很重，像是在沉沉地呻吟，这让梦碧确信肯定出了什么事。尽管畏惧他，害怕他的火爆脾气，但梦碧还是忍不住过问。

“遇到什么麻烦了？”梦碧关切地柔声问道。

“从什么时候起，我开始和你商量事情了？”基孔由答道。听到这话，梦碧瞬间缩了回来，感到受了羞辱。最近几天他到底怎么了？梦碧不知道哪种情况更加糟糕：是先前正式而礼貌的对话，还是最近刻意中伤她的恶语。

“穆苟今天来过，”过了一会儿，梦碧冷冷地说，“他说不打算参加庆典活动。”

“什么！”基孔由冲着她怒吼道，好像梦碧要为穆苟的行为负责似的。梦碧没有作声。

“你没长耳朵吗？我在对你说话呐！他说了什么？”

“你今天是不是想找碴。没听见我刚说的吗？穆苟说他不打算去领导独立庆典活动了！”

“说话的时候，张大你的嘴，别从牙缝里挤出话来。没人想看你的牙！”基孔由补了这一句后，恢复到原先的那副姿态。

一切本来可以恢复正常了（本可以再次相敬如宾），但就在这时，梦碧的孩子从万伽莉房里跑出来。先前，基孔由对这个孩子还算客气，既没有表现出爱，也没有表现出恨。因为基孔由心里觉得，孩子毕竟只是孩子，没有必要为自己的出身负责。这个孩子感觉得到基孔由的冷漠，所以一直本能地与基孔由保持距离。可今天他跑到基孔由面前，全身趴在基孔由的膝盖上闲扯起来，想要对基孔由表示友好。

“奶奶刚刚给我讲了个故事——一个好故事，关于——关于，你知道伊姆鲁的故事吗？”

基孔由粗鲁地推开孩子，露出满脸的厌恶。孩子一个踉跄，仰面摔倒在地上，顿时哭了起来。他非常委屈地看着自己的妈妈。梦碧站起身，气得半天说不出话。

“你到底算个什么男人？一个堂堂男子汉，没勇气动我一下吗？像个懦夫一样，把气撒在孩子身上，这么小的孩子……”她抑制不住心中的怒火，嘴里的话就像决了堤的洪水一样，滔滔不绝，含混不清。

“闭嘴，臭娘们！”基孔由冲她吼道，也站起来。

“你是不是以为我是孤儿？你以为我离开这个坟地，我娘家人会关上门不让我进？”

“你这臭婊子，让我来堵上你的嘴！”基孔由喊着，一巴掌扇在梦碧的脸上，接着又是一巴掌。梦碧的话语戛然而止，她忍着泪水，盯着基孔由。孩子哭着跑去找奶奶了。

“你应该早点告诉我。”她平静地说，仍然强忍着泪水。万伽莉匆匆跑进来，苍老的脸痛苦地扭成一团，孩子远远地跟在后面。万伽莉站到梦碧和基孔由之间。

“怎么回事，孩子们？”她看着自己的儿子问道。

“他说我是臭婊子。妈，他就是把我当成婊子关在家里的。”梦碧哽咽着说，随即失声痛哭起来。

“基孔由，到底怎么了？”万伽莉责问儿子。

“妈，这不关你的事。”基孔由说。

“不关我的事？”万伽莉双手捶打着自己，提高嗓门喊道，“大家都来听听我儿子是怎么说的。不关我这个生你养你的老母亲的事？竟然有这么一天——哈！要是你自以为是个男子汉，再动她一下试试看！”万伽莉已经愤怒到了极点。基孔由想说什么，却突然转身冲出了家门。

“你呀，别哭了，告诉我到底发生了什么事?”她温柔地对坐在一旁哭得全身颤抖的梦碧说。

河流总是沿着阻力最小的河道流淌。基孔由的气可以撒在任何一处，只不过当时梦碧碰巧就在他边上。在基孔由内心有一道城墙，它小心地保护着他失意的人生免受外界的攻击。而正当这道城墙濒临坍塌的时候，梦碧的面容和声音恰恰成了他发泄的对象。

昨天找议员谈过之后，基孔由今天就召集齐了其他五个人一起商讨收购波顿农场的计划。他们重新分析了己方的情况，决定扩大土地公司，提高股份价格，邀请人们购买他们的股份。这样一来，他们就可以筹到足够的钱收购波顿农场。于是，这天下午，他们动身去找波顿协商，看他是否愿意先收下一笔大额首付，剩下的部分等到这个月底再给他。如果议员承诺的贷款到了，他们就能拿这笔钱来开发这个农场。到了青山农场（波顿农场的正式名字）的正门口，一块崭新的牌子映入眼帘。看到上面写着的名字，基孔由简直不敢相信自己的眼睛。他们几人一声不响地朝那间房子走去，心里却在想着同一件事：波顿先生已经离开肯尼亚回英国了，这个农场的新主人就是他们的议员。

当基孔由朝瓦瑞家走去时，试图不去想白天的遭遇，不去想和梦碧的争吵。对基孔由而言，组织的任务始终是第一位的。而且，他也希望独立庆典活动能够成功举行，这可以加强他的影响力，提高他的威望。瓦瑞一个人待在家里，正坐在炉火边抽着鼻烟。基孔由一边听着瓦瑞愉快地招呼自己坐下，一边心里寻思着。对于这样一个年迈丧偶的男人，是什么让他仍然对生活感到心满意足？是因为作为男人、丈夫和父亲，他的生活过得很充实？还是因为他一生都为人民而活？“我已经实现了心里最初的愿望——我母亲有了一幢很好的房子，我有一点土地，又有足够养活自己的钱。现在，钱已经不能给我带来快乐了，金钱的味道就像苦水一样，可我还得继续攒更多的钱。”

其实瓦瑞并不像看上去那样对自己的生活感到满意，他只是积极快乐地过着每一天，不向失败弯腰。他的妻子去年去世了。姆卡米生前敬重自己的丈夫，也常常喜欢在别的妇女面前称颂自己的丈夫。每天晚上，瓦瑞总会带些美味佳肴给她吃。姆卡米是一位很好的听众，瓦瑞每天都会向她述说自己一天所做的事。如果这天没有什么激动人心的事情发生，瓦瑞就会讲一些以前的事情给她听，比如说茅茅组织的诞生、吉库尤人和传教士的决裂、哈里请愿大游行等。姆卡米常常批评瓦瑞过于自负，却又很喜欢聆听展现丈夫力量和胆识的故事。

瓦瑞这一生最大的遗憾就是他的三个儿子。二战期间，三个儿子都应征入伍，为英国人打仗。老大在服役期间死了。另外两个儿子都回来了，与其说他俩在战争中饱受磨难和暴力，不如说他们是被异国的女人和风情给迷住了。他俩见风使舵，毫发无伤地混过了紧急状态时期，既没有进森林，也没有被抓去拘留营。紧急状态解除后，他俩回到东非大裂谷，在白人殖民区内居住下来。老二卡姆绝对相信英国的力量。

“我告诉你，如果看见英国人，要有所畏惧，”他知道白人很多秘密，却不愿透露，只是常常暗示性地透点口风，“我亲眼看见他们怎么对付希特勒的，而那些德国人可不像小孩子那样好对付。基希卡和他那群同伙就靠简陋的自制枪械、生锈的砍刀和迟钝的长矛，能干出啥名堂？”

然而，瓦瑞信奉吉库尤人自己的神，还隐晦地将其称为“黑人精神”。他坚信像哈里、肯雅塔那样的人身上具有一股神秘的力量，因为他们的演讲总能让他潸然泪下。在这种时候，他往往会讲起一九二三年的大游行，而且每次讲到最后都是这句老话：“如果我们当时有枪的话……”他对穆苟也抱有同样的信念，希望自己的儿子能够成为像穆苟那样的人。多年来，瓦瑞在预测民族英雄方面已经有了自己的一套方法，他总对妻子说，要看一个人是不是民族英雄，从他的眼睛里就可以看出来。而这个方法的准确性常常令瓦瑞自己都感到非常吃惊。他多么希望自己的儿子也能成为民族英雄啊。可现在，姆卡米已经死了，他的两个儿子也辜负了他的期望。

稍稍闲谈了一会儿，基孔由就直接进入他此次拜访的主题。

“穆苟说他不主持独立庆典活动了。”

“你说什么？我今天下午和他在一起时，他可没提这事儿呀。”

“但他说了，他不会出面领导的。他真是个奇怪的人，让人难以捉摸。”

“我想起来了，当我和他说话时，他的确愁眉苦脸的样子。”

“我来找你就是想和你一起再去他那儿一趟。不然，我们就得另找他人了，时间太紧了。”

在前往穆苟家的途中，基孔由告诉瓦瑞，青山农场的事落空了。

“难道昨天你见到议员后，他没告诉你他已经买下了吗？”瓦瑞问道。

“没，他没有告诉我。不过，我看得出他不愿直视我的眼睛。”

“我们敬如神明的统治者竟然这样！”瓦瑞同情地感慨道。他本想告诉基孔由，以前女人统治时期，她们如何滥用职权为自己敛财而忘了肩上所负的责任，但最终只是小声地嘀咕了一句：“这样只会激起老百姓内心的愤怒。”

基孔由没有回答。一路上他们没有就这个话题再多说什么，直到走到穆苟家附近。

“古话说得好啊，位高者鄙！”瓦瑞说。

穆苟很小的时候，有一次跑到融尔火车站去看火车。他沿着站台走，看到一辆货运列车居然有这么多节车厢，感到非常惊叹。车厢里载着高大健壮的战马。其中有匹马一直盯着他，张开大嘴打了个哈欠，吓得他浑身颤抖。他站在那儿，好一阵子动弹不得。他生怕被马蹄踩倒在地。

离开梦碧和R将军后，穆苟再次感受到这种莫名的恐惧。他感觉背后有什么东西在追赶自己，无法摆脱。他想快点回到家里，于是便加快步伐。他已经不可避免地被牵扯进村民的生活。他试图去想别的事情——想他自己、想他姑妈，但还是无法丢开基孔由和梦碧的事。

头顶的太阳毒辣。孩子们（总有孩子）在街上玩耍。昨天，也就是星期天，在穆苟眼中，这些房子都只是单纯的物体而已，和他没有一点关系。昨天、今天早上，梦碧还没讲那些事之前，这些房子在他眼中也只是浮云，根本没有让他联想起如烟的往事。但是现在一切都不一样了：房屋、灰尘、壕沟、婉布库、基希卡、卡兰贾、拘留营、白人的脸、带刺的铁丝网、死亡。他意识到壕沟边上有墓穴，不禁打了个冷战，内心对马蹄飞奔的害怕也慢慢地被另一种恐惧替代——他害怕被人发现真相。两年前，在拘留营里，他根本就不会在乎婉布库是怎么躺在墓穴里的，也不会在乎她的感受。梦碧的故事怎么就砸开了他麻木的心灵，释放出尘封多年的想法和感受？梦碧的话语和R将军的面孔融进过去的往事。先前，穆苟总是喜欢孤立地看待人生中的事件。所有事情都已注定要在不同的时刻发生，人根本没有选择的余地，就像无法选择自己的出身一样。于是，他不再费力思考先前发生的事情和其后发生的事情有什么联系。他太累了，麻木了，只是向前跑着，根本没理会脚下的路通向何方。

突然，穆苟在村子大道中间停下来。他发现自己正在一步步走进这个村子，很是吃惊。往事如洪水般向他袭来，他努力打起精神，从壕沟外的土堆上找了一条路走过去。再次见到壕沟，穆苟似乎忍不住去想往事。如今壕沟两边的土地已经坍塌下来，成了一条浅沟。沟里沟外扔得到处都是土豆皮、腐烂的玉米壳、纸屑、骨头和烂肉的残渣，厚厚地积了一层。

三个妇女跨过浅沟走进村子，肩上挑着的重木头压弯了她们的背。

穆苟沿着壕沟走，既内疚又好奇，希望能走到自己挖的那一段。畏惧和不安像两股热流，在他体内激荡。他要注视当时的场景，决不畏缩。

整个场景又一次活生生地出现在穆苟眼前。穆苟和那女人只有几米远。他已经在同一个地方挖了三天。突然，一个团丁跳进壕沟，用鞭子狠狠抽打那女人。望着那一幕，穆苟顿时感觉挥舞的鞭子像是扎进自己的肉里，感觉那女人痛苦的抽泣像是自己的内心在呐喊。可他并不认识她。三天来，他拒绝把周围的人当成和自己一起受难的同胞。可现在他直盯着那女人、那鞭子、那团丁。大多数人因为害怕惹来同样的遭遇，都假装没听见那女人的尖叫声，继续埋头挖着壕沟。其他人只在提起铁铲和锄头的时候偷偷地瞄一眼。在鞭子即将第五次落在婉布库身上的时候，穆苟惊恐地冲上前，一把抓住鞭子。很快，更多团丁和几名白人士兵赶到现场。其他人也停下手中的活，看着团丁被揪住，看着鞭子重重地落在穆苟身上。穆苟被警车带走后，有人说："他真是疯了。"在后来的秘密审查过程中，穆苟虽然无法回忆起当时的前后经过和具体细节，但总觉得它如同噩梦般一直纠缠、折磨着自己。他只看见桌子后面有一张白人难以捉摸的脸，一双冰冷的眼睛从头到脚打量着他。最后，一个恶狠狠的声音从那如死尸般的身体内蹦出来。

"你宣过誓了。"

"没有，没有，长官。"

“把他押回牢房去。”

两名警卫把穆苟拖出去，在他身上泼了冷水后，又把他关进牢房。可奇怪的是，穆苟常常忘记刺进肉里的钉鞋，却总记得水泥地上的那摊凉水。

浅沟附近，穆苟看见男男女女正在狭窄的田里干活，田地四周围着茂密而凌乱不堪的树篱。他像是第一次看见这场景似的：难道人们天天就干这活？想从硬邦邦的泥土中讨出食物来？

突然，那股驱使他回到壕沟的好奇心消失了。穆苟只想快点逃离这里，甩掉反复在自己脑中涌现的记忆。他跨过壕沟走进村子。现在看来，他的房子才是唯一安全的地方。穆苟想重新回到自己先前的那种状态，他一直生活在那种状态下，他要回到自己听梦碧讲述故事、直视她那迷人的眼睛之前的状态。于是他加快步伐，一路往家赶，身后扬起了团团灰尘。

就在这时，穆苟在街上遇到了瓦瑞。瓦瑞正从村头老妇人家里出来，她家门口聚集了一小堆人。在穆苟看来，瓦瑞这个时候出现，极其讨厌。不知为什么，穆苟就是看不起瓦瑞。瓦瑞显得一脸愁容。可穆苟没看出来。

“很久以前，这种事的确发生过。”瓦瑞开口道，好像穆苟已经知道他心中在想什么似的。

“什么事？”他们慢慢地朝同一个方向走去。

“你没听说吗？”

“没什么不寻常的事。”

“这件事不寻常。真的，像这样的事情以前发生过，但不经常，也许就一两次，但确实发生过。大人或孩子死了，人们就会把他扔进森林。我年轻时亲眼见一个死人活过来。”

“到底发生了什么事？”穆苟不耐烦地问道。

“你知道村头那老妇人。你也知道她有一个先天聋哑的儿子。”

提到老妇人，穆苟不安起来，先前对瓦瑞的厌恶也消失了。他听着瓦瑞不紧不慢地讲着，心急如焚。他只记得，上个星期天，自己几乎快踏进老妇人的家门了。她死了吗？

“她儿子怎么了？被杀死了。紧急状态期间，一颗子弹打中了他的心脏。你可以想象，这对老妇人来说，简直就是五雷轰顶般的重创。这些年来，她一直没有离开过自己的屋子，也没跟任何人说过一句话。但是现在，她居然开口说话了。就像刚才一样。你知道她说什么了吗？她说她儿子回来了，说她看见他两次。”

“太奇怪了。”穆苟说。

“第一次他进了屋子，一句话没说就出去了。于是，接下来的好多天里，老妇人都开着门，认为那样吉特戈就可以再次回来。老妇人说最近她儿子又回来过一次。这次是站在门口，又一句话没说就离开了。她一直在那儿说这件事。”

“太奇怪了。”穆苟重复道，感到有点害怕。

“是的，这就是我要说的。这事在我们村实在是太奇怪了。当我看到那些一年、两年、三年——很多年前发生的事情，又回来打扰一个女人的清静时，我就忍不住要对自己说：这实在是太奇怪了。埋在地下的人就应该待在地下。昨天的事，已成过去的事，就应该留在昨天，留在过去。”

穆苟终于摆脱掉瓦瑞，却发现那件事竟莫名扰得他心神不宁。他在路上盲目地走，满脑子想的都是老妇人以及自己与她之间令人毛骨悚然的联系。他尽量不让自己去想那件事。但越往前走，他越觉得自己看见死人的幽灵了。生活本身就像一场漫无目的的流浪。日出、日落，今天、明天，显然没有必然的联系。那么，他为什么被已经死去的东西烦扰呢？穆苟忆起老妇人，不禁思索道。突然，他在心底听到了梦碧的声音，看见盯着他的R将军的脸。他站在村里一处空旷的地方，下嘴唇慢慢垂下来：他感觉体内的能量正在慢慢地流失。他先是虚弱地靠在一株小树上，然后慢慢地滑下来，坐在草地上。他用双手撑着自己的头。不是我，他试图轻声地说服自己，不是我，就算……就算……它还是会发生……还会挖战壕，还会有杀戮。他呻吟着。梦碧的声音就像一把锋利的匕首，挖出了他的心，将它赤裸裸地摆在自己面前。从他家出来的那条路一直延伸到壕沟。但是，事情本来真的不会发生吗？不管怎样，耶稣本来就会被钉死在十字架上。为什么要去怪罪犹大，一颗并非凡人的力量所支配的石头？基希卡……钉死在十字架上……这一想法在他脑中迅速闪过，然后，一件奇怪的事发生了。穆苟看见一滴黏糊糊的鲜血从自己房屋的泥墙上滴落下来。他先前怎么没看见？他这时并不害怕，几乎非常镇静地寻思道。但当他慢慢靠近屋子，决定去看看那滴血是不是真的在那儿时，全身却不由自主地颤抖起来。

墙上什么也没有。穆苟在床上坐起来，双手抱住头。他的脑袋出了问题吗？他一边想着，一边又朝那泥墙看过去。

基孔由和瓦瑞来拜访穆苟的时候，夜已经深了。

“我头有点不大舒服，”穆苟告诉他们，“我不能，不能面对那么多双眼睛。”

“吃点阿司匹林，它可以让你的头脑变得清醒，”瓦瑞说，没有领悟屋内莫名其妙的阴沉沉的气氛，“有首歌是怎么唱的来着？阿司匹林是真正的好药。”他暗自笑了，想到下午和穆苟谈起老妇人，又赶紧闭上嘴。

“请你再考虑一下。”基孔由对穆苟说。说完，他们便离开了。基孔由看到穆苟脸上惊恐的神色，感到迷惑。瓦瑞想起自己还没把老妇人的事情告诉基孔由。

“只不过是头脑中想象出来的。”基孔由没有多想便脱口说，他现在满脑子想的都是梦碧。突然，他有一股冲动，想结结实实地揍她一顿，让她安分守己。这次他不会再让母亲干涉了。

途中，瓦瑞去婉布依家里转了转，把穆苟拒绝出面领导大会一事告诉了她。随后，婉布依和他又一起走访了几户人家，把这个消息告诉了他们。很快，穆苟拒绝领导独立庆典的消息就从一户人家传到另一户人家。这个伟大的人，吃了这么多苦还这么谦虚，更显示出他的崇高。拒绝领导独立庆典活动使穆苟成了一名传奇式的英雄。

基孔由一边匆匆地回家，想把气撒在梦碧身上，一边寻思着：能指望谁呢？他生所有人的气：议员（为什么这些由人民选举出来的人只顾着自己敛财？）、穆苟（他以为他是谁啊？）、梦碧（我曾经还傻乎乎地认为婚姻能带来幸福）。到了家门口，基孔由激动得全身发抖。没有人能阻挡他，他要狠狠地打梦碧一顿，要打得她哭喊着求饶。

他用力推开门，看到的却是万伽莉愤怒的双眼。

“她回娘家了。看看你是怎么毁了自己家的。你白白地让这么好的一个女人陷入痛苦。现在让我们来看看这对你有什么好处，你继续让那些事情毒害你的思想吧，你本来应该好好想想，怎么做才能好好过日子。可你就像个傻瓜，从来不想想到底发生了什么，也从来不想想梦碧到底是一个什么样的女人。”

正常情况下，基孔由知道，母亲用冷淡而平静的口吻说话时，她要么就是气极了，要么就是伤透了心。可现在他也正在气头上，根本无法说出许多在头脑中闪过的想法。

“她永远别回来了！”基孔由瞪着母亲嚷道，好像她在暗中作梗破坏了自己的幸福似的。万伽莉站起来，右手食指颤抖着指向基孔由。“你，你，你现在要是个在地上爬着啃灰的小毛孩，我肯定会重重地打你屁股，让你长点记性。但你现在已经是个大人了。问问你的良心，看看自己是个什么人！”

她走了出去，只剩下基孔由独自站在他的新屋子里。

十三

那天雨下得很大，大多数泰北村民在融尔集市第一次见到他。还记得星期三，也就是独立庆典的前一天吗？狂风大作，豆大的雨点倾斜着打在地面上。妇女们纷纷抛下露天摆放的货物，迅速冲向各家店铺避雨，不一会儿便都聚集在狭长的回廊里。雨水顺着她们披在头上挡雨的衣服和麻袋滴滴答答地滴落下来，水泥地面上出现一个个小水坑。人们说倾盆而至的雨水是上天对我们好不容易赢得自由的祝福。高高在上的木隆古[1]从来不合眼：从很久以前开始，他就总是把自己的泪水像这样泼洒向我们的土地。正如我们这些孩子常常唱的那样：

> 恩迦给了我们吉库尤人一个美丽的国度，
> 从不缺水少食，也不缺牧场，
> 吉库尤人应该永远赞颂恩迦，
> 因为他一向对我们慷慨大方。

肯雅塔从英国回来的那天，下雨了。他从马腊拉尔回到加通杜的那天，也下雨了。

我们看到有个人走在雨中，肩上背着一个又脏又旧的篓子，里面装满了蔬菜和马铃薯。他个子很高，肩膀很宽，背微微地驼着，给人一种很有力的感觉。只有他一个人冒雨行走，所以很快引起了路人和回廊里那些避雨人的注意。有些人甚至还挤到人群前面去看他。

“他在雨中做什么？傻了吗？”

1　吉库尤人信奉的万能造物主。

“他是个聋哑人。”

“要我说，他那是在做样子给人看。”

“也许他要赶很远的路，他怕天黑了赶不到那儿。”

“就算是这样，他也应该等雨小一点再上路。冒着雨回家，要是得了肺炎，就算赶到了，又有什么好处呢？”

“可能他有很重的心事。”

“那也犯不着把自己淋出病来。我们谁心里没个心事呢？”

这时，那人快走到融尔商铺那头的拐角处了。妇女们一个劲地讨论淋雨给人带来的坏处。不久，那人拐了弯，消失在商铺后面。

“他为什么不躲会儿雨呢？”

“穆荀真是个怪人。”婉布依若有所思地说。

穆荀去集市上买了些食物。他在拥挤的人潮中吃力地前行时，觉得坐在两旁叫卖的妇女在盯着自己，顿时后悔来集市了。随后，太阳好像突然躲进云里，天空顿时暗下来；一阵刺骨的寒风吹过，纸张、衣物、草叶、羽毛满天乱飞。很快，天空中乌云密布，天际划过几道闪电，紧接着，一声闷雷过后，哗啦啦的倾盆大雨骤然而至。穆荀突然觉得那一幕幕重复出现的死人复生的场景将重现，他感到很害怕，想起很久以前在印度商铺里出现的女魔鬼，便匆忙奔跑起来。

远处，一个女人唱起了壕沟之歌。这首歌一度成为这个泰北村的村歌。其他人也都跟着一起唱起来。

他跳进壕沟，

他对士兵说的话，像矛一样直刺我心，

不许你打这个女人，他说。

不许你打怀孕的女人，他对士兵说。

壕沟里的人都停下活，

大地也寂静无声，

他们把他抓走时，

血红的泪珠流下我的脸庞。

穆苟的名字就这样传开了。他的传奇故事也在集市上的妇女口中流传。本来这事不会发生在一个再普通不过的赶集日里，但今天不同，今天晚上，肯尼亚就要迎来它的独立庆典了。穆苟是我们村子的英雄，他不是一个普通人。

在婉布依看来，独立庆典日少了穆苟会了无生趣，他就是基希卡的再生。她奔走在集市上，打算把自己内心的想法付诸行动。女人们必须行动起来，必须马上行动起来。“说到底，他是我们的晚辈。”在集市上，她对着临时聚集起来的女人说。婉布依的斗志从来没有消失过。

婉布依坚信，女人具有感化男人的力量，尤其是在男人行动失败或优柔寡断、拿不定主意的时候。直到现在，许多老泰北村民都依然记得婉布依在一九五〇年大罢工时的精彩表现。那次罢工的目的是让全国陷入瘫痪状态，增加白人统治的难度。当时，有谣传说，在泰北附近的一家大型制鞋厂和移民区工作的一些人对罢工发起牢骚，甚至还抱怨说他们不会参加罢工。见此情形，党在融尔地区召开了一次大型集会。大会快到高潮的时候，婉布依突然拨开人群，带着一群妇女走上主席台，一把抢过演讲者手中的话筒。看到这里，台下的村民一下子来了兴致。“台下割过包皮的男人，有谁一见白人就胃里泛酸水、双腿发软的？”她讥笑着说，“女人们已经把裙子和围裙带来了，让他们到前面来，换上女人的裙子和围裙，把他们的裤子让给女人穿。”男人们僵坐在那儿，勉强随着人群一起笑起来，试图掩饰内心的不安。第二天，所有男人都罢工了。

现在，女人们决定派梦碧去说服穆苟，因为她是基希卡的妹妹。她们要让梦碧用青春和活力去感染穆苟——不容忽视、不容否认的青春活力。

婉布依前去通知梦碧这个任务。她那时才得知梦碧已经离开丈夫。不过婉布依仍然认为梦碧是不二人选。

“这件事关系到整个泰北，”婉布依说，竭力想让眼前这个年轻女人认识到事态的严重性，“忘了你家里的烦恼，忘了你心中的痛苦，去找穆苟吧。告诉他：泰北的女人和孩子需要他。”

梦碧觉得很难对父母说清和丈夫分居的原因，也从未跟父母说起过自己和基孔由之间的紧张关系。怎么好意思跟别人说丈夫不愿和自己同床呢？他们可能会认为是他性无能，从而散布伤害他的谣言。总而言之，梦碧父母并不了解事情的前因后果，也没有对她表示欢迎。做父母的，谁都不会鼓励女儿违抗男人。万吉库甚至还对梦碧那蹩脚的借口奚落了几句。

“现在的女人还真让人吃惊。连男人轻得像羽毛、弱得像呼吸的耳光都挨不得。我们那个年代，女人就算被丈夫打得死去活来，也不会想着跑回娘家。”

“你就不能多关心我一点？他那儿我没法待了。他都说了那种话，不能再待下去了——不能，不能。”

“嘘！不要像蠢女人那样说话。”

“不，妈妈，你如果不想让我住在这儿，就马上告诉我，我会带孩子离开，去内罗毕，去任何地方都行。但是，我不会回那个家了。我虽然是一个女人，但就算是胆小的母狗，逼急了也会咬人的。”

万吉库同情梦碧。但要修复破裂的夫妻感情，却是件棘手的事情。

“孩子，这事我们以后再谈。”万吉库温和地说。

还有另外一件事情一直困扰着梦碧。就算现在这么伤心，可她心中仍然没忘记R将军说过的话。R将军说，卡兰贾要为基希卡的死付出生命的代价。真的要为报基希卡之仇而杀死卡兰贾吗？血已经流得够多了，为什么还要在这片土地上增加更多的罪恶？梦碧早上醒来的时候，仍然不知道该怎么办。但庆幸的是，星期三是融尔赶集日，泰北周边八个村子的村民都会赶到融尔集市。梦碧碰巧遇到一个要去吉希马的人，便很快打定了主意。她找出一张纸（她哥哥和弟弟曾教过她读书和写字），匆匆写下：“明天别来参加集会。”然后写上卡兰贾的地址，让那人捎带过去。梦碧感到心里的一块石头终于落地了。

这时，婉布依带着一群女人来找她帮忙。一开始，梦碧不想介入和她丈夫有关的事情。可听着婉布依的话，梦碧体内那股不甘示弱的力量变得越来越强烈：她不想让基孔由认为，自己一个人孤零零地在这儿忍受痛苦。他没有办法完成的事情，要是自己做成了呢？这个想法让她激动起来。她非常愉快地期待着去完成这一任务。

等到晚上，她前往穆荀家的时候，心潮更加澎湃。白天，天空中笼罩着雾气，显得有些阴沉昏暗，而晚上似乎也比往常更黑。梦碧觉得自己像是回到了妙龄时代，在漆黑的夜晚，冒着狂风骤雨去见自己的情人。万一穆荀……她没有再继续想下去。想到基孔由可能会撞见自己和别的男人谈话，梦碧心里有些不安。可她对自己说，她是自由的，这几个字足以帮助她驱散内心的害怕。撞见就撞见吧，她倔强地重复念道。尽管如此，当她来到穆荀家门口时，还是踌躇起来，一颗心扑通扑通地狂跳。

看到穆荀出现在门口，梦碧感到体内的血都沸腾起来。她既害怕又高兴。但穆荀局促不安地堵在门口，像是在等她说明来意。梦碧心中多了一份担心。

“你不请我进去坐坐？”梦碧假装轻松地问道。

“哦，不好意思——请进。”她虽看不清他的脸，但听得很清晰，他的声音在颤抖。灯光下，她注意到穆苟有些局促不安。那种遥不可及的距离感缩短了，他那漆黑的眼睛中有一种醉汉眼中才会流露出来的神色。穆苟小心翼翼地坐得离她远远的，像怕她似的。他很英俊，又是孤身一人，梦碧咬了咬下唇，试图稳定自己紧张的情绪。她环顾着空荡荡的屋子，煤油灯的火光很昏暗，连房屋四壁也看不清楚。

“屋里有点空。”穆苟粗声说道，打断了梦碧的思绪。

“对男人来说差不多了，没结婚的男人也不需要什么。”梦碧不自然地笑了笑。穆苟今晚不太友善，又有些惊恐，这与他昨天的兴奋形成强烈的反差，着实让梦碧感到困惑不解。然而，她脑海里一个劲地想着些不相干的事：如果他想要我——如果他——

“你知道我为什么来这里吧？”梦碧试探性地问道，希望能够打破令人沉闷的冷漠气氛。

“不知道。莫非——莫非和你昨天跟我说的有关——我的意思是，我不知道你要我做——”

“哦，我本来想让你去找我丈夫谈谈。你的话他可能还听得进去。从拘留营回来后，他一次都没上过我的床，对那个孩子也只字未提。他心里在想什么，从来不跟我讲。直到昨天……太无情，太无情，太无情……”梦碧先是用平静的口吻说着，可到最后，她激动得说不下去了。她依然记得基孔由从拘留营回来的那一天，她想和他谈谈，想用一句话或一个眼神让他明白，可脑子里想不出该说些什么。基孔由的突然出现让她一下子说不出一句话来，像一个毫无感觉的傻瓜似的陷入沉默。她当时就站在那里，看着对面的墙壁，不知道他会对她怎样，可她内心一直希望能接近他，得到他的谅解。说到这里，梦碧哽咽了，伤心了一会儿后才回过神来。“不管怎样，现在这些都不重要了。昨晚我和他大吵了一架，我搬回娘家了。”

“不！”穆苟激动地脱口而出。

“是真的。不过，我今晚来找你不是为这事，而是代表泰北和融尔地区的妇女同胞来的。她们希望你参加明天的集会。”

“我不能去。”穆苟斩钉截铁地回绝道。

“你一定要去。”梦碧一边回答，一边做好准备，迎接挑战。

“不去，不去。”

“你一定要去——所有人都在等你。大家需要你。”

“但是——但是，我不能去。”

“他们在呼唤你。”

“梦碧，梦碧。”他痛苦地喊道。

“你答应吧，穆苟，你答应吧。”

“不。”

“我求你了。”梦碧坚定地说，全身充满新的力量和魄力。她看着穆苟的眼睛，想帮助穆苟打开心房，揭开他超越凡人、超越命运的力量之谜，哪怕只有一分钟也行。她看出他已经在听任自己摆布，突然感觉到了自己对他的影响力。她不会放他走。

“你明白你们要我讲的是什么吗？”

“是拘留营的事吗？”她问道，语气缓和下来。

“不是——是的，所有的一切。”

“什么？”

“我所有的事情。”

“很艰难吧。我们听说他们在拘留营里打你。”

“你们都听说了？”

“是的，到底发生了什么？”

“没什么，就是看见人们像跛子一样在地上爬行，他们的手脚都戴着重重的铁链。”他一直像个孩子似的小声说着，“白人曾把玻璃瓶的瓶颈插进囚犯的肛门里，痛得他们像笼子里的野兽一般嚎叫。最后一次是在瑞拉拘留营。”他停下来，像是在冷静地凝视着一个非常遥远又近在咫尺的场景。接着，他身子微微向前倾，像孩子要倾诉秘密似的。“我小时候看见过白人，当时并不知道他们是谁，来自哪里。现在我明白了，白人不是人——要永远记住，他们是魔鬼——魔鬼。”他又停下来，深吸了一口气，接着轻声说，“我见过一个男人的男根活生生地被白人用钳子钳断了。他从审讯室里出来，跪倒在地哭喊道：‘我再也不能碰我老婆了。哦，天呐！我还能面对她吗？’我觉得自己只不过是往一个深渊里张望，但里面漆黑一片，我什么也看不见。”

梦碧听得泪流满面。她想要伸出双手，纠正暴行，治愈创伤。

“那么，穆苟，”她哭着恳求道，“你明天必须上台演讲。不讲我的哥哥，他已经死了，埋进土里了，他在这个世上的任务已经完成了。就跟活着的人讲讲因为战争而缺胳膊少腿、衣不遮体、满身伤疤的孤儿寡母。把你看到的一切告诉大家。”

“我什么也没看到。”

“就算是这样，穆苟，你随便讲什么都行。”她说，感觉自己对穆苟的控制正在慢慢地消失。她想尽力稳住他，却发现他全身发抖。

“讲我自己？”

“讲你什么事都行。”

“你们真想让我那样做？”他提高音量说，就像一只待宰的动物发出来的叫声，着实吓到了梦碧。

“是的。”梦碧战战兢兢地应和道。

“我想过自己平静的生活，不想牵扯进任何事情。可就在这里，就是这样一个夜晚，他闯进我的人生，把我拖下水。所以，我杀了他。”

“谁？你在说什么？”

“哈！哈！哈！”他怪异地笑着说，“是谁杀了你的哥哥？”

“基希卡？”

“是的。”

“白人。”

“不！是我掐死了他——是我掐死了他——”

“这不是真的——清醒点，穆苟。基希卡是被白人绞死的——听着，别发抖了，我看见他被吊死在树上。”

“那是我干的！我干的！哈！哈！哈！这就是你们想知道的。我还要这样——对你。”

梦碧试图喊救命，但喉咙里发不出一点声音。这时，穆苟发出疯狂的喊叫和笑声，向她逼近。梦碧朝门口跑去，但穆苟已抢先堵在那儿。

“你休想——逃跑。坐下——哈！我要掐死你——”穆苟的身体颤抖着，吐出来的话音发颤。

“想想吧，每天都无法入睡——有那么多双手在触摸着你的身体——那么多双眼睛看着你——在暗处——在角落——在街上——在田里——睡觉，走路，片刻不得安宁——啊！那些眼睛——难道你们就不能给人一分钟独处的时间吗——我是指，让人吃饭、喝水、工作——你们所有人——基希卡——基孔由——老妇人——将军——今晚是谁派你来这里的？是谁？啊！那些眼睛又——我倒要看看谁更厉害——现在——”

梦碧想要尖叫，可喉咙发不出声音。穆苟一步一步地向她逼近，一只手捂住她的嘴巴，另一只手掐住她的喉咙。梦碧喘着粗气，不停地抽泣。她望着穆苟的眼睛，那双眼睛里充满恐惧的神色。直到后来，她也不明白这是为什么。突然，梦碧停止挣扎，任凭穆苟下手。

“怎么了，穆苟？你怎么了？”她抽噎着问道。

到过泰北或融尔周边八个村子之一（也就是，从克拉拉鹏到基欣戈）的人，都应该听说过托马斯·罗宾逊这个人。人们都叫他魔鬼汤姆。他是在当局宣布进入紧急状态时担任融尔区专员的，那是肯尼亚历史上一段最黑暗的岁月的缩影。人们说他是疯子，每次谈起他，就会不由自主地感到害怕，通常只用“汤姆”或“他”，好像说出他的全名就会把他招来似的。他开着一辆吉普车，腿上总放着一把布伦式轻机枪，卡其布军裤上别着的左轮手枪从长夹克下露出半截，吉普车后端总站着一两个黑人团丁。他常常会在最让人意料不到的时间和地点突然出现，逮捕毫无提防的村民。他称那些人为“茅茅”，把他们赶进吉普车，带到森林边上，命令他们自己挖好坑，并要他们跪下。有时他会用那把布伦式轻机枪扫射，但更多的时候用左轮手枪。他偶尔也会放他们一马。这样一来，不到最后一刻，被捕的人都不知道自己到底该怎么做：是冒着中弹的危险逃跑，还是等着看汤姆改变主意。他们说汤姆无处不在。到处都是关于他的谣言。有人说看见他在这里出现，有人说看见他在那里出现；有人说一些村民梦中见到他的吉普车，尖叫着惊醒过来；有人说他是一个食人者，不管白天还是黑夜，都在村子里游荡；有人说他是死神，对那些从东非大裂谷遣送回吉库尤保留区居住的人尤为残忍。

那是一九五四年的事情。

汤姆的残暴行径在一九五五年五月达到极点。一天夜里，他从融尔驱车前往区办公室，途中看见一个人独自走在柏油路上。那人看见吉普车，吓得紧挨路边的树篱蜷缩成一团。汤姆冲他叫嚷。他战战兢兢地朝吉普车走过去，紧张得似乎两个膝盖打起架来。他靠近吉普车时，连牙齿打颤的声音都能听见，汤姆见状不禁哈哈大笑起来。“老头儿，过来，”汤姆友好地说，像是要打消那人的不安，“汤姆不会吃你的。”就在这时，那人突然挺直腰板，迅速从口袋里抽出一样东西，两枚子弹“嗖、嗖”两下打进汤姆体内。还没等惶恐至极的警卫反应过来，那人已经越过树篱，朝印度商业区跑去。警卫朝天放了几枪。汤姆没当场死亡。据说（在村子里，他是个传奇人物），他还自己把车开到医院，三小时后才死在那里。除了“畜生”一词外，他没有吐出一句连续完整的话。

不出几个小时，附近的村子便被士兵团团围住。官方消息公布出来，第二天报纸头条也作了报道：区专员惨遭茅茅土匪暗杀。

村民至今还常常说起这件事。那天，穆苟和往常一样去融尔火车站附近的那块地里干活。他快乐地陶醉在自己的梦里，那些梦常常把他从现在带到未来。在那些梦中，他看到了一个预言。他不是安然无恙地躲过紧急状态初期的军事行动了吗？从一九五二年当局宣布进入紧急状态以来，有人被抓进拘留营，有人跑进森林。可这一切都像是发生在另一个世界，与他毫不相干。他一直独自生活，可始终觉得有一天会鼓乐齐鸣，宣告他进入一个崭新的天地。在新泰北村搭建新屋时，他常常听到村民的谈话，但那些话语根本触动不了他——女人干起了男人的活，孩子过早地成熟了，这跟他有什么关系？他不也是很小的时候就开始自谋生计了吗？穆苟是规定时间内最先盖好房子的村民之一。在没有任何人帮助的情况下，他独自完成了所有的活——搭了墙，盖了屋顶，糊了墙面。这间新屋是他人生中取得的第一个大业绩。搬进新屋后，他继续和往常一样过日子：双手勤勤恳恳地照料着地里的庄稼，双眼憧憬着美好的未来。

这一天，也就是星期五晚上，穆苟拖着疲惫的身子从地里回到家。他小心翼翼地把农具靠在墙边，然后走到大门前准备开门，在手摸到挂锁的那一刻，他感到心头一阵温暖。每次开门，穆苟都要慢慢地把钥匙推进锁眼里，停留一会儿再打开门，因为这个过程总能给他带来快乐。这间屋子是他的人生、他的希望、他的梦想的延续。穆苟走进屋子，在床上坐下来，欣赏着新屋的墙壁（墙上的泥还没有干透）和圆锥形的屋顶，屋顶上还挂着一些干草和蕨类植物。不久，夜幕降临，黑暗慢慢笼罩住整间屋子。和往常一样，他吹着口哨，点着了煤油灯，随后生起火，在火炉上炒玉米粒掺豆子。这是他一天里仅有的一顿饭。他总是一次煮很多玉米和豆子，在接下来的几天里，每顿炒一点。吃完后，他走到门口去看看门有没有关严。他欣赏着门栓，忍不住在心里夸赞自己。他刚满二十五岁，虽然现在一无所有，但未来掌握在自己手中。他平躺在床上。辛苦劳作一天之后，像这样躺在床上真舒服。他摸摸自己的肚子，打了个饱嗝，似乎感到心满意足。宵禁法规定晚上不得外出，但这些法令对穆苟没有丝毫影响，在一九五二年紧急状态之前，他晚上就很少出门。每当穆苟躺在床上或田里，他的意识就会自然进入一种神秘奇妙的宁静状态。这时，他的内心会和一些奇怪的声音进行对话。最后，这些声音会慢慢地消融成一个声音，那是上帝在呼喊："摩西，摩西！"穆苟时刻准备着回答："主啊，我在这里！"

这一天，穆苟正躺在床上做梦的时候，屋外传来了警笛声、尖叫声和嗒嗒的脚步声。一声声长鸣的警笛声撕破寂静的黑夜，打乱了穆苟的思绪。每当森林战士突袭村庄或者杀死某个重要人物的时候，都会响起这样的警笛声。但是，泰北已经很久没有出现这种情况了，上次出现这样的混乱场面还是在杰克逊·基贡杜和穆钮牧师被杀的时候。警笛声越来越响，随后慢慢减弱，好像一阵风似的。接着警笛声逐渐消失，整个村子陷入一片死寂。突然，轰隆而至的炮火声再次打破寂静。外面尖叫声四起，穆苟听见远处传来妇女的惊叫。震耳的炮火声离穆苟的屋子越来越近，警笛声越来越急促。只听一个人喊道："罗宾逊。"穆苟枕着右手躺在床上，炮火声和尖叫声越近，他的心跳得越剧烈。随后，外面的噪声又消失了。穆苟听到一个男子在呻吟着辩解："我只是回家去，真的，我只是回家去。"随后，一切恢复安静。穆苟平躺在床上，进入半睡半醒的恍惚状态。没尝过夜里警察搜查屋子的恐怖滋味的人不多，穆苟是仅有的几个幸运者之一。

穆苟不知道自己蒙蒙眬眬躺了多久，但他突然惊醒过来，肯定是被敲门声惊醒的。穆苟睁开眼睛，吃惊地坐起来。会是谁呢？敲门声又响了。穆苟小心翼翼地朝门口挪去，走一下，停一下；再走一下，再停一下。一不小心，他撞翻了煤油灯，整个屋子顿时漆黑一片。比起屋外的敲门声，这突如其来的黑暗更让穆苟觉得害怕。他笨手笨脚地在石壁上胡乱摸索着火柴，潜意识里仍然想着那个急迫的问题：该不该开门？敲门声第三次响起，这一次似乎敲得更加持久，更加急促。穆苟一下子跳到门边，打开门，身子闪到一旁，让团丁进来。同时，他战战兢兢地继续摸索火柴。

“让我把灯点着。”他嘟哝了一句，偷偷瞄了一眼门口一个男人的黑影。

“不必了，”男人压低声音说，“炉火的光就足够了。”

“你是谁？”

“嘘！不要喊——别怕。”

“你是谁？”穆苟绝望地追问道，依稀听出了这个声音。男人紧张地笑了笑，穆苟觉得整间屋子突然冷下来。他摸到火柴，正准备划亮时，男人悄声说：“别——到处都是团丁和警察。他死了！”

“谁？”

“区专员。”

“罗宾逊？”

“是的——我开枪打死的。几个月来——我一直想干掉他。”

那男人的声音断断续续。火柴从穆苟手里掉到地上。他要把它捡起来，但是他的脑海一片空白，什么也反应不过来。听了那男人的话，穆苟感到一股冷气钻进胃里，像是无数根针扎进肉里。

“我把灯点着。”他已经吓傻了，迷迷糊糊地说。

“随你——也许那样会好点。反正，我已经习惯了黑暗。你认为他们今晚会把所有房子都搜个遍吗？”

穆苟终于点着了灯，看着眼前这位不速之客。

“基希卡！”他倒抽一口冷气，脱口而出。

基希卡身上披了一件又脏又破的卡其布大衣，这种大衣是上一次大战的时候士兵穿的（现在穿这种大衣的都是些老人），脚上蹬了双沾满泥土的运动鞋，看得出来，这双鞋原是白色的。他那头乱糟糟的短发使得脸部的轮廓更加突出。穆苟慢慢地往后移动身子，靠在床边的一根柱子上。

“我——我刚才不知道是你。”

“请见谅，”基希卡说，环视了一下屋子，“我不想把他们引进森林。另外，我也想见见你——我一直想跟你谈谈。”

“那儿——那儿有把椅子。”

“哦，我习惯站着。因为不管白天还是晚上，我们都是站着的。不是站着，就是蹲着。”

“为什么？”

“我们不敢睡着。”

“你想杀我吗？我什么也没干。”穆苟辩白道。

基希卡还没来得及回答，村子里又响起一阵警笛声。他迅速抽出一把手枪，钻到床底下。穆苟瘫倒在一张凳子上，觉得自己会喊出声来。他会因为窝藏恐怖分子而被当场逮捕。突然，他想起灯还亮着，便把它吹灭了。屋内一下子又黑了。这一阵警笛声过去之后，基希卡从床底下钻出来，站到火炉边。黑暗中，穆苟意识到他就站在自己身旁。

“我们不是所有人都杀的，”基希卡开口说，好像从未被打断过，“我们不是杀人不眨眼的魔鬼。我们绝不是罗宾逊那样的刽子手——不分青红皂白，滥杀无辜。”他快速说道。基希卡看上去很紧张，不停地在火炉旁踱步。他就是当初烧毁了玛溪警署的那个人？他就是曾在大会上发言，引得女人激动得扯着自己头发和衣服的那个人？

“我们只不过是还击。别人打了你的左脸，你把右脸也转了过去。一年，两年，三年——六十年啊。然而突然有一天，你说：我们不能再心甘情愿地容忍了。你背对着墙，毫无退路，只能狠狠地还击。相信自己的男子汉气概，它能让你永不放弃，坚持到底！你以为我们喜欢和森林里的土狼、猴子争抢食物吗？我也知道和心爱的女人一起坐在温暖的火炉旁有多么舒服。明白吗？我们必须去拼杀，去杀死那些剥夺我们黑人自由的敌人。他们说我们不堪一击，说我们斗不过炸弹。如果我们真的不堪一击，就永远不会取得胜利。我鄙视弱者。为什么？因为弱者并不是天生的，他们可以变得强大。听着！我们的祖先也曾勇敢地战斗、抗争。但是你知道敌人攻击他们用的最强大的武器是什么吗？不是马克沁水冷式机枪，而是内部分裂！为什么？因为，一个民族，一个有着共同信仰而团结一心的民族，它的力量远远胜过冰冷无情的炮火炸弹。这样一个民族绝不会在刀剑面前吓得颤抖或临阵脱逃。相反，敌人一定会落荒而逃。这些并不是疯言疯语。光靠说话，光靠奇迹，是不可能让法老放走以色列人的。那是在半夜，上帝惩罚了所有埃及人的长子。从坐在宝座上的法老的长子到关在地牢中的囚徒的长子，还有头胎生的一切牲口，没有一个幸免。第二天，法老就把以色列人放了。那就是我们的目标。出其不意地攻击他们，让他们个个人心惶惶；不分昼夜地攻击他们全家，让他们感受到毒箭射进血管的滋味，而且根本不知道下一支毒箭会从哪里射出来。要让压迫者整天惶恐不安。”

基希卡平静地说着，几乎忘了穆苟的存在，忘了自己危险的处境，像着了魔似的。从他紧张的语速中可以看出他的痛苦和沮丧。但是基希卡说的每一个字都让穆苟更加确定自己的猜疑：这个人是个疯子。

“你以为我们不害怕死亡？我们也怕！罗宾逊冲我叫喊的时候，我连腿都动不了。我随时等着子弹打中我的心脏。我看见有些人一发觉要开战就吓得屁滚尿流，还有些人则像疯子一样狂笑不止。世界上最可怕的声音莫过于垂死的人临死前发出的动物般的哀号。为了大多数人能活下来，少数人必须献出生命。这就是今天‘被钉死在十字架上’的意义。否则，我们就会成为白人的奴隶，注定永远要为白人端水劈柴。是争取自由，还是甘做奴隶？一个人应该拼死争取自由，甘愿为之牺牲。我们必须——”

突然，基希卡停下脚步，口中的话语也戛然而止，像是刚发现穆苟就在身边似的。穆苟僵硬地坐在凳子上，双眼盯着地面，断定今晚民团的人就会把自己抓走。基希卡疯了，真的疯了，穆苟思忖着，但这种想法徒然增添他内心的恐惧和不安。

“你们想要怎么办？”穆苟想让基希卡一直说下去，因为疯子只要嘴上不停地说话，就不会给人带来危险。

“我们需要一个强大的组织。白人知道这一点，所以很害怕。不然，他们为什么把我们的人民赶进这些新造的村子里？他们想把我们和人民隔开，和我们唯一的力量源泉隔开。但是，他们不可能得逞。我们一定能扫清一切妨碍我们联系的障碍，保持我们与人民的联系畅通无阻。在旧泰北时，我经常注意到你。你是一个自力更生的人，是一个经受过磨难的人。我们需要一位像你这样的人在新村子里建立一个地下组织。”

基希卡所说的每一个字都让穆苟感到畏惧。

“我——我从来没有宣过誓。”他无力地反抗道。

“我知道，”基希卡说，“但是誓言是什么？有些人必须用誓言把自己和组织绑在一起。有些人只有在誓言的约束下才能保守秘密。我知道那些人，只要看看他们的面孔就能知道。不管怎样，多少宣过誓的人现在不还是舔着白人的脚趾吗？宣誓只是为了坚定自己所做的决定。要不要为人民献出自己的生命，这一决定应该记在心里，而不是靠誓言来约束。誓言只是在接受洗礼的时候泼洒在头上的圣水。”

穆苟脑子里闪过别的事情。他想起门还没闩上，便站起身，从基希卡身边走过，趴在锁孔上听着外面的动静。穆苟想冲出去，或喊团丁来，随后又想到基希卡身上有枪，而且那把枪刚刚打死了一个人。他把门关严，坐回到原处。他觉得自己仿佛沉浸在噩梦中。这一切都不是真的，那个烧了玛溪、刚刚杀了罗宾逊的家伙并不在这间屋子里。他感到很累，想说些什么，但又想不出什么能说的或能做的。此时，整个村子是死一般的寂静，警笛声和炮火声像是发生在几年前一样。然而，基希卡就站在那里，不再喘气，不再紧张地踱步，显然已经镇定下来。他是真实的。

“我一星期后和你碰头。”基希卡充满自信地说。穆苟点了点头。基希卡还慎重地约好他们下次在基内聂森林见面的地点。

基希卡刚说完这番话，远处传来的尖叫声和射击声第三次打破屋外的寂静。这一次，尖叫声和射击声断断续续地响起，一直没有平息。（第二天穆苟才得知很多茅茅嫌疑犯，因为和罗宾逊的死有关而被逮捕，村里有两名男子那天晚上被打死了。后来报纸上报道说，一伙人突袭了手无寸铁的区专员，这两名男子就是同伙。）基希卡走到门口，听了听外面的动静。穆苟再次想揪住基希卡，大声喊人来。

“我得走了——也许他们会搜查民房。”基希卡低声说，恢复紧张的神色。他又成了躲避警察追击的人。他打开门，出去后又轻轻地掩上门。

“别忘了碰头的事。”说完，他溜进黑暗，和来时一样，突然而又无声地消失了。有那么几分钟，穆苟一动不动地站在新屋的中间，依稀觉得脚下的土地不再那么坚实了。随后他冲到门口，猛地拉开门，望着外面的一片黑暗，真想大喊救命。他第三次闩上门。但是为什么要关门？他为什么要有这扇门？有了这扇门，寒冷和危险还是能够进来，没有门更好些。于是，他拔掉插销，慢慢走回床边坐下来，双手托着自己的脸。他拿出一块脏手帕想去擦脸和脖子，但他突然忘记了刚才吓出的一身冷汗，手停在半空中，手帕也掉到了膝盖上。他先前在呼呼的冷风中听到的声音，就像是很久以前的，他无法说出自己到底听到了什么，现在这些声音在他的脑中嗡嗡作响。

几分钟前，就在这间屋子里，他还躺在床上，对未来充满希望。现在，屋内的一切虽没有发生变化，未来却成了一片空白。他等着警察或民团的人来把他抓走，或者直接一枪毙了他。他看到的只有牢房和死亡。基希卡是政府的通缉要犯，尤其是在玛溪警署被毁之后。窝藏恐怖分子而被抓就意味着死亡。基希卡为什么要把我拖进来呢？这场斗争和各种问题又不是因我而起的。为什么？他一个人屠杀男女老少还不满足，一定要把我拉进这摊血泊里。我不是他的兄弟，也不是他的姐妹。我从没害过任何人，只是照看着自己的那一点田地和庄稼。可现在，因为这个男人的荒唐行为，我要在大牢里度过余生了！

第二天穆苟醒来时，惊奇地发现自己没有被关进牢房。他尽力不去想昨晚的遭遇。那只是一场梦，以前也做过类似的噩梦。黑夜本来就会夸大很多东西——我们的害怕、痛苦和绝望；灌木和树木长得像人一样。哈！哈！哈！但是，他的自我安慰没有发挥作用，也没有改变事实。基希卡的脸牢牢地刻在穆苟的脑中，怎么也抹不去：凌乱的头发，机灵的眼睛，即使是大白天，也让人感到很不自在，穆苟不由自主地颤抖起来。试想一下，暮色中，一个人独自行走着，感到很安全，而后黑夜骤降，他惊恐地发现自己随时有可能掉进深渊而摔断腿脚。接下来的几天里，穆苟依然在茅屋和田地之间游荡，时刻预感到警察或团丁会突然走过来拍他的肩膀。每次在路上看到士兵或团丁，他都会吓得直冒冷汗，双腿顿时变得瘫软无力。他一直记得基希卡的阴影就在身后，等着他答复。我该怎么办？他暗自问道。如果我不听基希卡的话，他会杀了我。他们已经杀了杰克逊牧师和穆钮牧师。可如果我为他卖命，政府会把我抓去的。白人的手很长。他们会把我活活吊死。我的天啊，我不想死，我还没有准备好去死，我还没有活够。穆苟深感困惑和痛苦，他活到这么大，从来都与世无争。无论是在家里还是在学校里，他几乎很少和别的男孩一起玩，怕被牵连进恶意的打闹事件，毁了自己美好的未来。他总是坚持这样的观点：只要你不和恶魔打交道，恶魔就不会找上你；只要你不和别人一起，别人也不会与你为伍。所以今晚他仍然没有走出困境。穆苟感到很困惑，心里不停地抱怨道：我偷过别人东西吗？没有！我在邻居家的院子里拉过屎吗？没有！我杀过人吗？没有！那么基希卡怎么可以对一个从未伤害过他的人做出这种事？

妒忌，穆苟断言道，除此之外，他找不出任何原因。这个想法让他原先对基希卡的讨厌变得更加强烈，甚至到了让他窒息的地步。基希卡有父母，有兄弟姐妹，死亡对他来说不算什么。他死后，会有人为他哀悼，会有人用他的名字替自己的孩子取名，所以“基希卡”这个名字永远不会从人们的嘴边消失。基希卡什么都有，可他穆苟一无所有。

这种想法一直在他脑海中盘旋。他已经无暇顾及其他，感到极度愤恨，折腾得整夜无法入睡。这样，到了星期五这决定性的一天，他还是迟迟拿不定主意，不知道自己到底该怎么办。和往常一样，他拿上农具往田里走去。为了避免碰上别人，他特地选了一条废弃的小路，穿过老泰北村前往融尔。一个星期前这里还全是房屋，可现在，整个老泰北村已经变成一片废墟，到处可见焚烧过后的断壁残垣。天还早，四周空无一人。沉重的眼皮压得穆苟什么也看不清。他脑子里白茫茫一片，就像正午的太阳一样，照得他头晕目眩。连日来的失眠和愤怒、漫无目的而又无休无止的思考耗尽了他所有的精力，此时他暴躁到极点，稍一刺激，准能惹得他勃然大怒。他的双脚擦过沾满露水的树篱，很快，水珠就如断了线的珠子，滴落到他的脚上。他的下嘴唇耷拉着，每当穆苟感到不安或激动时，他的下嘴唇就会耷拉下来。他浑身都在颤抖，越往前走，抖得越厉害，心情也越沮丧。走到印度商业区时，他已经虚弱得寸步难移。于是他放下农具，在一家店铺后面的垃圾堆旁坐下来，想恢复体力。每家商铺的背后都有这样一个臭气熏天的垃圾堆。印度人的孩子，有时还有些大人，就在那里拉屎。黑人的小孩常常在垃圾堆里东翻西找，用他们的脚丫子翻开最近倒的垃圾，希望能找到一些丢弃的面包和硬币。有时候不小心一脚踩到小屎堆，他们就会狠狠地咒骂，偶尔也会报复性地朝印度人扔石子。就在这个垃圾堆旁，就在穆苟现在坐的地方，曾经有三个黑人男孩把一个印度女孩按倒在地，被人当场抓住。这三个男孩被指控为强奸未遂，但念及他们年龄还小，地方法官只把他们送进了瓦穆穆少管所。穆苟没有去想这些印度商铺里曾发生过的肮脏龌龊之事，只是双手托着头，一遍又一遍地抱怨道：他为什么要这样对我？

突然，一阵微风吹起了地上的灰尘和垃圾。穆苟用手捂住脸，以免沙子吹进自己的眼睛里。纸屑在地面上方打起了旋，随着风越转越高。据说，像这样把垃圾和纸屑吹起来的风是女魔鬼施的魔法。通常这样的风只持续短短几秒钟，然后就像来时一样突然消失。可今天这风一个劲地吹着，而且越吹越猛，把纸屑碎物吹得老高。最后，风终于停了。看着灰尘和垃圾慢慢地飘落到地面上，不知怎的，穆苟感觉自己不再颤抖，不再沮丧。于是，他拿起锄头和砍刀，继续朝田里走去。他的心几乎已平静下来。

但这只是暂时的。

走了几步，穆苟看到一个奇怪的景象。他凝视着商店外面的波纹铁板墙，头发连根竖了起来，心中一阵惊喜。因为他看到基希卡的头像被钉在波纹铁墙上。他凝视得越久，基希卡的头变得越大，也越扭曲。那张与白色墙面形成强烈反差的脸，让穆苟再一次感受到当年试图勒死姑妈时的兴奋和害怕。用基希卡的脑袋可以领到一大笔悬赏金——一大笔悬赏金！

穆苟强忍着内心无限的惊奇和兴奋朝区办公楼走去。上帝叫亚伯拉罕在摩利亚山上献出自己的独子以撒，亚伯拉罕在那里搭起神坛，整齐地放上木头，然后将以撒用绳子捆住放在木头上。接着他伸出手臂，拿着刀，准备杀死以撒。以撒静静地躺在那里，等着父亲手中的刀割下自己的脑袋。他知道那把刀肯定会落下来——只要一眨眼工夫，那把冰冷的大砍刀就会结束自己的生命。突然，以撒听到了上帝的声音。他哭了，死里逃生。死里逃生，穆苟心里又念叨了一遍。他边走边沉浸在这样的遐想中。万千思绪萦绕在穆苟心中，搅得他心烦意乱，头昏目眩。他要从梦中悟出具体的道理。这个结论一目了然，振奋人心，可以解释先前无法想通的所有事情。我不是无足轻重的小人物，我决不能死。让自己健康、强壮地活着——等待我生命中的使命到来，是我对自己、对未来所有人的职责所在。如果摩西死在芦苇丛中，谁还会知道他注定要成为伟人呢？

这些高尚的感觉伴随着金钱奖励的诱惑，在他面前为未来呈现出各种美好的画面。他会买下更多土地，盖栋房子，娶妻生子。这一计划新颖而又触手可及，让穆苟内心变得更加激动。此前，他从未把自己的身体和女人联系在一起；此刻，一张张在村子里见过的姑娘的面容在他脑海里闪过。他要在姑妈的鬼魂面前炫耀自己的胜利，要在社会上立足，他的权力会不断增加。还有什么比权力更伟大呢？什么才是权力？法官有权力：他可以轻而易举地置一个人于死地，而且不会受到任何人的质疑，也不会有人反过来报复他。是的——要变得真正伟大，你必须站在这样一个位置上；在那里你可以任意地给别人施加痛苦，置他们于死地而不受任何质疑，像校长、法官和总督一样。

很快，穆苟来到区专员办公楼。这栋楼是新建的，从这里可以迅速到达周边一些村子。两名身着黑色翻领套衫、手持来复枪的警卫守在大楼入口处。以自己眼下的身份，穆苟觉得没耐心和这帮不管事反倒碍手碍脚的家伙啰唆。

“我能见见区专员吗？”穆苟仔细考虑着到了里面该怎么说，一边问，一边想从他们面前走过去。

“你想干什么？”其中一名警卫抓着他的肩膀，把他拉了回去。

“我——我想单独见他。”穆苟没料到会这样，一脸吃惊地说。

“拿着锄头和砍刀？哈！哈！哈！”

“我说你来这里干什么？”

“我不能——跟你说。”

两名警卫哄笑起来，拿穆苟的回答开起玩笑来。他们一把夺过穆苟手中的锄头和砍刀。

“不能！不能！你听见没？喂，种地的，你想干什么？”

“我必须——这——这件事很重要。”穆苟唯唯诺诺地说，恐惧慢慢向他袭来。他们搜遍他的全身，还粗鲁地将他推来搡去。

“应该扒了他的衣服。”

“这小子个子那么高——那玩意儿恐怕和驴子的一样长。”

“你怎么搞女人的？嗯？”

“女人？你在开玩笑吧。就连肥胖的妓女看到他那玩意儿也会掉头就跑的。”

“也许他跟母羊搞——或者跟母牛。有些人就是这么干的。在晚上。哈！哈！”

“哈！哈！或者和老女人——给她们一点好处，或者直接来硬的。哈！哈！哈！”

“哈！哈！哈！”

这时，区专员约翰·汤普森走出来，喝止了他们的笑声。警卫向他报告说穆苟求见。约翰·汤普森命令警卫放了他。穆苟走进办公室，紧张得几乎无法呼吸。他感激这个将自己从羞辱中救出来的白人。此刻，他站在办公室里，不知道该如何开口。这是他第一次这么近距离地面对一个白人。他双眼直愣愣地盯着对面的墙壁。如果可能的话，他尽量不看那白人的脸。

“你想干什么？”这个声音吓了他一跳。

“基希卡——我是因为他才来见您的。”

听到基希卡这个名字，汤普森立即坐直了身子。

随后，他站起来，双手撑着桌子的边缘，仔细地盯着穆苟。两人几乎一样高。穆苟始终不敢和他对视。汤普森坐了回去。

“什么事？”

“我知道——”说着，穆苟咽了下口水，感到一阵恐慌，担心自己说不出话来。

“我知道，”他平静地说，“我知道今晚在哪里可以找到基希卡。”

穆苟先前对基希卡的厌恶此刻又涌上心头。在这场心理折磨中，他终于迎来了胜利，怀着对基希卡满腔的愤怒，颤抖着身子，一口气说出了那件折磨自己整整一周的事情。对于自己的果敢，对于自己道义上勇敢的伟大壮举，他心里一时产生了一种纯粹而美好的快乐。的确，对于穆苟而言，在那一刻，他的行为中存在着某种纯洁高尚的东西；他已经超越善恶，尽情地享受着自己知道的一切所带来的力量和权力：别人的生死还不是在他脑子里决定的吗？他内心充满自豪，欣慰的泪水在眼眶里打转。在过去的一周里，他一直独自在一个永无止境的梦魇中与恶魔搏斗。刚才的招供是他整整一周里第一次与别人接触。穆苟很感激眼前这位白人。他耐心地倾听穆苟叙述，消除了穆苟内心的负担，并把他从噩梦中解救出来。现在，穆苟甚至敢正视这个白人了。看着这个新交的朋友，穆苟脸上露出笑容。然而当他看到白人那张难以捉摸的面孔和那双锐利的眼睛时，嘴上咧开的笑容瞬间凝固了，他的脸看上去就像一张裂开的烧饼。

区专员再次站起来。他绕过办公桌走到穆苟面前，托起穆苟的下巴，又把他的脸往后一推，接着出人意料地朝他黝黑的脸上啐了一口。穆苟往后退了一步，举起右手想擦掉脸上的口水，可白人的手抢先挥到他脸上，重重地扇了他一耳光。

“已经有许多人向我们提供和那个暴徒有关的假情报。听见了吗？因为他们想要那笔赏金。我们会把你扣在这里，如果你说的不是真话，我们就马上吊死你，就在外面。听见没？”

穆苟顿时回到噩梦中。桌子、白人的脸、天花板、墙壁开始一圈圈旋转起来，随后，一切猛然停住，他试图稳住自己。突然，他站的地面塌陷下去，他感觉自己正在不断地往下掉。他向空中挥舞着手臂。他看不见底，只能看到无尽的黑暗，可他知道洞底是尖锐的石头。他什么也不是。眼泪救不了他。随着一声窒息的哭喊，他的身体摔到了凹凸不平的岩石上，摔到了白人脚下。他终于明白过来，吓得全身都麻木了。他感觉不到疼痛，也看不见鲜血。

“你听见了没有？”

“听见了。”

“说‘长官’。”

“是——”

话卡在了喉咙里。他张大的嘴巴里只能发出模模糊糊的声音，嘴角吐着白沫。他双眼盯着白人，眼里却闪烁着一片泪光，他看不清他。接着，房间里的桌子、椅子、区专员、白色的墙壁——整个世界，又开始旋转起来，越转越快。他抓住桌子，试图稳住自己。他不想要那笔赏金了，也不想知道自己干了些什么。

我实实在在地告诉你们：一粒麦子若未掉在地上，仍旧是一粒；若掉在地上死了，就会结出许多粒来。

——《约翰福音》第十二章第二十四节

（基希卡在《圣经》中用红笔画出的一节）

我又看见了一片新的天地，因为旧的天地已经消亡。

——《启示录》第二十二章第一节

十四

一九六三年十二月十二日，肯尼亚摆脱英国的殖民统治，赢得独立。午夜前一分钟，内罗毕体育场里所有的灯光熄灭，黑暗一下子吞没了整个体育场，淹没了整片从五湖四海赶来参加午夜独立庆典的人潮。英国国旗快速地降下来。当灯光再一次亮起的时候，一面崭新的肯尼亚国旗已经在空中迎风飘扬。军乐队奏响新的国歌，崭新的红绿黑三色相间的肯尼亚国旗飘荡在半空中，一浪接一浪的欢呼声从人群中爆发出来，不绝于耳。欢呼声震耳欲聋，像是成千上万棵大树一下子压倒在体育场内厚厚的泥土上所发出的声音。

尽管天空中飘洒着毛毛细雨，全村的男女老少仍然纷纷热拥上街头，载歌载舞。各家各户都在门口放上煤油灯，照亮漆黑的大街。通常到了这样热闹的场合，一些年轻的小伙子会拿着手电筒成群结队地走在一起，躲在漆黑的角落里交头接耳，实际上是想在人群中寻找心上人。妈妈总不忘叮嘱女儿在这样漆黑的夜晚要保护好自己，谨防被坏人奸污。姑娘们知道躲在角落里的小伙子正在偷看自己，故意摆动着翘臀，在路中央尽情热舞。每一个人都在等待着即将发生的事情。这种等待和随之而来的疑惑（就像产妇生产时又喜又怕的心情）是隐藏在尖叫声、呐喊声和大笑声下的一根紧绷的绳子。人们一路高歌着从一条街走到另一条街。他们歌颂乔莫，歌颂卡格吉阿，歌颂奥廷加。他们回忆瓦亚基，那个在十九世纪就向尾随卢吉来到达格雷迪的白人挑战的英雄人物。他们同样也记着自己村子里的英雄。他们用歌声唱出基希卡在森林里的英雄事迹，并且认为只有穆苟在壕沟里和拘留营里的英勇行为才可以与之媲美。他们一边唱着圣诞颂歌，一边跳着舞。所有这些以往都只在男孩女孩接受割礼、表示成年的仪式上才会表演。表演结束之后，人们伴着乐曲从一条街游行到另一条街。人群中有个女人建议大家到隐士穆苟的家门口去唱歌。这一呼吁很快得到响应，甚至还没来得及讨论，人们便冒着细雨，唱着歌，摸黑向穆苟家挺进。人们把穆苟的房子围住，一个多小时里，每个人的嘴里都在呼唤着英雄的名字。人们把穆苟的名字编进新的传奇事迹和幻想故事里，盼望着穆苟能够走出屋子，加入进来，但他始终没有开门。到了午夜十二点，大家不约而同地发出一声长长的呐喊。接着，女人们一起呼喊五位圣灵，欢迎圣子降临，欢迎圣子长大成人。这些歌声是歌颂基希卡和穆苟的——村里两位救世英雄。然后，人们就都回到各自的家中等待黎明的到来，到那时独立庆典活动才真正开始。

后半夜，淅淅沥沥的毛毛细雨变成了瓢泼大雨。闪电紧跟着响雷直劈向大地，在天空中划出一道道白光，穿过墙壁的裂缝，霎时把屋子照得透亮。随着雨势的增大，风也越刮越猛。响雷轰隆隆地打了一夜，猛烈的狂风咆哮着，豆大的雨点噼噼啪啪地打在随风摇曳或已被风刮断了的树木和树篱上，到处都发出一片“嗖嗖”的声响。有些屋顶的茅草已经腐烂，雨水顺着屋顶上的裂缝滴滴答答地落进屋内，在地面上积起一个个小水坑。为了避免被雨水滴得透湿，人们只好不停地移动床铺的位置，但是不管移到哪里，屋内总有新的裂缝出现。

这一晚的风和雨来得那么凶猛，有些树木直接被连根拔起，有些树枝被吹断了，有些树干折断了。

这一切都是我们第二天在前往融尔广场的路上看到的。今天，融尔广场上将举办各种庆祝独立的运动会和舞会。峡谷坡上的庄稼也在昨夜的狂风暴雨中受到重创。奔流而下的雨水在泥土松软的斜坡上冲出了一条条“之”字形的浅沟。连根拔起的土豆和豆类植物被风吹得满山满谷。地里的玉米秆虽然还挺立着，但是上面的叶子已经被吹得稀巴烂。

早晨的天空阴沉昏暗，我们担心全天都不会放晴了。不过雨已经停了，空气温和清新，一股令人亲切的暖气从肥沃的土地中渗出来，慢慢涌进我们心田。

组织的独立委员会之所以选择融尔作为庆典活动的举办地，是因为它是周边所有村子的中心。整个广场呈斜坡状，向融尔商业区倾斜的坡度较大，不大安全；地面上用白色粉笔圈起的跑道坑坑洼洼，凹凸不平。

第一个节目是校园跑步比赛。孩子们身穿绿色、蓝色或棕色的校服，打扮得整整齐齐地出场了。每所学校都有自己的拉拉队，场上欢呼声、呐喊声不断。孩子们跑着跑着就跌倒了，爬起来继续向前跑。现场有两支青年乐队，在比赛休息时间，他们吹着军号，打着军鼓，奏出胜利的军乐，为人们助兴。这两支乐队属于组织的青年团。校园跑步比赛过后，紧接着是传统舞蹈表演。未受割礼的男女跳着充满活力的穆苏奥民族舞，点燃了所有人的激情。他们用粉笔和红色赭石化妆，并在膝盖上系着叮当作响的铃铛。年轻的俊男靓女跳的是穆春娃舞；年纪大一点的女子，穿着米苏鲁裙，戴着成串的珠子，跳着恩杜摩舞。整个上午，基孔由从这头跑到那头，四下查看，确保所有节目都能够顺利进行。今天是他的节日，他感到非常骄傲，一心想让这个庆典活动获得巨大成功。

前来观看节目的人数不像基孔由预想的那么多。与他所期待的独立庆典日刚好相反，一上午的活动，从体育比赛到舞蹈表演，都笼罩在一种阴沉沉的气氛之中。

但是，就在上午的活动快要接近尾声的时候，沉闷的空气似乎被一件事打破了。主持人宣布要举行三英里赛跑活动（绕广场整整十二圈），男女老少都可以参加。这项临时安排的比赛（独立活动议程上没有长跑比赛）使得整个集会沸腾起来。呐喊尖叫声四起，随处可以听见人们互相鼓励对方参加比赛的叫嚣声。每当有女人走上赛道，周围都会响起赞赏的笑声和掌声。当披着毯子的瓦瑞走上赛道时，全场响起了最热烈的掌声。坐在婉布依旁的梦碧看到瓦瑞走上起跑线，激动得笑出了眼泪。孩子们则围在年长的参赛者身边蹿上蹿下。

“我们也去跑吧。”姆瓦乌拉对卡兰贾说。

“我骨头都硬了。”卡兰贾推辞道，把目光从梦碧身上移到跑道上那堆衣着混杂的参赛者身上。

“少来了，兄弟。你以前可是长跑能手。还记得在曼古奥的那些日子吗？”

“你参加吗？”

“当然参加了——和你较量较量。”姆瓦乌拉说着，一把抓住卡兰贾的手，把他拖过去。

卡兰贾的突然出现，让基孔由心里一惊。为了避免和卡兰贾面对面，基孔由走到瓦瑞身旁，兴致勃勃地和他交谈起来。看到基孔由，卡兰贾犹豫了，他没想过基孔由也会来参加比赛。这时，他打心底里鄙视这个小木匠。他想起他俩以前跑去看火车的事，毅然下定决心，决不放弃这场比赛。那场没演完的戏将在梦碧面前再次上演，而且就在同一个火车站的几码之外。也许这一次，他不但会赢得比赛，还能赢得梦碧。要不然，她为什么特地写那张便条呢？卡兰贾一边弯腰解开鞋带，一边乐观地作出推断，虽然心里隐约感到不安。姆瓦乌拉正在一边和R将军、科伊纳中尉闲谈，他特意伸出右手食指来比划，像是在强调什么似的。参加比赛的有男有女，还有学生。哨声吹响前的那一刻，全场突然安静下来，各位参赛者也都提高警惕，蓄势待发。哨声响起，伴随着起跑线上涌起的一阵骚动，场外顿时爆发出一阵阵呐喊助威声。参赛的人互相踩踏。一个男孩摔倒在地，竟然奇迹般逃脱了纷纷踩下的大脚，没有受伤。

比赛刚开始没多久，瓦瑞就退出了。他走到婉布依和梦碧身旁坐下来。

“你？我再也不会相信你的体力了，”梦碧冲他开玩笑道，“你可真让所有支持你的女人感到羞愧。”

“还是让年轻人去玩吧，”瓦瑞慢慢地摇着头说，“在我们那个年代，为了追赶偷牛的马塞人，不知道要跑多少英里。我告诉你，那绝对不是游戏。”

第一圈结束前，许多运动员和瓦瑞一样，纷纷退出比赛。众多女参赛者中，只有一个人坚持跑完了第三圈。第四圈跑完的时候，又有不少人退下来。就在这时，梦碧突然发现场上的卡兰贾，举在半空中的手臂顿时僵住了。她想起昨天的事，刚才的兴奋一下子消失了。看到卡兰贾和基孔由出现在同一跑道上，梦碧感到局促不安，恨不得此刻和父母一起待在家里。卡兰贾为什么不听她的劝告，还是来了呢？难道他没有收到那张便条？看到跑道上的R将军，梦碧想起了他两天前说过的话，这让她更加意识到情况不妙。她写了那张便条后，情况就变了。那时，她还不知道村里被人们大加歌颂的英雄才是真正出卖基希卡的叛徒。她怎么能把这一切跟人说呢？穆苟的眼神和脸色看上去是那么痛苦，她怎么可以给他带去更多痛苦呢？梦碧想起了昨晚，穆苟一只手捂着她的嘴，另一只手笨拙地去掐她的喉咙。当时，他目光呆滞，眼神空洞。听到她的问话，穆苟的双手突然松开了。他跪倒在她面前，结结巴巴、顺服地忏悔着。

“梦碧！”他哽住了，双手无力地张开，随后又缩了回来，痛苦地捂住脸。见到穆苟的神情、姿势突然改变，梦碧惊讶得说不出一句话来。尽管很害怕，但她还是把自己颤抖的手放在穆苟的肩上。

“听着，穆苟！我看见我哥哥死了。区专员和警察都在场。”

“你有眼睛和耳朵。难道你不知道是谁背叛了你哥哥？”

“是卡兰贾！R将军告诉我们的，你也在场。”

“不！”

梦碧吓得身子往后一缩，从穆苟低沉的呐喊和苍白的面容中，她明白了事情的真相。

“是你！”

“是我——是的，就是我。”

穆荀没有看梦碧，他的声音听上去像是在乞求梦碧的原谅，也打动了她。但她控制不住对他的憎恨和自己身体的颤抖。穆荀一动不动地僵在原地，梦碧慢慢地走到门口。她没话可讲，没有感觉，也意识不到自己还在人世。她机械地快速打开门。外面很黑，她连走带跑地冲进夜色中。四周那样漆黑，甚至连房屋和其他物体的轮廓也被吞没了。天空中飘着毛毛细雨，她听到男男女女在细雨中唱着独立颂歌，声音听起来那么遥远，像是从别的村子传来似的。

早上，梦碧告诉婉布依：“穆荀不想来参加这些活动，我们就不能让他一个人待会儿吗？”梦碧了解的真相让她陷入两难境地。无论是卡兰贾还是穆荀，她都不想有人因为她哥哥而送命，或受到伤害。她希望能把这一切告诉基孔由，因为他也许能想出对策来。为什么卡兰贾不顾她的警告，还是来了呢？她在心里纳闷。突然她又生起自己的气来：她关心那个毁了自己生活的男人干什么？

“怎么了？”婉布依问道。

“没什么。”梦碧连忙答道，接着一个劲地鼓起了掌。

基孔由一边跑，一边试着去想些别的事情：人群中半熟的面孔、斜坡下的融尔商业区、周边的白人殖民区。独立之后，白人真的会把土地还给黑人吗？这对村民有影响吗？融尔火车站里传来火车轰隆隆的汽笛声。他想起了住在东非大裂谷的父亲。他还活着吗？他长什么样？他的思绪不断延伸，从童年想到了青年，想到和梦碧的恋爱，想到基希卡、紧急状态、拘留营、路上的石头，想到回家后发现梦碧的背叛，情景一幕接一幕快速闪过他的脑海。梦碧对他的人生造成了多大的影响啊！没了她，基孔由就像卸下了盔甲的士兵，一下子就垮了。他生气地摇了摇头，迫使自己全神贯注于眼前的比赛。他和卡兰贾再次成了竞争对手。可这次他们是为了什么而竞争呢？他们是为谁而比拼呢？卡兰贾只是在嘲笑我，基孔由心里想。他强压住对卡兰贾的憎恨，一边大口大口地喘着粗气，一边伸手擦去额头的汗珠。他继续跑，渴望打败卡兰贾的欲望激起了他的斗志。他在卡兰贾后面紧追不舍，打算先保持一定的速度前进，保存体力，到最后一圈时再一举冲刺，跑到前面。他相信自己的力量。

比赛进行到第七圈时，姆瓦乌拉跑在第一位。几米之后紧跟着的是卡兰贾，然后是R将军、基孔由、科伊纳中尉和另外三个人，大多数参赛选手都退出了比赛。跑道四周的人兴奋地站起来，一会儿为这个加油，一会儿又为那个助威。加油，加油，他们大声呐喊着。长跑比赛在泰北向来很受欢迎，人们都鄙视短跑比赛，认为那是小孩子的游戏。甚至那些受过卡兰贾（前政府酋长兼民团团长）伤害的人，在这激动人心的时刻，也暂时摒弃前嫌，为卡兰贾打气。

卡兰贾心里回想着很久以前发生在火车站旁的那一幕：当时，他怔怔地站在那儿，尽力不去想基孔由和梦碧两人单独落在后面的事情。他是多么渴望梦碧啊！主啊，为了她，他曾在森林里用吉他弹奏出多么哀怨的曲调！如果当初他下定决心采取行动，也许他早已得到她了。后来，他向梦碧求婚，她微笑着拒绝了。梦碧的拒绝根本无法让他死心，他一直在等待机会。基孔由被抓进拘留营后，卡兰贾突然意识到，决不能让人把自己从梦碧身边带走。于是，他出卖茅茅组织，招供了誓言，作为留在梦碧身边的代价。接下来发生的一连串事情让卡兰贾越来越依赖白人。那种依赖赋予了他很大的权力——饶恕人、监禁人、杀死人的权力。男人在他面前畏畏缩缩，低三下四；他鄙视他们，同时也害怕他们。女人愿意把赤裸的身体献给他，甚至一些最体面的女人也会在晚上偷偷跑到他那儿去。可是梦碧，他的梦碧，从来没有取悦过他。他永远不会去强迫她。可笑的是，就在他快要认为自己无望时，梦碧却躺在了他身下。他感到一阵短暂而强烈的胜利感，事后几秒钟，这种感觉便完全消失了，他的内心被无尽的孤独和羞愧所吞噬。他趁机占了她的便宜。所以他认为，就因为这事，梦碧才鄙视自己。他不敢正视她——在那只鞋砸中他的脸、砸得他眼泪直流之后。一直以来，他都希望梦碧能够心甘情愿地跟他好，因为对她而言，他是重要的、无法抗拒的。此刻，他是在为她奔跑。难道她没有再给他一次机会吗？她的便条把他从可怕的绝望中救了出来。汤普森离开了，白人也会离开。卡兰贾相信，只要汤普森在，白人的权力就不会真的完蛋。这也许是因为汤普森是卡兰贾看见和遇到的第一位白人？在泰北人眼中，紧急状态之前，区专员汤普森就是白人政府和最高权威的象征。白人统治给了卡兰贾巨大的保障——而现在，这种保障已经连根动摇、瓦解。他走在阴暗的回廊里，看不见阳光。就在那时，他收到了梦碧的便条：告诫他别来参加今天的庆典活动。为什么？姆瓦乌拉已经邀请了他，而当时绝望的他已经拒绝了。但梦碧的便条又让他对那件事重新考虑了整整一个晚上。考虑得越久，想见梦碧的渴望就越强。泰北终究是他的老家：谁敢说不许卡兰贾回家？卡兰贾在内心深处相信，他已经在身体上征服了梦碧。不管怎么说，她不是把他的孩子生下来了吗？他没有把她的忠告当回事，只把它看成女人历来的行事风格。他和姆瓦乌拉来到融尔，获知梦碧已经离开丈夫，他的这种想法就更加坚定了。便条强烈地触动着他的心。他痛苦地思忖着：我这一生，都在为她奔跑。可这只是片刻的工夫。他决不能让这种想法影响他眼前的胜利。这是他最后的角逐了。如果他得到梦碧，他的人生就圆满了。肯尼亚独立以及随之而来的种种威胁伤害不了他，没有什么事能影响他。于是，卡兰贾加快脚步，一定要在第十圈赶上姆瓦乌拉，一定要甩掉基孔由，这家伙像虱子一样紧咬着他。

此时，基孔由已经超过 R 将军，位居第三。他咬紧牙关，奋力向前跑。他知道梦碧正在观看，不想当着她的面输给她的情人。她就是来嘲笑自己的，他想。她过来就是为了炫耀自己已经独立。他有两次走到她坐的地方，和婉布依说话，无视她的存在。可那样做反而让他更气愤，更觉得自己愚蠢。他看见卡兰贾加快步伐，于是自己也加速了。到目前为止，还没有一个人打破第八圈时形成的先后顺序，但是场外的观众已经感受到跑道上紧张激烈的气氛。

那一刻连梦碧也忘记了内心的压力，全身心地关注起场内的情况。她希望基孔由能赢，但又祈祷他输。梦碧一边对基孔由笨手笨脚的跑步姿势评头论足，一边紧张地看着他的步伐。她为落后于基孔由的R将军、科伊纳中尉加油。她手中挥舞着白手绢，心里一个劲地呐喊：加油，加油。每当卡兰贾从面前跑过，她都会感到局促不安，而且无法控制这种感觉。

R将军跑起来显得很轻松。在紧急状态之前，他什么长跑比赛都参加过。像这样的长跑，他甚至已经总结出自己的一套经验。“他们就是检验你能坚持多久，”他常说，“你要对自己说：我不会放弃，我会坚持到最后。”R将军跑起来姿势优美，有节奏感。他一边跑，一边在脑中排练要在下午集会上发表的演说。他被邀请代替穆苟在下午的集会上演讲。基希卡的灵魂会主宰整场集会，R将军下定决心一定不让基希卡失望。

他的思绪已不能再集中于脚下的比赛，而是不知不觉地飘回了涅里。那是他出生的地方。上学是他儿时的梦想和期盼。他回想起小时候，自己常常打零工，或者出点力气替别人种地。他父亲是殖民区里一名普通的邮递员，后来当上了主任助理。他给这个家庭带来的只有暴力，甚至还经常向老婆儿子勒索钱财。他是个不折不扣的恶魔，常常喝得醉醺醺地回到家，用拳头狠狠揍自己的老婆。她只是一味地哭泣、抽噎，像只关在笼子里的动物。穆霍亚（R将军原来的名字）会害怕地躲进角落里，或者直接跑出家门。他恨自己还没长大，也恨自己没有足够的勇气。可他不会像其他孩子那样号啕大哭——甚至父亲的巴掌落在身上时。总有一天我会杀了他，他暗自发誓。他从来没有跟任何人说过自己的想法——甚至对母亲也没提过。总有一天他会杀了这个暴徒——母亲会感激得哭起来，尽管她从来没有抱怨过干不完的苦活和家常便饭似的殴打。随着他慢慢长大，内心的报仇烈焰渐渐平息。最后和父亲算总账的日子也一拖再拖。可是这一天还是出其不意地来临了。那天，穆霍亚刚刚接受过割礼回到家，看见父亲又在殴打母亲。那一瞬间，这个年轻人觉得时候到了。“如果你想要你这条命，”他嚷道，“就别再碰她。”听了儿子的话，父亲一下子怔住了，扬起的手臂也僵在半空中。他没听错吗？他像只受到了挑衅的狮子一样暴跳如雷，举起手臂狠狠地向儿子抽去。然而，身强体壮的穆霍亚一把抓住父亲的手臂。多年的憎恨和恐惧让他发了狂。父亲和儿子扭在一起，展开了生死打斗。儿子眼中看见的不是父亲，而是一个无端施暴的行凶者，一个会向最亲的家人勒索钱财的殖民暴徒；父亲眼中看见的不是儿子，而是一个拒绝顺从的臣民。然而，穆霍亚没有想到奴隶竟会背叛。他母亲抓起一根木棍，帮起了她的丈夫。这一刻穆霍亚迷惑了，呆若木鸡地站在那里，不敢相信自己的眼睛。“他是你父亲，是我丈夫。”她冲儿子嚷道，一棍子重重地打在他肩上。他发疯似的冲出家门，第一次哭了。“我不明白，我不明白为什么。”后来，他很开心地被英国招去参军。可他从没忘记那次经历，从来没有。直到后来，他看见有如此多的肯尼亚人竟然非常自豪地维护自己的奴隶身份时，他才理解了母亲当时的行为。

梦碧的加油声把R将军拉回到现实。他加快步伐，表示自己听到了梦碧的助威声。他很快便把科伊纳中尉远远地甩在后面。他拼命跑着，不愿回想过去。他决不想再经历一次那样的童年。

于是，这幕大戏加快了进程。科伊纳试图缩短和R将军之间的距离，可他怎么也无法集中精力对付眼下的跑步比赛。他情绪低迷，已经连续两天了。他自己也不明白这是怎么回事。他在二战和独立战争期间经历过很多险恶，那些经历教会了他怎样应对生活中不期而至的意外。他曾经为自己在二战中当过伙夫而骄傲；战后，他还洋洋得意地跟人说起自己的职业，直到他始终找不到工作，才感到垂头丧气，稍稍醒悟。科伊纳因为总爱抱怨而常跟老板起冲突。他常拿自己在战争期间为白人尽过职来举例，声称自己应该得到更好的待遇。在附近一家制鞋厂工作时，有一次他当着其他工人的面对老板说："我要更多的工资。我要像你一样有一栋体面的房子和充裕的粮食。我还要一部像你那样的汽车。"于是，他被赶出了制鞋厂。那一次经历让他清醒了一点。也正是在那之后，他去为那个女人工作了。他喜欢她的狗。他小时候曾养过一条捕捉羚羊的猎犬，他多么想带着她精心饲养的狗到森林里去捕捉野兔和羚羊啊！女主人看到他和自己的狗相处得很融洽，看上去非常开心。每个圣诞节，她都会送礼物给他。这时，科伊纳心中就开始盘算了：这条狗吃的牛排都可以养活一大家子人，花在这条狗身上的开支超过了十个肯尼亚工人的工资，这条狗还有自己的房间，床、床单、毯子一应俱全！再看看这个女人！她没丈夫，没孩子，没有别的亲人。但是，她一个人住着可以住下好多户人家的大房子。怎么可以这样？为什么他就应该住在破旧简陋的小屋里，而这个女人和她的狗住得这么奢侈？他开始躁动不安。他宣誓加入肯尼亚自由军队的时候多么开心啊！他看到了出路。等到我们最终争取到独立，就可以纠正所有的错误，就能把琳德博士一类的白人和她的狗赶出肯尼亚。说到底，肯尼亚是我们黑人的国家。

他等待的那一天终于来临，他就要进入森林成为自由战士了。但在进森林前，他要狠狠教训琳德博士一顿。他带着两个人闯进她的大宅，抢走了两杆长枪和一把手枪。"永远别让我在这片土地上再看到你！"他一边冲她吼，一边疯了似的拿砍刀往那条狗身上狠狠劈去，"听见没？别让我在肯尼亚再看见你这张脸！"

多年艰辛的军旅生活和战场上的生离死别，让科伊纳几乎忘记了那件事。直到那一天，他前往吉希马找姆瓦乌拉，商量引诱卡兰贾参加星期四的独立庆典活动，他再一次看见了琳德博士和她的狗。她就在他眼前，像是在嘲笑他：看吧，我仍然住着大房子，我的财产还在不断增加。吉希马没有发生多大变化。这片白人专属居住区似乎反而在扩大。为什么她还留在肯尼亚？为什么所有白人不顾肯尼亚独立的警铃，还待在肯尼亚？独立真的可以帮他和R将军这样的人改变命运吗？这些疑惑让他一下子不安起来。琳德博士还顽强地留在肯尼亚，这一事实像个可怕的魔鬼一样缠着他。他感到害怕，甚至有一种不祥的预感。他试图把这一切告诉R将军，但又不知道怎么开口……即使现在，他跑着步，一想到那次意外的碰面，他全身还是会不住地发抖。那个鬼魂就是来吞噬他的生活的：沁凉的独立美酒在他的口中变得淡而无味。此刻，R将军已经把科伊纳远远地甩在后头。科伊纳吃力地鼓着劲向前追赶。人群中涌起的一阵呼喊声给他无力的四肢注入新的活力。只有努力，只有努力，他喘着气默念道。

比赛进入第十一圈，基孔由加快速度，猛地冲到卡兰贾前面。顿时，人群中掀起一阵新的尖叫声和呐喊声。这给了暂时落后的卡兰贾新的力量，他拼命地往前跑，试图重新超过自己的对手。不久，基孔由超过了姆瓦乌拉。姆瓦乌拉想奋力追上去，却力不从心。卡兰贾紧随其后，也超过了姆瓦乌拉。姆瓦乌拉突然泄了气，落到最后一位。此刻比赛变成了基孔由和卡兰贾之间的角逐。几乎没人知道这场比赛背后隐藏着的真正动机和情感纠葛。人们只能感受到一种不同寻常的紧张气氛。到了最后一圈，基孔由和卡兰贾并排跑着，不分上下。有那么一瞬间，卡兰贾似乎就要超过基孔由了，但是基孔由像是神灵附身似的，全身有着无穷的力量。这两个人的赛跑已经到了不顾一切的地步。场外的人紧盯着他们的脚步，气氛异常紧张。

就在这时，意外发生了。基孔由正从山坡上往下跑时，路边的一丛杂草缠住了他的一只脚，使他重重地摔倒在地上。他的身体绊倒了紧随其后的卡兰贾。欢呼声戛然而止。R 将军和他身后的几个人赶上来，从他们身边经过，向终点冲去。接着，场上出现异常混乱的局面。人们纷纷向摔成一堆的那两个男人冲去。就在基孔由摔倒的瞬间，梦碧手中挥舞着的手绢一下子掉到地上。“天呐！”她惊呼道，穿过场地向基孔由跑去。她跪下来，仔细地检查着基孔由的头部。因为疲劳和满腔的怒火，基孔由一下子没反应过来发生了什么事。卡兰贾先清醒过来，用左肘艰难地撑起身子，看到梦碧温柔地抱着基孔由的头，他的双眼顿时失去活力，身体又重重地倒在地上。人们把他们团团围住。梦碧发现基孔由没什么大碍，想起他们还在分居，窘迫地拨开人群，一句话也没说就径直回家了。围观的人也纷纷散开，一边走，一边争论、猜测着：这两个人本来谁会赢？有些人支持卡兰贾，有些人站在基孔由一边。人群渐渐离去，几乎没人注意到基孔由还躺在地上，没有站起来。他不停地冒着汗，整张脸因剧烈的疼痛而变了样。他试着爬起来，但呻吟了一阵后，又坐了回去。直到后来被匆匆送进医院，才得知基孔由摔断了左臂。

就这样，上午的活动结束了。

下午，太阳出来了，天空明亮起来。早上飘浮在空中的薄雾也散开了。地面热气腾腾，就像刚刚拉出的牛粪一样。蒸气弥漫，在空中慢慢散开，最终消失在晴朗的天际。下午将要举行典礼，悼念牺牲的勇士，祝福美好的未来。人人都仿佛在做着各种准备，等待这一隆重场面的到来。除了上了年纪的老太太以及少数病残人员之外，村里大多数人都前来参加这个集会了。这是基希卡的节日，是穆荀的节日，是肯尼亚人民的节日。

恩代亚、拉里、利穆鲁、恩杰喀、喀比特和卡拉拉鹏的村民坐着货车和大巴车赶来了。车子停下后，村民们鱼贯进入融尔广场。广场上人山人海：学生们穿着五颜六色的卡其布校服，宛如一道亮丽的彩虹；没上学的小孩穿着破衣烂衫，苍蝇在他们生疮的嘴角和眼边嗡嗡打转。女人们有的系着围裙，穿着裙子，脖子上挂着美丽的珠子；有的穿着印花棉连衣裙，露出迷人的左肩；有的穿着时尚的礼服；还有的伴着耶稣圣歌，唱着传统的独立颂歌。男人们则三五成群地站在一起，谈论着独立后美好的未来；有些是无业游民，身上穿着从未沾过肥皂水的衣服，他们在谈论：政府还会严惩交不起税的人吗？工作岗位会增多吗？会有更多的土地吗？富有的店铺老板、商人和地主则在讨论自己的生意前景：既然夺回了政权，政府会对印度人采取限制措施吗？

大家都坐下来。被我们打趣地称为“独腿冠军”的吉苏阿高兴得放声大哭。

虽然大家坐得很凌乱，但整个人群看上去很和谐。这种壮观的场面美得有几分动人。

人们在基希卡被吊死的地方栽了一棵树。两只没有一丝杂毛的纯黑大公羊拴在旁边的一块石头上，准备祭祀时使用。在悼念完为肯尼亚独立奋勇拼搏、英勇献身的英雄后，瓦瑞和来自基欣戈的两位长老负责主持神圣的祭拜仪式。姆布古阿和万吉库坐在靠近主席台的两个显眼位置上。主要发言人和庆典活动领导人的座位都围着高高立在主席台上的话筒。梦碧在村子里听说基孔由摔断了胳膊，便匆匆赶去了医院。

大家等待着。

自昨天夜里起，全村就笼罩着一种屏声静气、悄然等待的气氛。似乎大多数人仍然期待穆荀能上台发言。他们想见一见本人，听一听他的声音。穆荀的传奇事迹在人们中间传开了，几乎成了家喻户晓的故事，今天到场的很大一部分人都是冲着他来的。很多相互矛盾的传闻一夜之间成了振奋人心的传奇事迹，而且似乎很难被驳倒。不管怎样，尤其是在我们村子里，没有人会较真去否认。有人说，在拘留营里，白人朝穆苟开枪，但是子弹打不到他。穆苟还带领许多人逃出拘留营，后来这些人都进入森林作战去了。除了穆苟，还有谁能够把信件从牢房偷偷地寄给英国议员呢？甚至还有人认为穆苟曾与基希卡并肩作战，攻破了玛溪警署。所有这些故事现在都在广场上传颂着。人们一首接一首地歌颂基希卡和穆苟。一种平和的神圣感把我们的心紧紧地团结在一起。我们和远道而来看穆苟创造奇迹、甚至直接和上帝对话的人一样，隐隐约约地预感到会有什么特别的事情发生。这不是一种快乐的感觉，倒像是大难临头而无法逃避的不安感。

党委书记尼亚姆代替基孔由主持大会。他体格健壮，个子不高。紧急状态期间，因口袋中藏着子弹而被白人当场活捉。但据说，因为他那些富裕的叔叔伯伯（他们都是政府的忠实分子）偷偷向警察塞了点钱，再加上他当时年纪还小，只有十七岁，所以才免去一死，蹲了七年牢。当时，要是被抓到身藏枪支和炸弹，可是要枪毙的。现在，尼亚姆宣布由牧师莫里斯·金格里带领大家做祷告，以此拉开大会的序幕。一九五二年以前，金格里就已经是吉库尤希腊东正教教堂里一位很有名望的传教士。后来当局颁布传教法规，这个教会连同其他很多独立教会一起被查封取缔。金格里有很长一段时间没有工作。在中央省土地整合时期，他进入农业部传教，直到今天。他传教时常常一边诵读经文，一边做夸张的表演。他会提高嗓音，双眼仰望天空，接着突然转为轻声细语。他经常捶打自己的胸脯，撕扯自己的头发和衣服。他时而抗辩，时而顺从；时而温柔，时而苦恼；时而告诫，时而许愿。现在，他手拿着一本《圣经》，站在主席台上。

金格里：让我们一起祈祷。主啊，打开我们的心扉。

众人：我们将开口把你称赞。

金格里：以撒、雅各、亚伯拉罕的上帝也创造了吉库尤和梦碧，把肯尼亚给予我们——您的孩子。今天这一神圣的时刻，就像您把自己的孩子从魔鬼手中拯救出来的那天一样，将永远被这世界上所有国家铭记。现在，我们希望您将您的泪水洒向我们。主啊，您的泪水是永恒的祝福。为了这一天，您的孩子、肯尼亚人民已经抛洒无数鲜血。我们屋内的每一根廊柱上，涂抹的不是公羊的鲜血，而是我们肯尼亚儿女沸腾的热血。正是他们的牺牲，才换来了我们的生存。村子里的每一个角落，无论是集市上、田地里还是空中，都能听见孤儿寡母的哭泣声。我们从他们身边经过，试图用嘹亮的谈天声掩盖他们的哭泣。因为我们什么办法也没有。哦，主啊，我们什么办法也没有。但是拉结[1]的哭声永远也不会被淹没，永远不会。哦，上帝啊，穿越沙漠的路途是那么漫长。我们没有水，没有粮食，而敌人紧紧地跟在我们后面，他们驾着双轮敞篷马车，骑着骏马，要把我们带回到法老身边。他们不愿让您的孩子离开，他们打心眼里不想看见您的孩子离开。主啊，有了您的帮助和引领，我们一定能抵达并踏上迦南的海岸。您曾说过，任何地方，只要有两三个人团结在一起，您就会给予他们所要求的一切。那么此刻，我们一起恳求您，当我们辛勤劳作、保卫自由的时候，请您祝福我们的劳动成果吧。正如《圣经》上所写：凡祈求的，就得着；寻找的，就寻见；叩门的，就给他开门。我们以我主基督的名义向您请求这一切，阿门！

众人：阿门。

在青年乐队的小鼓、吉他和长笛的伴奏下，人们开始放声高歌。他们用歌声和言语再现历史，赋予历史新的生命。他们唱到土地分割，唱到瓦亚基，唱到哈里·舒库，唱到纳税和劳役，唱到与传教团的决裂，还有，哦，唱到对教育极度的渴望。他们歌唱乔莫（他就像一把火红的长矛来到我们中间），歌唱他在英国的生活（摩西也曾暂

1 《圣经》里雅各的妻子。

居在法老的土地上），歌唱他归来（他驾着火云，腾着轻雾）拯救他的孩子。他被抓起来，送到洛德瓦尔，但是第三天他又从马腊拉尔回来了。他驾着战车回来了。地狱之门挡不住他，现在，天使也在他面前颤抖。

尼亚姆向公众宣读了议员和区议院成员的道歉信，他们要代表融尔地区参加在内罗毕举办的国家庆典，所以没能来参加这次集会。但是他没提穆苟的缺席。

接下来就是演讲。大多数发言人不是讲述紧急状态期间所经受的磨难，就是高谈组织的成长史。他们为基希卡感到骄傲，他是我们村的儿子，为自由而战，永远不会被人遗忘。他们还重提基希卡的勇敢、谦虚、热爱国土的品质。他为这个国家做出了伟大的牺牲。

每个人演讲线束后，即使只是重复别人讲过的内容，听众还是会一齐欢呼、歌唱。吉苏阿的欢呼和尖叫声盖过了坐在他周围所有人的声音。大多数人一直在期盼穆苟上台演讲。一位演讲者结束，人们就会猜测下一位一定是穆苟。他们耐心地等待着，因为他们相信最精彩的部分都是放在最后的。

最后，尼亚姆宣布，由于不可抗力因素，穆苟不能前来出席集会，改由与基希卡并肩作战的R将军代替穆苟上台发言。听到这个消息，场下一片寂静。这时，角落里有个男人大声呼唤穆苟，这一声音立即得到四面八方的响应，会场沸腾起来，全场的人齐声呼喊着穆苟的名字。随后，齐声高喊变成了胡乱的叫嚷，台下的人群也开始乱糟糟地移动。人们纷纷站起来，一边打手势，一边抗议，好像他们是被骗来开会的。尼亚姆马上找几位长老商量。他们决定再去请穆苟一次。尼亚姆和长老花了不少时间才平息场下的骚动，并承诺立即派两名长老去把穆苟找来，与此同时，请大家坐下来听R将军发言。他们重新唱起了那支壕沟之歌：

他跳进壕沟，
他对士兵讲的话，像矛一样直刺我心，
不许你打这个女人，他说。
不许你打怀孕的女人，他对士兵说。

歌声像琴弦断裂一样戛然而止，场下陷入死一般的寂静。

R将军站在话筒旁，一双红肿的眼睛试图看清台下千篇一律的脸孔。他清了两次喉咙。他知道自己要说些什么。为了这一刻的发言，他已经一个字一个字地排练了无数次。但是此刻，他感觉自己像是站在悬崖边缘，他的双眼很难直视台下。他在森林里度过的无数个日夜此刻浓缩成一个个画面，在他脑际飞快地闪过。他看到基内聂森林里黑色的洞穴，看到在尼扬达瓦森林里躲避不断突袭的炸弹，看到忍饥挨饿、掠食生肉的战士，还看到玛溪大捷。心底的一个声音在呼唤，对他们讲讲这些，告诉他们你和基希卡是怎么部署的。画面和声音消失了，出现在他面前的是杰克逊·基贡杜牧师的脸：在教堂里，在汤姆·罗宾逊召开的集会上，杰克逊一直呼吁人们反对茅茅。他认为白人才是基督徒的手足同胞，号召基督徒与白人并肩作战，恢复遭到破坏的秩序，恢复伟大基督精神对人类的统治。杰克逊曾经三次受到警告，要他停止一切反对人民的活动。“耶稣反对罗马殖民主义者和那些伪善的保安，所以以耶稣的名义，我们要求你共同反抗英国殖民主义！”但是，杰克逊竟然变本加厉。所以只能永远封了他的嘴，让他安静下来。现在，这个杰克逊又出现在R将军面前，嘲笑着他：“我们仍然在这片土地上。我们这些被称为叛徒或卖国贼的人是永远不会死去的。”突然，R将军想起科伊纳中尉最近的不安。科伊纳说他看见先前殖民地上的恶鬼依然在独立的肯尼亚土地上出没。科伊纳说得没错，如今游行在内罗毕大道上的士兵并不是肯尼亚土地自由军队的士兵，而是扛着来复枪的非洲民兵，他们正是殖民主义力量的代表，他们在独立战场上所做的一切与杰克逊在教堂里所做的如出一辙。接着杰克逊的脸变成卡兰贾的脸，变成肯尼亚所有叛徒的脸。R将军有一种马上要被出卖的感觉，这种感觉是那么强烈，使得他在胜利的这一刻不禁颤抖起来。他抓紧话筒，以此来稳定自己的情绪。他突然意识到台下的人群已经停止歌唱，齐刷刷地看着自己，这让他感到惊慌失措。是所有人都能看到那张脸，还是只是头脑中的想象？R将军惊恐地思忖着。他笔直地看着前方，对着那张叛徒的脸。

“你们问我们为什么战斗，为什么选择和野兽一起生活在森林中。你们问我们为什么要杀戮、要流血。

“白人开着车，住着大宅，他们的孩子都有学上。可是谁在耕地，谁在种咖啡豆、茶叶、除虫菊和剑麻？是谁修的路、谁交的税？白人住在我们的土地上。他们吃着我们种的粮食、我们煮的食物。就连桌上的面包屑，他们也全都扔给狗吃。这就是为什么我们要跑进森林战斗。不跟我们站在同一战线的人，就是我们的敌人。这就是为什么我们要杀死黑人同胞。因为，他们骨子里是白人。甚至到了现在，我都觉得这场战争还没有结束。今天，我们独立了。但是，‘独立’的意义究竟是什么？答案就暗含在我们组织的名字中：土地和自由。现在，就让党来领导我们这个国家，重新致力于实现肯尼亚人民不惜付出生命的代价所追求的崇高理想。党决不背叛茅茅组织，党决不背叛独立精神，党决不会把肯尼亚出卖给敌人！明天我们也许会问：土地在哪里？粮食在哪里？学校在哪里？因此，现在就让我们把这些问题解决吧，因为我们不想再有战争……我的……我们的双手，不想再沾上更多的鲜血……”

R将军发现很难再讲下去。看着眼前的这群人，他的顾虑消除了，他知道他们和自己站在同一条战线上，他知道自己说出了他们的心声。杰克逊牧师那张嘲笑的脸也消失了。现在，R将军恢复平静而又自信的口吻。

“我们想要一个建立在人民共同反抗敌人的英勇传统之上的肯尼亚。我们必须尊敬我们的英雄，严惩投奔白人殖民者的叛徒和卖国贼。今天，我们聚在这儿为了纪念这样一位英雄。不久前的今天，基希卡被吊死在这里的一棵树上。我们来到这里是为了纪念他，这位为争取真理和正义而献出宝贵生命的英雄。作为他的朋友，我们希望在这里，当着你们所有人的面，揭开他死亡的真相，让正义得到伸张。据说，基希卡是被民团的人给擒获的，我断定大家都听说了这个传闻。但是，你们有没有停下来问问自己？他是在战场上被捕的吗？为什么他被捕的时候是一个人？为什么他没带任何武器？要我告诉你们吗？那天晚上，基希卡是去见一个人，而那个人却出卖了他。”

R 将军停下来，让听众消化他的话。听众面面相觑，小声嘀咕起来。这场戏比他们预想的更带劲儿。

“继续讲！”场下有人喊道。

“我们听见你说的了。”有些人嚷道。

R 将军接着说：“也许那个出卖基希卡的人就在这里，就在你们当中。我们请他走到台上来，让他当着我们所有人的面坦白并忏悔。”

台下的人东张西望，看有没有人站起来。R 将军等待着，很满意眼下的气氛，这出戏正如他设想的一样进行着。尽管他没看见卡兰贾，却知道他坐在哪儿。他吩咐过姆瓦乌拉和科伊纳中尉盯牢卡兰贾。

“不要让他以为自己躲得过去，”R 将军接着说，“因为我们知道他是谁。他是基希卡的朋友。他们还曾经一起吃饭、饮酒。”

“说出他的名字吧。”吉苏阿站起来嚷道。

“说出来！说出来！”更多的人喊起来，似乎都急着要报仇。

“我给他最后一次机会。让他自己走上前来忏悔。”

突然，人群停止了喧闹和叫喊。他们紧张地坐在那儿，眼睛都望向同一个方向，望着那个正在站起来的男人。他身材魁梧，可他旁边的人看得出他满面愁容。没人看见穆苟来到了集会现场。他身上披着一件脏大衣，脚上穿着一双用卡车车胎做的凉鞋。是穆苟，有人小声嘀咕道。这一声嘀咕越传越远，越传越响。人们不约而同地鼓掌，呐喊起来。这位隐士终于来发言了。另一场戏已被人们抛到脑后。妇女们欢呼起来。穆苟的突然出现破坏了R将军那出戏的高潮，这让他感到有些生气。卡兰贾会不会跑掉？他没有显露出自己的情绪，而是立即把手中的话筒交给了穆苟。人们都安静地等着穆苟发言。

“你们要找犹大，”他开口道，“要找把基希卡引到这棵树下的人。这个人现在就站在你们面前。那天夜里，基希卡来找我。他把自己的生命交到我的手上，我却把它出卖给了白人。这些年来，这件事一直吞噬着我的生命。”

穆苟说一句停顿一下，从头到尾都说得很清楚。可说到最后，他的声音变得嘶哑：“现在，你们知道了。”

场下鸦雀无声。甚至当穆苟离开主席台的时候，也没有人说话。人群自动为他让出一条道。他们都低着头，不敢直视他的眼睛。万吉库哭了。（她后来告诉梦碧：“我哭，是因为他的表情，并不是因为想起了基希卡。”）突然，吉苏阿站起来，跟在穆苟身后。他哈哈笑着，举起一根拐杖指着穆苟，大吼道：“骗子——披着羊皮的狼！”他骂穆苟是个冒名顶替者，还扬言说要和他决斗。“瞧瞧，瞧他这样！——还真以为自己会成为我们的领袖呢。哈！哈！哈！”在一片死寂中，吉苏阿的笑骂声显得尤其刺耳。穆苟和吉苏阿离开后，人们低着头坐了将近一分钟，才站起身，一边交谈，一边四散开去。好像穆苟坦白之后，整场集会就结束了。

乌云遮住了太阳，天空又阴暗下来。尼亚姆、瓦瑞、R将军和少数其他几位长老留下来，打算在暴风雨到来前举行完祭拜仪式。

卡兰贾

后来虽下了雨，却不猛烈。令人烦躁不安的毛毛雨在肯尼亚已经连续下了好几天，不大不小，不紧不慢，没有任何要停的迹象。在这样的日子里，早晚都见不到太阳，若没有钟表，根本搞不清楚时间。

离开独立庆典集会后，卡兰贾回了趟泰北的老家，他母亲一直住在那里。屋子里，卡兰贾正收拾着行李。

“你不喝杯茶吗？”他母亲又问了一遍。她坐在火炉旁，右腿弯曲着踩在一块石头上。她的身子向前弓得厉害，双手搁在拱起的膝盖上，托着下巴。韦利姆是个干瘪的老妇人，一双眼睛空洞无神，双颚向外突出。现在，她正望着儿子安静地整理行李。

“不用。”过了一会儿，卡兰贾无力地说，像是多余的话语会给他带来疼痛似的。

“外面正下着雨，喝一杯热茶暖暖身子——你说不在这里过夜。”

“我已经说了我不想喝茶，什么都不需要。”他提高嗓门生气地说。与其说他生韦利姆的气，不如说他气自己手上的行李包，气这间烟雾缭绕的屋子，气外面的毛毛雨，甚至气这个世上所有的东西、所有的人。

“咳，我只是随便说说。”韦利姆忍让道。

卡兰贾和他母亲之间的关系一直很难说清楚。卡兰贾的父亲有四个老婆，卡兰贾的母亲是他的第三任妻子。他花了大量的聘金把那些女人娶进家门后，便让她们自力更生。他的屋子建在离那些老婆一英里之外的地方。他在情感上从不偏心，对所有老婆和孩子一视同仁。他轮流去找那些老婆，让她们怀上孩子，然后回到自己的小屋里。韦利姆好几个孩子刚生下来就死了，卡兰贾是唯一活下来的，所以他就是个活生生的证据，能证明那个男人的确上过他母亲的床。韦利姆对这个儿子有很高的期望，把他看成是能照顾自己老年生活的人。可韦利姆很早就发现，卡兰贾不是一个勤劳肯干的人，他整天唱歌、弹吉他、追女人。

“你不能再这样下去了，必须干点实事。”她常常这样告诫他，还威胁要砸了或烧了他的吉他。他们经常吵架。每次卡兰贾和她单独在一起的时候（虽然这种情况很少），她总会抓住机会语重心长地对他讲故事，希望用故事让儿子明白懒人的下场。就是这个故事让卡兰贾常常想起他的母亲，也让母亲长期活在儿子带给她的痛苦之中。

“很久以前，”她这样开始，“一个贫穷的妇人和她唯一的儿子相依为命。那个妇人名叫恩乔姬，她想让儿子明白，他们一贫如洗，只能靠辛勤劳动养活自己。但是每天早上，她儿子一醒来，就仔细地擦亮鞋子，熨平衣服，然后出去找他的伙伴一起游荡。傍晚，他总是带着一大堆男女回家，还要求他的母亲给他们做吃的。恩乔姬是个慷慨的妇人，也喜欢屋子里的年轻人。她常常会给他们准备吃的，还给他们讲故事。但是日子一天天过去，看着儿子每天游手好闲，从不拿起农具下地干活，这位老妇人变得越来越伤心。因为不想让儿子在他的朋友面前丢脸，每次那些年轻人在屋子里的时候，她总是把悲伤隐藏起来。恩乔姬是个心地善良的妇人，人们常常称赞她慷慨大方、勤劳能干。这让她儿子颇为开心，他为母亲感到骄傲，人们常称他为恩乔姬的儿子。

“一天，他从很远的村子带回来三个了不起的朋友。他已经到他们家做客过很多次了，而且每次他们都盛情款待他。作为回报，他说如果他们有机会来他家做客，他一定好好招待他们。就这样，他那天要求母亲给他的朋友做一顿丰盛大餐。恩乔姬生起火，在桌上铺一块干净的桌布，拿出盘子和汤匙，还重新擦了一遍，然后进了厨房。儿子非常开心，在朋友面前一个劲称赞母亲和她的手艺。不一会儿，恩乔姬端着三个盘子从厨房走出来，盘子里装的不是美味佳肴，而是三双擦得锃亮的鞋子。她把鞋子摆在桌上。

"'真对不起，我今天没下地干活，'她说，'我一整天都在擦鞋子，所以也就只有这些吃的了。'

"听了母亲的这一番话，儿子羞愧得说不出一句话。第二天一早，他拿起砍刀和锄头就下地去了，一直干到太阳下山才回家。"

"啊，这是在指我啊，"卡兰贾听完故事后会说，"好吧，妈，明天我就和你一起下地去。"

紧急状态期间，韦利姆反对儿子加入民团，反对儿子担任酋长一职，她劝卡兰贾："不要和人民作对。任何违抗人民心愿的人，都不会有好下场。"

尽管韦利姆对卡兰贾所做的事感到羞愧，可她一直没有抛弃这个儿子。正如她所说的，每个孩子都是母亲子宫里掉下来的一块肉，母亲是永远不会抛弃他的。卡兰贾收拾好行李，突然想到了什么，转向母亲。

"我的吉他还在吗？"

"去角落那堆东西里找找吧。"

在此之前，卡兰贾从来没有想起过那把吉他。紧急状态期间，他一次都没有弹过。卡兰贾翻遍那堆破铜烂铁之后，终于从底下把它拉了出来。吉他的木头已经裂开了，上面落满了灰尘和煤灰，还散发出一股烟味。琴弦松动，有两根已经断了。他试图掸去那层灰，但还是放弃了。拧紧一两根松掉的琴弦后，他随意弹拨了几下，灰尘都掉进洞里，发出隆隆的声音。他拿起吉他，朝门口走去。外面，雨依然淅淅沥沥地下着。

"你冒着雨要去哪里？"韦利姆问道。卡兰贾站住了，像是这个问题让他感到吃惊似的。他慢慢转过身来，一双呆滞无神的眼睛微微眨了眨，胸脯鼓起。他正想说点什么，一缕青烟飘进了他的眼睛。他咳嗽几声，朝旁边挪了挪。他的眼里闪着泪花。但那一刻已经过去了。

“我也不知道。”他说。“我要回吉希马。”他果断地继续道。随后他背上包和吉他，走出了屋子。望着卡兰贾离去，韦利姆坐在火炉旁缩成一团，一动也没动。

淅淅沥沥的毛毛雨不断地打在吉他和包上，发出咚咚的声响。吉他上的灰尘和煤烟很快被雨水浸湿了，纷纷掉落下来。他穿过灰蒙蒙的雾气，朝泰北贸易中心的车站走去，双眼笔直地望着前方。一辆巴士在车站停下来，乘客下车之后又马上开走了。卡兰贾不紧不慢地向前走着。他看见梦碧（她一定刚从那辆巴士上下来）头上戴着软边帽，正穿过马路向村里走去。突然，卡兰贾的心跳从先前的瘫痪状态中复苏过来，扑通扑通越跳越快。行走在烟雨中的梦碧看上去更加美丽动人。

可他怎么忘得了早上她跪倒在基孔由身旁时，脸上流露出来的深深的关切？那一幕将卡兰贾重新拉回到痛苦和绝望的深渊。如果她能看他一眼，哪怕一眼，他也许还抱点希望，可是，她似乎完全没有意识到他的存在。

卡兰贾的心依然狂跳不止。梦碧一直没有看见卡兰贾，等走到近处才发现他。看到卡兰贾，她不由惊讶地喊了一声。

“基孔由怎么样了？”他脱口问道。他猜她去了医院，因为下午的集会上他没有看见她。

“他没事。护士说很快就可以出院了。”

“我在下午的集会上找你。我想见你。我想谢谢你给我写那张便条。”

“没什么，一件小事。再说，你也没把它当回事。”

“当时我不知道你是在警告我什么。我以为你想见我。”

“没有。”

“从来没有？”

“从来没有。”因为下着雨，他们说得很快。

“不管怎样还是谢谢你，”停了一小会儿后，他说，“他们想杀我？”

“不知道。”

“我都知道了。姆瓦乌拉告诉了我。”

“谁是姆瓦乌拉？”

“一个和我一起工作的人。就在穆荀去集会的时候——”

“穆荀去了集会？”

“是的，而且坦白了——”

“坦白了？”

“你没听说吗？他在集会上对着我们所有人说的。他真是个勇敢的人。”

“是的！”她附和道，从吃惊中回过神，开始慢慢地移动脚步。“还下着雨，我得回家了。”她说。

“我不能……我不能见孩子……最后一面吗？”

“卡兰贾，你就不能像个男人一样离开我吗？”梦碧激动地说完，迅速转身离开了。卡兰贾看着她疾走的背影消失在雾色中。

“是的，他是一个勇敢的人，”望着她离去的方向，卡兰贾重复道，“他甚至救了我的命。他是为了什么呢？”

卡兰贾重新上路，头和衣服都已经被雨水淋得透湿。两辆巴士一前一后地驶进车站。在前面的是“劫后重生”，后面紧紧跟着的是“幸运一号”。

“内罗毕？”车上的一名票童一边拿起卡兰贾的行李，一边问他。

“吉希马！”卡兰贾紧紧地抓住自己的行李回答道。

“快点把东西拿进来。”还没等卡兰贾找到座位，票童便吹响哨子，车子很快就开动了。这时，后面的“幸运一号”追上来，超过了“劫后重生”。两辆巴士为了赶着去拉下一站的客人相互追逐着。

“踩油门，加大马力。”票童在一旁煽动司机。两辆巴士都想先赶到内罗毕，因为参加完内罗毕独立庆典的人正急着坐车回家。

很快，“劫后重生”抵达吉希马站。卡兰贾下车后，巴士迅速开走了，它已经被对手甩开半英里。卡兰贾走进路边的一家小饭馆。饭馆里面挤满了避雨的人。他把包和吉他靠墙放在一个角落里，在一张空着的小桌子边坐下来。服务生过来后，他点了一杯茶、一个薄煎饼和一碗红烩牛肉，然后双手支在桌子上，托着脑袋，发起呆来。桌子上嵌满乌黑的糖、油渍、肉末、烂土豆的夹缝叮满了苍蝇。菜端上来了，但是闻到那碗热气腾腾的红烩牛肉，卡兰贾想吐。于是他把它推到一边，抿了几口茶，又开始盯着眼前的桌子，却没有注意到桌缝边沿的苍蝇和残渣。门边，一大群人正在叽叽喳喳地讨论独立庆典、乔莫和下不停的毛毛雨。卡兰贾却在琢磨这一天发生的事，他一会儿顺着这条线索，一会儿顺着那条线索，只想理清思路。

他隐约记得集会上自己经历的那场噩梦。R将军要求出卖基希卡的叛徒走上台，姆瓦乌拉坐在他的旁边，科伊纳坐在几米之外。他看到那两个人偷偷交换眼神，然后一齐看向他。也正是在那个时候，他明白过来，R将军的那番话是冲着他讲的，也很快联想到了梦碧的警告。如果他朝台上走去，那些人锋利的爪子马上会将他撕碎的。他头脑中出现一双双手一起撕扯他的肉的画面。这不正是他惧怕的汤普森离开肯尼亚后会发生的情形吗？他害怕黑人的力量：他怕那些罢免汤普森、威胁自己的黑人。他想站起来，当众洗清自己在基希卡被害一事中的罪名，但是，恐惧让他动弹不得。这时，穆荀出现了，坦白了一切，救了他。姆瓦乌拉转过头充满恶意地盯着卡兰贾：“他救了你。”说完，迅速离开了。

卡兰贾想着这些，身体不由自主地颤抖起来。要是当时穆荀没有及时出现，会发生什么？小时候，有一次他看见好几条狗在撕扯一只兔子。它们用锋利的牙齿撕扯它的四肢，最后，每条狗都叼着几块血淋淋的兔肉跑开了。此刻，卡兰贾觉得自己就是那只兔子。但是，想到那么多人被认定为恐怖分子，被自己和其他民团的人打死，他不禁问自己：我为什么害怕死亡？不知怎么的，当时他并没有罪恶感。当他开枪打死那些人的时候，觉得他们不像人，而像动物。起初，这一切让卡兰贾非常兴奋，他感觉自己像是获得了新生，象征白人的一股隐形力量注入他的体内。可到后来，对于这种力量的认识，以及只消扣扣扳机就能解决掉一个生命的能力一点点吞噬了他的良心，这一切变成了一种需要。然而现在，这种力量离开了。梦碧最终还是拒绝了他。那么，穆苟救他又是为了什么呢？这样想着，他又喝了一大口茶。茶水已经凉了，他把茶推到一边。生活就像包裹着大地的黑暗和烟雾一样虚无缥缈。卡兰贾付了钱，收拾起包和吉他，朝店门口走去。

"喂，"一名服务员叫住了他，"喂，你忘了找钱。"

卡兰贾转头接过钱，数也没数便走了出去。他一边往吉希马走，一边悲伤地想，她甚至连孩子也不让我见。为什么今天我想见孩子呢？在此之前，他从来没有过这种想法。一辆汽车从他身边疾驰而过，差点撞上他。卡兰贾往边上移了移，离一旁的河堤更近了，几乎擦过堤岸的苹果树篱笆，却毫无意识。汤普森走了，而我失去了梦碧。他的思绪从一个画面跳到另一个画面，没有连续性。他这一生经历过的事情在脑中突然闪现又突然消失。如果基希卡还活着，出现在他面前，就现在，就在这路上，那会怎样？卡兰贾一惊，看到堤岸的篱笆和四周的黑暗，不禁害怕起来。雨慢慢变小了，天空中飘洒着细长、零星的雨点。卡兰贾的衣服紧紧地贴在身上。基希卡被吊死在树上的那一天，他也去看了。他原以为自己会因为失去一个朋友而感到遗憾或者悲伤。但恰恰相反，他只觉得恶心。基希卡的尸体让人生厌，一些苍蝇还在他干涩的嘴边打转。什么是自由？卡兰贾不禁自问。死了就自由了吗？被关进拘留营就自由了吗？离开梦碧就自由了吗？基希卡死后不久，卡兰贾为了保住自己的性命，坦白誓言，加入了保安团。他干的第一件事是钻进保护罩。这是一个白色的大罩子，可以罩住整个身子，只露出一对眼睛。执行审查任务时，人们排着队，一个接一个地从这些装在罩子里的人面前走过。罩子里的人只要一点头，就说明他面前的这个人和茅茅组织有关联。

此时，站在黑暗中，卡兰贾似乎清晰地看到自己的罩子，几乎可以摸到罩子的眼睛部位留下的唯一的狭长口子。这不是真的，这只是幻想，他安慰自己。此刻，他走到铁路岔口附近。他听到一辆火车正从远处轰隆隆地驶来，他想起与基孔由一起奔向火车站的那场比赛。轰隆隆的火车声慢慢逼近，越来越响。有一天，村里所有的人被召集到融尔车站接受审查。村民一个接一个地从卡兰贾身边经过，罩子里的卡兰贾认出了很多人，他很开心。他知道，没有一个人能认出他。他的思绪又跳到下午的集会。“他真是个勇敢的人。”他想。梦碧也这么认为。穆苟站在主席台上的样子像鬼魂一样出现在他面前，和躲在罩子里的自己慢慢融合在一起。卡兰贾站在岔口，心中回想着集会上无数双盯着穆苟的眼睛。火车离他已经非常近了，他甚至可以听到车轮擦过铁轨发出的尖锐刺耳的声音。就像那天在融尔火车站一样，他再次感觉到，那尖锐刺耳的声音刺进了自己的血肉。他还意识到，黑暗中无数双眼睛正愤怒地盯着自己。火车离岔口只有几码远了。他向前移了一步。火车嗖的一声疾驰而过，车上的灯光、发动机、车厢离他那么近，车子驶过后带起的一阵风将他猛地往后推。他脚下的地面颤抖起来。疾行的火车消失得无影无踪，四周变得更静了，夜也似乎更黑了。

穆 苟

梦碧既想跑又想走，还想在雨中淋雨。她慢慢跑着，心头无法消除的烦恼和负担压得她喘不过气来。对她来说，这真是一个糟糕的下午，而穆苟的坦白更是让这个下午雪上加霜。下午在提莫洛医院里，病床上的基孔由装作没看见她，一句话也没对她说。梦碧走进病房时，基孔由把头转到一边，闭上眼睛假装睡觉。“他认为我是来讨好他，求他让我回家的。”她痛苦地想，“但是，我再也不会回他家了，就算他跪在我面前求我，我也不回去。”梦碧暗自下决心。回到家，她浑身上下已被雨水淋得透湿，姆布古阿和万吉库正坐在火炉边打盹，孩子睡在地板上。与屋外的淤泥、雾气和小雨相比，屋内的温暖让人觉得舒适。梦碧移动着无力的四肢，静静地换上一身干衣服。

“他怎么样了？”梦碧坐下后，万吉库蹑手蹑脚地走过来。

“我不会再去看他了，”她脱口而出，语气像是在责怪父母也妨碍了她寻求平静安逸的生活，“就算他要死了。”

“话别说得这么绝，”万吉库挖苦道，“这些话千万不能在他家说。要记住，他永远是你丈夫，除非他向我们要回聘金。”

“丈夫？再也不是了。”

“嘘！”

万吉库慢慢安抚梦碧激动的情绪，梦碧最后同意继续照顾基孔由，直到他出院为止。

“我们是不会对一个躺在医院里的人不管不问的。就算是敌人，也要把他从危险中救出来。再说，你也不用一个人去照顾基孔由，还有万伽莉，她的勤劳和热心可都是数一数二的。”

梦碧感觉还有人需要自己。她听万吉库把下午的集会和穆苟出现的事详细地讲了一遍。姆布古阿一直坐在火炉旁打着盹。这些日子以来，除了卡里乌基放假回家的那几天，姆布古阿基本上很少说话。听着母亲的叙述，梦碧觉得自己应该做点什么。可我能做些什么呢？她试图打消先前的想法，因为没有人能回答这个问题。屋子里暖暖的炉火让她昏昏欲睡，倦意慢慢地向她袭来，爬上她的四肢和肩膀，爬进她的大脑和心脏，在她身上的每一处关节恣意生长。她想依偎在年迈的母亲身上，寻求慰藉。我能做些什么呢？她再次问道。她听着雨点淅淅沥沥拍打在草屋顶上，陷入无法抵挡的困倦，似乎疲劳反倒成了她不去行动的借口。梦碧坐在椅子上，身体和精神消极面对着眼睛和耳朵感觉到的灾难。"我明天去见穆荀。他当时在场，所以知道。"她劝慰自己上床，躺在孩子身边，"今天夜已经深了，还下着雨。"

第二天一早，她和万伽莉一起前往医院。基孔由坐在床上，手上打着石膏。

她们跟他说了集会上的情况以及穆荀坦白的事，他微微低着头听着。

万伽莉和梦碧发现基孔由颤抖着，就连盖在身上的毯子也跟着发抖。

"怎么了？"以为是他的手臂作痛，万伽莉问道。基孔由似乎没有听见。他直愣愣地盯着对面的墙壁，又像是在看医院外更远的东西。沉默了很长一段时间后，基孔由转过头看着眼前的两个女人。他平静多了，紧绷着的脸上出现柔和的神情，先前的怒容也不见了。他开口说话时吞吞吐吐，声音很轻，似乎还带着点羞愧："他骨子里是个勇敢的人，"他说，"在大家都对他大加赞扬的时候，他却站出来坦白了一切。他本可以成为我们的首领。还有谁会将心掏出来接受众人审查。"他停下来，视线投到梦碧身上。接着，他转过头说："记住，在集会上，几乎所有人都没有资格朝他扔石头。除非我——我们也当着所有人的面敞开心扉，否则我们没有资格。"

听基孔由这么说，梦碧心里感到很害怕，感觉自己像是冲到了云端，又重重地摔回地面。“来之前，我应该先去穆苟那儿的。”她想。

一回到泰北，梦碧就冲到穆苟家，推开门。一切还是那天她离开时的样子。屋子里有一两天没生火了。床铺也没有整理过。一床起毛的旧毛毯从床上耷拉下来，拖到地上。梦碧关上门，匆匆跑去找R将军，却发现R将军家的门紧锁着。“好吧，晚上我再来。”

晚上，她又去了穆苟家，但是屋子里还是没有灯光。她在黑暗中摸索着，突然感到一阵惊恐，吓得大喊：“穆苟！”没有人应她。“他去哪里了？大家都去哪里了？”她环顾四周，退回到门口。她想找一个目击者，任何目击者都行，来驳斥涌入她心中的答案。黑暗中，那些声音在她心中一遍遍回响、呐喊，她很害怕。她打开门，却更加害怕，所以冒着雨，穿过蜿蜒泥泞的小径，一路跑回娘家。

梦碧没有意识到，今天她的反应和那天夜里她从穆苟家跑出来时完全一样。唯一不同的是，那天夜里，穆苟的屋子里有火光，他能够看到梦碧脸上的轻蔑和恐惧（穆苟是这么认为的）。他一直站在那里，久久地盯着梦碧坐过的那张椅子。然后，他关上门，熄灯上床了。他躺在床上，知道自己刚刚失去了一些东西。梦碧蔑视的表情在黑暗中一次次从他眼前闪过，使他不由得一阵哆嗦。今天晚上梦碧怎么看他，为什么对他来说变得这么重要？刚才他离她那么近，看得见她的脸，感受得到她温暖的气息。她就坐在那里，对着他说话，让他看见一个崭新的世界。她信任他，愿意向他吐露心底的秘密。正是这种纯粹的信任使他把真相说了出来。可结果她害怕了，从他身边跑开了。就这样，他永远失去了她的信任。在她心里，他现在是个卑鄙邪恶的人，正如他所看到的或感受到的一样。

就在那时，他突然听到屋外村民正围着他的屋子唱着独立颂歌。在穆苟看来，他们唱的每个字都是对他极大的嘲讽。他为这个村子做过什么呢？他又为任何人做过什么呢？可是现在，他把这种名不符实的信任看成是世界上最甜美的东西。他心想，梦碧会告诉他们的。他看到，不但是梦碧，村里所有人的脸上都流露出对他的蔑视和恐惧。这幅画面在他脑海中是那么清晰，让他害怕得蜷缩成一团。

那一夜，穆苟几乎没合眼。梦碧、村庄、拘留营的画面交织在一起。他看着梦碧，她的脸很快变成他姑妈或者村头老妇人的脸。

第二天一早起来时，他内心出奇的平静。这种平静持续了整整一个上午。先前让他痛苦不堪的画面也消失了。他感到吃惊。在他知道自己要去做什么的时候，为什么还能那么平静？

但是，当那一刻来临时，看着巨大的人群，心中的犹豫一下子摧毁了平静。他看见R将军正在台上演讲，这让他想起卡兰贾。为什么不让卡兰贾去背这一罪名呢？但他还是抛开这种想法，站了起来。如果不站出来的话，他怎么还有脸去见梦碧？他穿过人群朝主席台走去，心怦怦狂跳着，手心也冒出冷汗。他的双手颤抖着，双脚失去了力量，站也站不稳。他知道一切都已经明朗，一切都已经结束。他要勇敢地站在那里，公开承认自己的罪行。他坚定地抱着这种想法。任何东西，哪怕是呐喊声、歌声和赞扬声，都改变不了他的心意。正因为明白这一点，穆苟才有勇气站在话筒前，面对台下突如其来的寂静。第一句话说出口后，穆苟便松了口气。他终于可以放下多年来积压在心头的负担了。从这一刻开始，他就是一个自由、稳健、自信的人。

但这种感觉只维持了一分钟。

他刚讲完话，台下的寂静、内心的轻松和突然获得的自由就一下子压得他喘不过气来，他那美好的憧憬也变得越来越模糊。当他走下主席台、穿过那片寂静的人群时，一阵惊慌攫住了他。他能感觉到自己的存在，感觉到自己跨出的每一步，感觉到不断涌入、盘旋在他脑海的画面，它们由一个永恒不变的主线联系在一起：他要对自己曾经所做的一切负责，也要对自己将来的行为负责。这种意识让他感到害怕。现在，就在这一分钟，没有任何东西能把他重新带回到那个场面。倘若所有人都站起来，用他们锋利的指甲和牙齿撕扯他的肉体，那该怎么办？

在穆荀看来，这一想法变成了事实。他没有走进自己的屋子。他听见吉苏阿的笑声，觉得他正跟着自己。他不想死，他想活下去。梦碧的出现让他意识到可能会遭到的伤害。他徘徊在屋外，凝视着周遭的一切：村庄、喀布易商业区、通向远方的乡路。人们会来找他报仇吗？天上的乌云聚集起来。也许他应该趁下雨前逃离村子。这样想着，他便开始朝大路走去，但刚走出几码，想到可能会碰上从融尔集市赶回来的人，便想穿过村子，走另一条路去内罗毕。他会在那里开始新的生活。

下定决心之后，穆荀匆匆沿着村子的主道向前走，平日里他常常走这条路去田里。正走着，穆荀突然看到参加完集会的村民开始拥进村子。很快，街上和屋子里就会到处是人，到时候，他就很难逃走了。于是他加快步伐。他走到村头老妇人的家门前，心中升起一股强烈的欲望，想走进屋子看看老妇人，就这一次，也是最后一次。最终他还是决定继续赶路，趁着雨还没有下，在天黑前离开村子。

但是，刚走了几步路，就有几滴小雨飘下来。还是先避避雨吧，他想。不管怎么说，如果老妇人在家的话，她难道不会让他躲一下，等到天黑再让他偷偷上路吗？于是，尽管心里有个声音催他快点离开，他还是折回去，穿过马路，走进老妇人家里。老妇人正坐在空荡荡的火炉边，双脚埋在灰烬中。他一进去，老妇人便慢慢地抬起头，在这个漆黑的屋子里，她的双眼透着一股奇异的光芒。

“你——你回来了！”她说，脸部扭曲，半哭半笑，像鬼一样。

“是的。”穆荀答道，体内燃起一股想逃走的欲望，可还是压制住了。

“我知道你会回来的。我知道你会来带我回家的。”老妇人很开心，样子很怪异。她试图站起来，可是身子一摇晃，又坐了回去。慢慢地，她再次站起来。

“这些年来，我一直在等你——我知道，他们并没有真的把你杀死。你知道吗？这些人，我告诉他们，告诉他们我看见你了，但是他们都不相信。”

她颤颤悠悠地朝穆苟走来。但穆苟没有在听老妇人的疯言疯语，因为她的面容突然，变成了他姑妈的模样。穆苟直愣愣地盯着眼前的姑妈，体内又燃起一股新的愤怒。生活只是在不断重演过去发生的事。只是这一次，她逃不了了。她要结束那没有诚意的笑容，结束那鄙视的目光。可是，还没等穆苟行动，她又颤颤巍巍坐了回去。她就这样一动不动地坐在那里，脸上依然挂着笑容。突然，穆苟意识到：这个唯一声称和他有关联的人死了。他把脸埋进自己的双手，怔怔地站了几秒。

过了一会儿，他关上门，冲进雨中。他没有继续先前的计划，而是朝自己的家走去。进屋后，他点着煤油灯，在床上坐下来。湿漉漉的衣服依然紧紧地贴在身上。他双眼直愣愣地盯着对面的墙壁，墙上什么也没有：没有血迹，没有紧随其后的脚步声，没有拘留营，梦碧似乎也变成了一个遥远而模糊的印象。他时不时烦躁地击打床架。头发上的雨水顺着他的脸颊和脖子，断断续续地滴落下来。衣服上的雨水也像断了线的珠子一样，一颗一颗地滴落到他的腿上，继而滚落到地面上。一滴水珠落到他右眼的睫毛上，煤油灯的灯光霎时被劈成无数条纤细的睫毛，水珠钻进眼睛里，和眼泪融在一起，顺着脸颊滚落下来。

他没有伸手擦拭眼睛，什么也没做。

就在这时，屋外响起敲门声。他没有回应。

门开了，R 将军和科伊纳走了进来。

“我准备好了。”穆苟站起身来说，从头到尾没看一眼来访者。

“审判将在今晚举行，” R 将军严肃地宣布道，“由婉布依做审判官。只有我和科伊纳两位长老在场听审。”

穆苟什么也没说。

“单单你的所作所为就可判你有罪。” R 将军平静地说，语气中没有愤怒，也听不出痛苦，“你——任何人都逃脱不了自己的罪责。”

R 将军和科伊纳把穆苟带出了屋子。

瓦瑞、婉布依

瓦瑞凝视着屋外，避开了婉布依那双呆滞无神的眼睛。

他蜷缩着身子坐在门口，一条挂毯盖住整个身体，只露出爬满皱纹的脖子和头发花白的脑袋。婉布依则蹲坐在瓦瑞对面，一双无神的眼睛时不时地望一眼瓦瑞，又看向屋外迷蒙的烟雾和飘着的细雨。瓦瑞感觉屋内的气氛有点异常，于是开口道："这毛毛雨已经下了两天。"

"这样的雨可以下好几天。"婉布依低沉地说。接着，两人又都沉默不语了，像是两个孩子，因为丧失了亲人，生活一下子失去了温暖、色彩和生气。火炉中没有生火。土豆皮、玉米壳、杂草扔得满地都是，屋子里乱糟糟一片，像是已经有一两天没住过人似的。换作别的时候，这种情形肯定会让瓦瑞或者村里的任何一个人感到吃惊，因为众所周知，婉布依的屋子在村子里可是数一数二的整洁。她每天至少扫两次地，所有用具也是一用完就马上清洗干净。在她家里，每一件用具、每一件器械都放在墙边众多架子中的固定位置。至于那几堵泥墙，她也用从韦鲁买来的白色赭石粉刷过一遍，还经常检查，一发现有裂缝就马上补上，有破旧的地方就马上修好。"在她家里没有一个地方可以站，只能站在自己头上。"常常有人会说这话来讽刺别人对她爱整洁的赞美。那天大祭祀结束后，瓦瑞就没有见过她。过去的两天里，泰北村民几乎闭门不出，大家似乎心照不宣地对独立庆典上发生的事避而不谈。有些事困扰着瓦瑞，他努力在心里摸索着答案，却怎么也想不明白，所以就来找婉布依。可是，他们现在的谈话，听起来就像是两人都不知道对方在说什么，好像对方的在场都让自己感到羞愧。

“也许她是被冻死的。”瓦瑞再一次开口道。

“谁?”

“老妇人。”

“唉!”婉布依叹了口气，随便应和着，“那天，我们都把她给忘了。我们不该把她孤零零地留在家里。她年纪大了，是孤独杀死了她。”

“为什么是那天，我想不通。她一直是一个人住的，不是吗?”

“那是因为她的周遭总是一片生气。有炊烟和孩子的吵闹声。但是那天，我们所有人都去参加集会了。所有人。村子里没有炊烟，街上也没有孩子的哭声和笑声。整个村子空荡荡的。”婉布依分析道，像是在证明什么。

“但为什么偏偏是那天?”瓦瑞还是不明白，也像是心里在辩论似的。

“她很孤独，你没听到吗?她儿子回来找她了。那天吉特戈把她带回家了。”婉布依不耐烦地愤愤说道。

“是的，从她看见亡灵的那天起，村子里就有一些怪事发生。”

婉布依看着瓦瑞。这一次，她什么话也没接。

“就是那天，”瓦瑞接着说，“那天!先是基孔由摔断了胳膊。”突然，他停下来，转向婉布依。她正望着屋外淅淅沥沥的雨，没在意瓦瑞心中的困惑和他说的话。顺着婉布依的视线，瓦瑞也朝屋外望去，看见梦碧从灰蒙蒙的烟雾中走出来，离婉布依的家门口只有几码远。梦碧走进屋子，她的鞋子全湿了，还溅满了污泥。雨水顺着她盖在头上和背上的麻袋往下滴。她取下麻袋，轻轻甩了甩，然后把它挂在架子上。婉布依搬了张凳子放在门口，请她坐下。

“真冷啊，”梦碧双手抱胸说道，冰冷的空气穿过她的牙缝不断地发出嘶嘶声，“我今天真倒霉，我娘刚开始生火，所以我就跑您这儿来了，因为您总是生着火。可是，看我碰到了什么。”

"你今天去医院了吗?"婉布依问道。

"嗯,我和婆婆都在那儿。我每天都去。"

"胳膊怎么样了?"

"摔得不严重,就是有点骨裂。很快就可以出院了。"

"出事了……"瓦瑞慢慢整理着思绪,开口道,"所有人都走了。一分钟前,广场上还挤满了人,就像哈里大游行时那样。但是一眨眼的工夫全都走光了。整个广场空荡荡的。只剩下我们四个人(或许是五个?)。我们宰了那两头公羊——为我们村子祈福。可那简直是杯水车薪。这并不是我这么些年来所期待的。"

"你说的这一点,我,所有人都是这么觉得的。我从来没有怀疑过是他……是穆苟干的。"婉布依十分不情愿地说出了她和瓦瑞避而不提的名字。有一段时间,梦碧没说一句话。

"还没找到他。"最终,梦碧换了种语气说道。

"那天之后就没人见过他了。"瓦瑞答道,好像梦碧问了个问题似的。

"也许他把自己锁在屋里了。"婉布依说。

"昨晚我去过他那儿了。门没锁,里面也没上插销,家里没人。"

"他可能离开村子了。"瓦瑞说。

"或许你进去的时候,他刚好在茅房里。"

"但是今天一早,我去医院之前又去了一趟。"

一阵微风夹带着几滴小雨吹进来,打在他们脸上。婉布依伸出手擦干脸上的雨水。瓦瑞低下头,在身上的挂毯上蹭了蹭。梦碧往后仰,似乎想把凳子往后挪一挪,但最后什么也没做。他们依然坐在门口。

"也许,我本来可以救他的。如果那天晚上我去找他的话,也许我可以救他的。"梦碧悲痛地说。

"你在说谁?"婉布依急忙问道,视线躲开了梦碧。

“穆苟。”

“没什么好救的，”婉布依慢慢地说，“听见了吗？没人可以救他……因为……没什么好救的。”

“但是你没看到他脸上的表情，婉布依，你没看见他。”梦碧激动地脱口而出。接着，她缓和语气，继续说：“我指的是集会前一晚。你派我去找他的那一晚——从他的表情可以看出他心里很痛苦。我是指，他脸上的表情和以前的不同，当他告诉我——”

“告诉你什么？”婉布依和瓦瑞齐声问道。这一消息似乎引起了他们的兴趣。

“关于基希卡的死，我哥哥的死。”

“你早就知道了？”

“是的，他告诉了我。”

“你应该在集会前告诉我的。”婉布依责怪道，顿时失去了兴趣。

“我不想有任何事发生。我怎么也没想到他后来会去集会。”

“是的，”瓦瑞赞同道，然后继续先前的思考，带着不解和失望说，“我被他的眼睛骗了。但是我又问自己：为什么在壕沟和拘留营里，他会做出那些事情呢？”

梦碧第一个停止沉思，说：“我得走了。这会儿家里的火肯定生好了。或许我们不用太担心集会……和……穆苟。我们必须继续活下去。”

“是的，我们还要建造我们的村子。”瓦瑞应和道。

“还有明天的赶集，还要挖地、种地。”婉布依说，试图望穿屋外的细雨和烟雾。

“还要照顾孩子。”说完，梦碧站起身，拿起麻袋准备离开。接着她突然转过身来看着两位老人，好像他们的智慧能够向年轻人透露生活和幸福的秘密。

“集会那天晚上，你们看见 R 将军了吗？”

婉布依惊讶地抬起头来看着梦碧，眼里流露出惊慌的神色。仍然盯着屋外细雨的瓦瑞最先开口。

“他在集会上发完言后，我就再没见过他了。”

“我也是。”婉布依像是在回答警察的迅问，一脸无辜。

梦碧离开了。不久，瓦瑞也走了，口中仍然嘀咕着：“出事了。我被他的眼睛骗了。那双眼睛。也许是我老了，视力变差了。”

婉布依坐下来，盯着屋外的小雨和灰蒙蒙的雾气，看了好几分钟。屋子里慢慢黑下来。婉布依清晰地意识到，自己在争取自由的战斗中反高潮的行为。也许，我们不应该审判他，她小声嘀咕道。然后她晃了晃身子，试图把自己拉回到现实中来。我得把火点上。我得先把屋子打扫了。在干净的屋子里，灰尘积得多快啊！虽然这样想着，可是她没有站起身来。

哈兰贝*

瓦穆穆是基孔由待的最后一个拘留营，他在那里被关了整整一年。这个营里的囚犯主要的工作就是浇灌恩布的穆维亚平原，把这个干旱少雨的地方改造成能够种植稻谷的良田。挖沟渠的时候，基孔由的视线常常掠过这一片平坦的平原，望向远处的姆贝雷山脉和尼扬贝尼山脉，山脉的另一边就是乌坎巴尼了。他知道山那边的土地属于卡姆巴人。但是，基孔由常常在头脑中设想他的家，他的梦碧就在这些山脉的背后。

一个明朗的早晨，基孔由看见了传说中的雪山，积雪皑皑的山峰与远方的天际相接，这个画面深深地触动了基孔由，眼眶禁不住湿润了。这并不是因为他对壮美的景象有着特殊的情怀，而是因为他看见了传说中的雪山，看见了它高耸入云的顶峰，这一幕深深打动了他。

此刻躺在提莫洛医院里，基孔由又一次清晰地记起了那些往事。医院里刺鼻的药味让他想起塔纳河畔的沼泽地。还是在穆维亚干活的时候，他又一次认真地考虑要雕刻一张凳子，作为送给梦碧的结婚礼物。基孔由顶着烈日，在河边沼泽地的淤泥中干着活，头脑中的想法慢慢清晰起来。他要用生长在基里尼亚加山和尼扬达瓦山周边的一种硬木的树干来雕刻他心中的凳子，他要把凳子的三个脚雕成三个神情严肃、正在汗流浃背地辛苦劳作的劳动者的模样。在凳面上，他要用珠子镶成一条河流和一条沟渠，并在沟渠的旁边加上一把锄头或铁铲。接下来的几天里，基孔由满脑子想的都是雕刻凳子的事。那三个劳动者的面容不断发生变化，肩膀、双手、脑袋的位置也不断改变。

---

* 斯瓦希里语，意为“同心协力”。

他怎么用珠子镶出河流呢？应该把锄头换成砍刀吗？他反复琢磨着每一个细节，暂时忘掉了手上的重活。他希望一离开拘留营就开始动手做这张凳子。

躺在病床上，这种想法再一次填满基孔由的大脑。他已经在医院里住了四天。过去的三天里，他一直在想穆苟和他公开坦白的事。他能鼓起勇气告诉别人水泥道上的脚步声吗？晚上躺在病床上，他会重复回想自己在那七个拘留营里度过的生活和经历。这些岁月带给他的是什么？每次想起这个问题，他心里的罪恶感就像针一样刺痛着他。尽管发过誓，但他没有勇气忍受那一切，还是向白人招了供。他和卡兰贾、穆苟，以及那些为了保全性命、公然背叛肯尼亚人民、替白人效力的人又有什么区别呢？穆苟有勇气面对自己的罪过，有勇气放弃一切。每天早晨，梦碧和万伽莉都会给他带来食物。一开始，他尽量不和梦碧说话，甚至觉得看她一眼都会给自己带来痛苦。然而，得知穆苟招供之后，他发现自己慢慢开始去琢磨并了解梦碧的想法和感受。她那张脸后面到底隐藏着什么想法？她怎么看待穆苟和他公开坦白的事？他越来越想和她谈谈穆苟，谈谈自己在拘留营里的生活。对于一直折磨着自己的脚步声，她又会有什么看法呢？还有，他从来没把自己看成是梦碧的孩子的父亲，那么梦碧又是怎么看待这孩子的？

住院第五天，基孔由想起穆维亚和做凳子的想法。他躺在病床上挪了挪身子，小心翼翼地保护打着石膏的右手。起初，这只是一闪之念，可每次基孔由一看到木头，这种想法就会自动地冒出来。今天这种想法让他越来越兴奋，双手也开始发痒。出院后，重新开门做生意前，或者在做生意的空当，他要开始雕刻那张凳子。他仔细认真地考虑着凳子上的图案。他要把其中一个劳动者的形象刻成一个瘦瘦的男子，脸部线条清晰，轮廓分明，垂着肩膀，低着脑袋，支撑着肩上的重物。他的右手伸出去抓住一个同样轮廓分明的女人的手。第三个人物形象就是一个孩子，那两个大人的另一只手相互握着，搭在这个孩子的头上或肩上。他会在上面镶珠子吗？他会刻一块需要清理和耕种的土地吗？会刻锄头和蚕豆花吗？到时候都会解决的。

第六天，梦碧没来医院。基孔由感到很受伤，同时也惊讶地发现，其实自己非常渴望见到梦碧。整整一天，他都心神不宁，不停地猜测她出了什么事。她怎么没和母亲一起来呢？难道她在抗议他沉默不语、顽固不化吗？他焦虑不安地等待着天亮，等待着下一个早晨的到来。如果她还不来——

可她来了，而且是一个人来的。通常她都是和万伽莉一起来的。

“你昨天没来。”他指责道。梦碧在床上坐下，没有马上答话。

“孩子病了。”她简洁地说。

“怎——怎么了——他？”

“着凉了——或是染上流感了。”

“你带他去——去过诊所了吗？”

“嗯！”她冷冷地答道。基孔由尽量不去看梦碧，她显得焦躁不安，一副想要马上离开的样子。

“你什么时候出院？”她问道。

“两天后。”他朝她转过头，视线正好碰上她的眼睛。梦碧没有在看他。基孔由惊讶地发现她眼中带着浓浓的倦意。她这样有多久了？在过去几天里，到底发生了什么事？

“我要走了，”她说，“明天——或者后天，我可能不来了。”说完，她便往包里收拾东西。他好想大声说，别走，可脱口而出的是：“我们谈谈孩子吧。”

梦碧已经站起身打算走了，可听到这话，一下子呆住了。她重新坐下来，看着基孔由。

“这里，在医院？”她平静地问道。

“嗯，现在。”

“不，今天不行。”她几乎不耐烦地说，似乎此刻才真正认识到自己独立的身份。她声音中的坚定让基孔由感到吃惊。

“好吧，那等出了院再谈吧。”尴尬地停了一会儿后，他又补充道，“你会回家去吗？生上火，看看东西有没有坏掉？”

梦碧把头扭开，考虑了一会儿后，直视基孔由的眼睛。

“不，基孔由。大家都试图抹掉一些东西，可那是抹不掉的。有些事情并没那么简单。我们之间发生的事情一两句话说不清楚。我们需要好好谈谈，彼此敞开心扉，仔细检查一下我们之间的问题，再共同规划我们想要的未来。不过现在，我得走了，孩子还生着病。”

“你——你明天会来吗？”他问道，隐藏不住内心的担心和忧虑。他顿时明白了，未来，他会认真地考虑梦碧的感受、梦碧的想法、梦碧的愿望——一个全新的梦碧。她考虑了一下基孔由的问题。

“好吧，我也许会来。”说着，她迈着坚定的步子离开了，样子很悲伤，却充满自信。基孔由一直看着她，直到她消失在门口。然后他躺回到床上，头脑中仍然想着结婚礼物，要用硬木雕刻一张凳子。“我要重新想一下女人的形象，我会把女人刻得高大些，要刻一个带着孩子的女人。”